LA TRESSE DE JEANNE

DU MÊME AUTEUR
CHEZ LE MÊME ÉDITEUR

Le Patriarche du Bélon
La Dame des Forges

Nathalie de Broc

LA TRESSE DE JEANNE

Roman

Production Jeannine Balland
Romans Terres de France

PRESSES DE LA CITÉ

ISBN 978-2-258-06995-4

A Jeanne-Marie Gaillard,
« Mamie de la Campagne » qui a inspiré
le personnage de Jeanne,
et à ses petits-fils d'adoption

A un goéland envolé…

A Christiane, partie vers la Lumière…

« Où cours-tu, ne sais-tu pas
que le ciel est en toi ? »

Christiane Singer

Note

En 1828, Henry Ollivier, originaire de Roscoff, où se pratiquait déjà aux XVIe et XVIIe siècles le colportage des oignons, imagina de proposer sa production de l'autre côté de la Manche : « Ayant formé une association avec trois de ses voisins, il affrète une gabarre, la charge d'oignons et le voilà qui fait son entrée dans les eaux anglaises, dans le port de Plymouth. Quelque temps après, il revint la cale vide et le portefeuille bien garni [1]. »

Ainsi naquit le premier « johnny Onions » (en breton Ar Johniged), sobriquet donné par les Britanniques à ces vendeurs d'un genre bien particulier répondant souvent au prénom breton le plus répandu, Jean.

Au début du XXe siècle et de notre histoire, ils sont cent soixante-dix, le bâton chargé d'oignons rosés sur l'épaule, à parcourir les terres anglaises, galloises, voire écossaises, pour gagner leur vie et celle de leur famille restée en Bretagne. Ce métier connaîtra son apogée

1. Marcel Herubel *in Le Port de Roscoff*, 1924.

dans les années trente, lorsque, béret vissé sur le chef, foulard noué et bagout intarissable, les johnnies enfourcheront leur vélo pour sillonner la campagne de Grande-Bretagne.

Hommage leur soit rendu à travers ces pages.

Prologue

Jeanne

Santec[1]*, lieu-dit « La Petite Bastille »*
Juillet 1905

— *N'ov ket kousket c'hoaz*, Channig[2] ?

La petite fille se tenait sur le pas de la porte, pieds nus, en chemise, ses longs cheveux blonds dénoués jusqu'à la taille. Le ton câlin de la question devait l'avoir rassurée car aussitôt elle s'enhardit, se faufila, silencieuse, frêle, légère, jusqu'à la silhouette assise devant le feu.

— Et ma tresse, *va zad*[3] ? Tu n'allais pas partir sans me la faire quand même ?

Son impatience se devinait. Les mains sur les hanches, elle se planta devant lui, sérieuse, si sérieuse.

1. Autrefois dépendant de l'administration de Roscoff, Santec est devenue une commune à part entière en 1920.
2. « Tu ne dors pas, mon Jeanneton ? »
3. « Mon père ».

Avec une gravité touchante – le moment était de la plus haute importance –, elle répéta :

— Et ma tresse ?

Elle s'était toutefois bien gardée d'élever la voix, Louis Querrien supposa qu'elle ne tenait pas à éveiller toute la maison. Pour mieux entrer dans son jeu, conspirateur, il chuchota :

— Mets-toi devant les flammes, je verrai mieux.

Le rose aux joues, Jeanne obéit. Epaules baissées, tête haute, ravie, elle fit demi-tour sur elle-même, s'installa à son aise, la respiration suspendue. Le jeu pouvait commencer. Sentant son auditoire acquis, frémissant, Louis Querrien lança, sourire aux lèvres, la réplique qui marquait leurs rendez-vous matinaux :

— Eh ! Mais comment veux-tu que j'arrive à bout de ça ? Ma parole, tu t'es encore battue cette nuit avec ton viletansou [1] de malheur ! Heureusement, il avait affaire à forte tête ; il t'a quand même laissé toute ta tignasse ! Combien de fois faudra-t-il te dire de ne pas défaire ta tresse avant d'aller te coucher, on perdrait tellement moins de temps le matin.

Jeanne laissa filtrer un petit soupir de contentement, se campa encore un peu plus fermement sur ses jambes, secoua la masse ondulante de ses cheveux pour la sentir dans son dos.

— Où est le peigne ?

Elle le tendit par-dessus son épaule. Louis Querrien aurait juré que sa fille ne l'avait pas en main lorsqu'elle

1. Korrigan, dans le Leon – Finistère nord.

lui était apparue. Il se demandait parfois si Jeanne ne dormait pas avec.

Le démêlage commença dans le silence a peine troublé par les deux respirations accordées et le chuintement du feu dans la cheminée. Malgré la saison – juillet allait finir sa course dans une grande semaine – les matins dans le penn-ty[1] restaient frais. Une courte flambée avant le lever du soleil réchauffait la soupe et les murs épais, toujours froids ; une flambée dont ne subsistaient que quelques braises quand sonnaient les huit coups à l'horloge de l'église de Santec. Depuis longtemps chez les Querrien on ne se fiait plus qu'à elle, la vieille pendule de la maison ayant pour fâcheuse habitude de s'emballer et de battre la breloque à la demie, qu'elle marquait obstinément de cinq incompréhensibles coups quel que soit le moment de la journée.

La toute première fois que son père noua la longue natte qui balayait le dos de Jeanne, tel le balancier de l'horloge, était un dimanche. Un mois, à peine, après son sixième anniversaire. Certes, le jour importait peu, mais Jeanne ne l'évoquait jamais sans un petit pincement à l'estomac. Sa vie avait changé du tout au tout à compter de ce matin-là, deux années auparavant. Un dimanche d'avril désagréablement froid, un début de printemps maussade, rétif. Au bout du chemin pierreux, la mer cognait inlassablement en grands remous bruyants. L'air humide avait laissé de longues traces

1. Maison traditionnelle bretonne.

luisantes aux reflets vert-de-gris sur les pierres du penn-ty. Jeanne se revoyait, grelottante, pieds nus sur la terre battue, au bord des larmes, sous les coups de peigne impatients de sa mère, qui ne cessait de pester :

« Mais tiens ta tête, Jeanne. Ah ! Ne pleure pas en plus, hein ! Peigner ça, c'est pire que ratisser la broussaille après la moisson ! Vas-tu te tenir tranquille, oui ? Tu nous feras manquer la grand-messe ! Heureusement ta sœur fait moins d'histoires. »

Assise devant la cheminée, déjà prête dans sa jupe du dimanche, son béguin noué sous le menton, sa sœur arborait son air triomphant, son « air à gifler » : Irvy semblait toujours prendre un malin plaisir à mettre en avant son héroïsme, son courage devant l'épreuve. Tentée de répliquer qu'Irvy avait beau jeu de « ne pas faire d'histoires », avec le peu de cheveux filasse qui dépassaient à peine ses épaules et ne nécessitaient que quelques brefs coups de brosse, Jeanne se contenta d'un insoupçonnable haussement d'épaules : elle craignait trop les foudres – fréquentes – de sa mère pour oser la moindre rébellion.

A chaque centimètre, le peigne accrochait. Sa mère essayait de venir à bout des nœuds récalcitrants, avec force soupirs. Son exaspération était à son comble. Jeanne serrait les poings, fermait les yeux. Elle voulait tenir, en remontrer à sa sœur ; Ida Querrien s'acharnait. A bout de patience, d'un grand coup sec, elle tira dans l'imbroglio qui ne cédait pas. Malgré la détermination de Jeanne, le sanglot longtemps contenu sortit de sa gorge comme un bouchon libéré de son goulot trop étroit. Incontrôlables, les hoquets suivirent.

Jeanne ne parvenait plus à retenir le flot de ses larmes. Elle savait ce que ce déluge induisait. La veille, la menace maternelle avait été précise :

« Si tu pleures encore une seule fois, je coupe tout, tu m'entends ? Je ne vais pas me battre comme ça chaque matin. »

De rage, Ida jeta le peigne contre le sol.

« Je t'avais prévenue.

— Je vais arrêter… je… je promets, mam.

— Non, ce qui est dit est dit, ma fille. »

En deux enjambées énergiques, Ida alla ouvrir la grande armoire où l'on resserrait le linge de la maison et la boîte à ouvrage. L'obscurité l'empêchait de trouver ce qu'elle cherchait et la faisait pester encore un peu plus ; Jeanne ne voyait d'elle que son dos, et le chignon impeccable qui marquait sa nuque d'un strict macaron noir. L'armoire paraissait l'avoir avalée, ne plus livrer que des bribes de mots, dont Jeanne, tétanisée, ne retenait que le fatal :

« … ciseaux. »

La voix calme de Louis Querrien, qui venait d'entrer, en claquant des sabots contre le seuil, les interrompit net.

« Eh bien, quel remue-ménage ! On vous entend du bout du chemin… On se croirait sur la place du marché de Saint-Pol à la foire aux bestiaux. J'ai l'impression qu'on donne du fil à retordre à sa mère, ma Jeannette ? Toujours cette fichue tignasse… Voyons voir ce qu'on peut faire… »

Devant Ida pétrifiée, Irvy, que déformait une grimace de jalousie, Louis releva le menton de Jeanne d'une main encore porteuse du temps détestable, essuya la traînée de larmes sur la joue, ramassa le peigne, et sans même penser à quitter sa vareuse trempée se mit à l'ouvrage :

« Ça ne m'a pas l'air si difficile que ça, pourtant. On arrive bien à bout de la crinière des chevaux. Tu ne vas pas me dire que c'est pire. »

Ida siffla entre ses dents :

« On va voir comment tu t'en sors, toi qui es si malin. »

Sa colère était palpable, le calme de Louis imperturbable. Jeanne retenait son souffle tout comme les hoquets. Elle ferma les yeux ; sa tête lui faisait mal, le sang affluait à ses tempes, dans sa crainte que les tremblements ne surgissent, comme chaque fois qu'une émotion trop intense la terrassait. Eviter de penser à ce qui pouvait advenir si son père se révélait incapable d'achever sa besogne. Sans doute serait-elle condamnée à l'horrible crissement des ciseaux. Elle s'imaginait déjà avec, sur la tête, le chaume raide qui coiffait l'épouvantail aux étourneaux, aperçu la veille dans le champ du voisin.

Son père laissa échapper un long soupir sonore. Il se frotta les mains l'une contre l'autre pour les réchauffer avant d'entamer dans le dos de Jeanne une sorte de ballet étonnamment régulier, sans heurt, livrant une odeur de savon où se mêlaient pluie d'avril et vinaigre de cidre, dont il se servait largement pour atténuer l'âcreté persistante des oignons qu'il laissait partout dans son sillage. Le peigne commença sa descente dans la masse de boucles épaisses qui s'étiraient sans trop de résistance sous les dents de corne.

Un long frisson parcourut Jeanne. L'oreille aux aguets, la fillette attendait la réaction de sa mère, dont elle entendait la respiration heurtée. Un bruissement de jupe, un claquement de porte la renseignèrent. Ida venait de quitter la pièce. Attisé par le courant d'air, le feu se mit à crépiter. Jeanne rouvrit les yeux, constata avec soulagement qu'Irvy avait, elle aussi, quitté les lieux.

La pièce était soudain accueillante. Le froid ne tenaillait plus Jeanne. Elle ignorait la terre battue. Sa peur se dissipait. Les mains de son père, larges, épaisses, à la peau pourtant rugueuse, se révélaient douces, patientes.

Il se pencha vers elle ; sur le ton de la confidence lui glissa à l'oreille :

« Je me demande si un viletansou bien indiscret ne viendrait pas se faufiler la nuit dans ton lit pour emmêler tout ça à plaisir. Nous y avons mis bon ordre finalement, ma Channig, et plutôt rapidement. Je tresse tout ça. Tu seras fin prête pour la grand-messe et même pas en retard. »

Maudit viletansou ! Un personnage dont Jeanne se serait bien passée. Inconscient de l'effet qu'il provoquait, son père l'avait fait entrer dans la maison. Elle venait d'échapper à la séance de « tonte », ce n'était pas pour tomber sous l'emprise de ce sinistre personnage. Pour faire bonne figure, elle jugea préférable d'en rire, sachant que son père se serait moqué de ses craintes. Mais la peur s'insinuait dans son plaisir. Jeanne jetait à la dérobée des regards soupçonneux autour d'elle tandis que son père nouait d'un ruban de coton le bas de sa natte. Tant qu'il se tenait auprès d'elle, elle ne risquait rien. Cela la rassura presque, mais ne dura guère. Le soir même, à l'heure du coucher, l'évocation du viletansou s'imposait à nouveau.

Jeanne décida d'inspecter tous les recoins du renfoncement sans fenêtre ni porte attenant à la grande salle commune, qui leur tenait lieu de chambre. Elle voulait en avoir le cœur net, avant que sa sœur ne vienne la rejoindre dans le lit clos qu'elles partageaient. L'endroit était suffisamment réduit pour que l'examen détaillé ne prenne que quelques secondes. Restait à vérifier le lit, à la lueur incertaine d'une bougie, déposée à même le sol, et qui accrochait aux murs irréguliers, suintants, des ombres mouvantes que Jeanne s'efforçait de ne pas regarder. Montée sur le petit banc qui facilitait l'accès haut perché, elle fit coulisser les vantaux avec précaution ; le cœur lui cognait dans la poitrine. A l'intérieur, l'ensemble paraissait d'un noir d'encre, n'était le rouge passé de la courtepointe de plume qui surplombait le matelas d'un rebondi marqué de quelques dénivellations inquiétantes : les empreintes du korrigan ? Elle retint sa respiration, d'une main hésitante saisit une pointe du vieil édredon, le souleva pour ne constater que le vide de la couche. Elle avait tellement peur qu'elle le secoua dans tous les sens, murmura des « Tiens et tiens ! » rageurs et libéra… un envol de plumes.

« Jeanne, tu es couchée, j'espère ? »

Atténuée par le mur qui les séparait, la voix de sa mère la surprit, ajoutant encore à sa panique. Les dégâts étaient accablants. Des plumes partout. Sur le matelas, sur la terre battue. Jeanne s'affola. Si sa mère devait encore sortir pour les bêtes, Irvy, elle, pouvait venir d'un instant à l'autre. Elle attrapa le tout, comme elle pouvait, suant, crachant des plumes, se glissa sous le lit pour dissimuler ce butin volatil, toujours avec l'angoisse au ventre de se retrouver nez à nez avec le bonhomme aux doigts griffus. Lorsque enfin, pleine de poussière, elle s'extirpa de sa cachette, il lui fallut se résigner à grimper dans l'antre noir, pour retrouver le désordre du lit, l'humidité. La menace à la bouche, Jeanne se roula en boule, tout entière sous le fouillis de la courtepointe, les genoux près du menton, la chemise de nuit coincée sous les talons. Claquant des dents, elle attendit avec au cœur un seul espoir : avoir sa sœur collée à elle. Quelques minutes plus tard, Irvy exauçait son vœu le plus cher, glissait un pied glacé sous la couette, s'installait à son aise, décochant son sempiternel :

« Tu ne vas pas encore prendre toute la place... »

Et, sans plus de considération pour Jeanne, elle lui tournait le dos. Malgré cela, une bouffée de reconnaissance envahit Jeanne.

« Bonne nuit », fit-elle, presque lyrique.

La voix déjà pâteuse, Irvy lui lança par-dessus son épaule :

« Qu'est-ce qui te prend, tu es malade ? »

Elle s'enroula d'autorité dans la courtepointe, sombra presque aussitôt.

L'esprit en alerte, Jeanne écouta décroître le bruissement rassurant de la maison, les chuchotements de ses parents ; tout s'éteignait au fur et à mesure. Lui parvinrent alors les bruits de la nuit, inconnus, inquiétants. Son imagination s'enflammait au moindre grattement. Elle risqua un œil au-delà des vantaux : de larges ombres informes, vestiges du feu encore vigoureux dans la grande pièce, s'étiraient sur les murs, s'ajoutaient à celles, vacillantes, du reliquat de bougie abandonné par terre. Des crépitements comme autant de petites explosions trouaient le silence, signe que le bois de châtaignier un peu humide regimbait dans la cheminée.

Jeanne n'y tenait plus, demanda :

« Tu dors ? »

Un coup de pied rageur lui répondit. Comment Irvy pouvait-elle dormir ? Jeanne n'en revenait pas : une telle inconscience devant le danger. La secouer, lui crier qu'un viletansou menaçait de fourrager dans leur tignasse, de leur crocheter le cheveu de mille nœuds bien serrés, que malgré sa filasse elle ne serait pas épargnée… c'était courir le risque de se ridiculiser. Mais ne valait-il pas mieux cela que de supporter, seule, le supplice de l'attente ? Elle entrevit le sourire narquois d'Irvy, la dénonciation qui ne manquerait pas le lendemain, les yeux au ciel de sa mère, sa plainte habituelle – « Cette fille me rendra folle » –, la déception de son père. Ce fut le déclic. Envisager un instant qu'elle pût décevoir son père était au-dessus de ses forces. Malgré sa frayeur, elle devait faire de ce korrigan son affaire personnelle, pour ne pas risquer de remettre en question la séance de coiffage. Il n'était plus question de retrouver les mains de sa mère chaque jour après avoir connu le bonheur du matin.

Raisonnable, bien que tremblant des pieds à la tête, elle s'assit, dos contre le bois, genoux repliés entre ses bras. Un réflexe la fit vérifier ses cheveux d'une main anxieuse, les glisser dans le col de sa chemise, en resserrer le ruban, pour ne laisser aucun espace, aucune brèche pour le korrigan, entre la peau et le tissu. Elle lutterait, tiendrait éveillée la nuit entière s'il le fallait. Ne pas céder. Si le malfaisant venait, il n'aurait aucune prise. Pour se donner du courage, elle se mit à fredonner en sourdine, accompagnant son antienne d'un balancement du buste. Initiative qui provoqua aussitôt quelques grognements. Exhalant un soupir, rencognée un peu plus contre la paroi du lit, Jeanne reprit sa veille en silence. L'estomac serré. Toutes les minutes, elle se passait la main dans les cheveux. La vieille horloge, qui égrenait ses coups insensés dans la nuit, n'était d'aucun secours. Dans son désarroi, Jeanne avait perdu la notion du temps.

La nuit s'étirait, interminable, insupportable.

Le korrigan ne se montrait toujours pas. Dans sa crainte qu'il n'en profite pour accomplir ses basses besognes, Jeanne ne relâchait pas sa surveillance malgré les paupières qui tombaient, les bâillements incoercibles. Elle ne pouvait voir si l'aube venait, mais soudain la sentit. Un silence différent, les premiers pépiements des oiseaux, une lueur sourde dans la grande pièce. Le jour enfin là ! Elle l'accueillit en pleurant sans bruit. Soulagée, épuisée, regrettant de ne pouvoir partager sa victoire sur le viletansou avec son père. Elle ne la savoura pas longtemps ; avec volupté, tandis que la maison s'éveillait, elle se laissa glisser sous les rondeurs moelleuses de la couette, dans la chaleur d'Irvy, en chien de fusil. Avant de céder aux délices du sommeil, elle fouilla dans l'épaisseur de ses cheveux en une ultime précaution.

Les cloches ramenèrent Jeanne à la réalité. L'engourdissement sous les mains de son père lui était doux. Ce matin avait pourtant un goût particulier. Il marquait le départ tout proche pour la saison. Les heures qui allaient suivre, le pardon de Sainte-Barbe, la foule, les adieux sur les quais de Roscoff, l'embarquement des johnnies vers Plymouth... tout les séparerait. Fini la tresse du matin, il lui faudrait se passer de l'aide paternelle, ce qui signifiait aussi retrouver les mains impatientes de sa mère... Peut-être jusqu'à Pâques. Elle eut un brusque sursaut devant cette perspective :

— Eh là ! On trouve le temps long ? lui murmura son père.

— Oh non, continue !

Jeanne reprit sa position, laissant échapper malgré elle un petit gémissement où se mêlaient à égale proportion le plaisir et la tristesse. Sa tête suivait les mouvements du démêlage. Quelques nœuds récalcitrants la tirèrent en arrière. Elle aimait la concentration de son père, les précautions qu'il prenait pour ne pas lui faire mal. Elle sut qu'il en avait terminé avec le peigne lorsque, de la paume, il lissa le flot dans son dos. Dans la pénombre, le crépitement de sa chevelure, toute chargée d'électricité, la fit frissonner.

— Jusqu'où ils arrivent ?

— Tu le sais bien, à la même hauteur qu'hier et avant-hier. Crois-tu qu'ils auront poussé dans la nuit ? Channig la coquette, bientôt, vous marcherez dessus !

— Maman a redit qu'elle les couperait à l'automne, si je ne les démêlais pas toute seule d'ici là.

— Tu n'auras qu'à te lever un peu plus tôt. Ne bougeons plus, je fais la tresse.

C'était le signal. Jeanne se redressa, prit appui sur ses jambes pour résister à la tension.

— Tu veux le ruban, Tad ?

Elle leva son poignet gauche, où s'enroulait un morceau de coton bleu passé.

— Aujourd'hui, j'ai une surprise. On ferme les yeux.

Jeanne l'entendit fouiller d'une main dans la poche de sa veste :

— Mais qu'est-ce que j'en ai fait ? J'étais pourtant certain...

Jeanne avait beau avoir reconnu le jeu, elle implora :

— Tad, allez...

— Peut-être là ? Ah ! Voilà... c'était dans l'autre poche. J'ai dit : « On ferme les yeux », petite tricheuse ! Tends la main. Un peu de patience. Ça y est, tu peux regarder maintenant...

Jeanne rouvrit les yeux. Un ruban de satin noir velouté reposait au creux de sa paume.

— Les jours de pardon sont des jours à ruban neuf, lui glissa son père avant de nouer l'extrémité de la tresse. Tourne-toi, que je te voie...

Du bout des doigts, il disciplina les quelques mèches folles qui encadraient le visage de Jeanne.

— Ma foi, ça pourra aller… hum… grâce à ce ruban noir !

D'habitude, à peine la tresse terminée, Jeanne s'échappait dans un éclat de rire. Cette fois, ses grands yeux sombres levés vers son père, cherchant désespérément à imprimer dans sa mémoire ces derniers instants en tête à tête pour s'en repaître pendant les longs mois, lorsque l'absence lui pèserait trop, elle restait figée. Les cloches se firent entendre à nouveau. Louis Querrien détourna le regard, toussota. Un incommensurable chagrin traversa Jeanne comme une lame froide.

Le petit matin soulignait d'orange la ligne de la mer derrière les vitres.

PREMIÈRE PARTIE

Jeanne et Job

1

Les deux fillettes Querrien, « les Contraires », comme les appelaient les habitants du hameau, étaient aussi différentes l'une de l'autre que « *evel ki ha kaz*[1] ». Au village, on soutenait pourtant que le partage avait été équitablement réparti. Irvy, l'aînée, qui approchait de sa treizième année, tenait de sa mère le port de tête, le nez fin, le regard gris sous les longs cils, et le caractère renfrogné, tandis que Jeanne avait hérité de Louis Querrien une identique propension à l'indépendance, au mutisme, la bouche gourmande et de grands yeux noirs. Pour la grand-mère maternelle, originaire de l'île de Batz, qu'elle ne quittait qu'une fois l'an, c'était l'empreinte du diable.

« Des yeux noirs, vous m'avouerez ! Où a-t-elle bien pu pêcher ça ! *Honnez a zo eun diaoulez*[2] ! Chez moi,

1. « Chien et chat ».
2. « C'est une diablesse que celle-là ! »

on a les yeux bleus ! Le noir, c'est bon pour les *pilhouer*[1] ! »

Un moyen de rappeler au passage sa condition à un gendre qui avait choisi de partir au loin exercer le métier de johnny pour faire vivre sa famille, tout comme ces vendeurs « de rien installés nulle part » qui arpentaient la campagne en charrette. Ce genre de remarque n'avait aucun effet sur Louis Querrien. Il laissait dire, secrètement fier : pas besoin de regarder Jeanne bien longtemps pour prévoir que de cette fillette malingre émergerait un brin de fille plutôt agréable à regarder. En revanche, nul ne savait d'où Jeanne, unique blonde dans une famille tirant vers le brun, tenait la couleur de ses cheveux, même si l'abondance était indéniablement celle de son père. Louis Querrien s'étant trouvé orphelin très tôt, personne n'était plus là pour témoigner si une quelconque aïeule avait pu léguer ce somptueux cadeau à sa descendante.

Restait la stature : à huit ans passés, Jeanne en paraissait six.

« Elle s'obstine à ne pas monter en graine, à l'inverse de mes salades », se plaignait sa mère et, en matière de légumes ou de potager, le savoir-faire d'Ida Querrien faisait loi. Elle pouvait s'enorgueillir d'avoir nourri sa famille grâce au travail de la terre, de lui avoir épargné la misère qui ne se gênait guère pour aller frapper à deux pas du penn-ty. Mais la soupe quotidienne où fleuraient bon poireaux, carottes, panais, choux, oignons ne suffisait pas à faire pousser Jeanne, ni à

1. Chiffonniers.

l'arrondir. Son corps grêle ressemblait à un dessin d'enfant : deux traits pour figurer bras et jambes et un minuscule minois planté au-dessus. Une maigreur qui l'avait fait baptiser « la petite » par tous, surnom s'imposant deux fois puisque Jeanne était née près de cinq ans après sa sœur Irvy, toute en rondeurs.

Deux tempéraments aussi dissemblables que ceux des « Contraires » ne pouvaient que les opposer. Les chamailleries incessantes ponctuaient le quotidien Querrien. La moindre broutille était prétexte aux larmes pour Irvy, aux escapades pour Jeanne. Les deux sœurs ne pouvaient se supporter. Une jalousie sourde, larvée, avait envahi Irvy à la naissance de sa petite sœur, ne l'avait plus quittée. Elle souffrait de la complicité évidente entre Jeanne et leur père et eût aimé trouver auprès de sa mère quelque marque de tendresse aussi ostensible que celle qui unissait ces deux-là. Mais cette cause était perdue d'avance : Ida Querrien n'aimait pas perdre son temps. L'idée que son devoir de mère pût impliquer autre chose que d'assurer une vie décente à ses enfants ne l'avait jamais effleurée. Elle avait pour ses deux filles l'attachement qu'il était convenu de ressentir, intimement convaincue que la maternité n'était qu'une épreuve supplémentaire envoyée par Dieu pour gagner sa rédemption. En cela, elle se sentait semblable aux femmes qu'elle côtoyait aux champs, à l'église, au marché, à qui il paraissait également incongru de se laisser aller à une quelconque démonstration :

« La tendresse, c'est fait pour les riches, aurait-elle répondu si on lui avait demandé la raison d'un tel détachement. Eux peuvent se permettre de perdre ce temps si précieux. Moi, je survis. »

Aussi, Irvy, laissée pour compte, essayait-elle par tous les moyens d'atteindre Jeanne. Son père parti, elle lui cherchait querelle à tout propos : sur les chemins de l'école, où sa cadette servait de cible à ses moqueries ; le soir au coucher, dans le recoin de leur lit clos, par des pinçons qui marquaient de bleu ses bras. Dans sa petite enfance, à l'âge où l'on ne peut guère répondre, Jeanne n'avait opposé aucun signe de révolte : elle se contentait de regarder Irvy, ses grands yeux noyés de larmes, mais ne disait rien. Quand elle avait atteint sa sixième année, la répétition de ces chagrins jamais consolés lui avait conféré une étonnante maturité. Elle avait très vite compris qu'aller chercher refuge hors de la maison lui permettait de souffler, tout comme elle avait saisi que sa mère ne prêterait jamais une oreille attentive à ses plaintes. La nature devint son exutoire. Si l'on voulait trouver Jeanne, il suffisait de pousser la porte du penn-ty pour s'aventurer dans les endroits les plus imprévisibles.

Mais en ce troisième lundi du mois de juillet, jour du pardon de Sainte-Barbe, patronne des johnnies et par voie de conséquence de Louis Querrien, de la compagnie[1] Jean-François Pichon, à moins d'une heure de la grand-messe et bien qu'une nouvelle dispute ait éclaté entre les deux sœurs, s'échapper était

1. Terme consacré pour désigner les associations de marchands d'oignons de Roscoff. La compagnie porte en général le nom du master – patron – qui la dirige.

chose tout bonnement impossible. La tenue impeccable qu'elle arborait privait Jeanne de courir chercher refuge sur la grève, dans les contreforts d'un rocher ou dans le foin. Le velours noir de sa jupe n'y eût pas résisté, pas plus que le corselet de satin, le fichu croisé, le tablier à damier ou la coiffe fraîchement repassée. La perspective d'être bientôt privée de son père pendant de longs mois lui ôtait d'ailleurs toute envie de le quitter, ne fût-ce qu'un instant.

Assise sur une chaise près de la porte, les jambes battant la mesure contre les barreaux, elle gardait le regard rivé sur lui ; aucun va-et-vient ne lui échappait. En d'autres circonstances, la journée eût pu constituer une belle occasion de sortie, mais le sac de toile foncée, appuyé contre la maie, rappelait à tout moment que le départ était proche. Elle avait décidé de prendre sur elle, de ne surtout rien répondre aux agaceries de sa sœur, qui lui cherchait noise depuis le matin avec la découverte du ruban neuf.

2

« Ni ho salud gant levenez
Ni ho salut hor patronez
C'houi ro d'eomp ho relegou
Ni ro d'eoc'h hor c'halounou
Meulomp leun à joa.
Meulomp Santez Barba. »

(Je vous salue avec joie
Je vous salue, notre patronne
Vous nous donnez vos reliques
Nous vous donnons nos cœurs
Louons avec joie
Louons sainte Barbe.)

Jeanne bâilla discrètement. Le cantique s'étirait sur toute la longueur de la procession. A chaque fin de couplet, elle espérait qu'aucun autre ne prendrait la suite [1]. Aux voix aiguës des femmes, pour la plupart

1. Le cantique « Sainte Barbe de Roscoff », composé en 1891, comprend vingt-huit couplets !

drapées d'un ample châle d'étamine noire à longues franges de soie, répondaient les chœurs des hommes, qui, tête nue, marchaient à pas lents. La foule était considérable. En tête, dans sa tenue d'apparat, coiffé d'un bicorne, hallebarde sur l'épaule, le bedeau ouvrait le ban. Claquant au vent, entourées des prêtres en soutane noire et chasuble blanche, les bannières de Notre-Dame de Croas-Batz, de saint Nicolas suivaient, taches rouge et or dans le ciel, tenues à bout de filin pour lutter contre les risées moites qui montaient de la mer. Immédiatement derrière venaient les porteurs de sainte Barbe. Chemise à col rabattu que barrait un nœud de cravate noir, gilet bleu à manches, pantalon blanc ceinturé d'un turban bleu, ils s'appliquaient à accorder leur pas dans la descente amorcée depuis la petite chapelle chaulée de Sainte-Barbe, plantée sur les hauteurs de son dôme de rocaille. Sur leurs épaules, sortie de son autel, revêtue d'un manteau dont les fils d'or étincelaient dans le soleil, la statue de la sainte patronne semblait tanguer dangereusement. Un murmure d'inquiétude traversa le cortège. Jeanne sortit de sa torpeur, du rythme lancinant de la marche au ralenti. Son père lui lâcha la main, s'approcha des porteurs, leur glissa quelques mots ; sous son signal énoncé à mi-voix se fit un mouvement d'épaules ; le précieux fardeau recouvra son équilibre. La marche reprit, recueillie, concentrée. Louis Querrien regagna sa place dans le rang. Jeanne lui saisit la main, ravie de montrer que l'homme qui avait remis de l'ordre dans la procession avait un lien avec elle. De temps à autre elle lui jetait des regards, le sourire qu'il lui rendait soulageait sa fatigue.

Elle eût été capable de dessiner le visage de son père les yeux fermés : rides profondes dans la peau tannée, mâchoire carrée, tempes déjà filetées de gris sous la masse abondante et brune. Comparé aux autres hommes qui marchaient autour de lui, Louis Querrien était plutôt petit, trapu, tout en muscles. Quelque chose d'indomptable que renforçait le regard sombre. Malgré cette courte taille, il en imposait, à sa manière : sans jamais élever la voix, ni parler longtemps. Jeanne l'avait souvent entendu répéter : « Je suis un taiseux » ; elle s'interrogeait sur l'étrange sens du mot, car ce silence, relatif, entre eux ne lui avait jamais pesé. Avalanche de mots ne les eût pas rapprochés davantage.

La seule personne, passé le cercle familial, qui pouvait se vanter d'avoir entendu le son de la voix de Louis Querrien plus de quatre phrases d'affilée marchait devant eux à quelques rangs. Un ami de vingt ans. Job Kergoat. Dans une foule même compacte, on ne pouvait manquer la haute carrure de Job. Au premier coup d'œil, même de dos il était reconnaissable. A sa fille. Qu'il portait toujours nichée contre son cou. Comme un trésor inestimable. Jeanne n'avait jamais vu la petite Suzanne ailleurs que dans les bras de son père en toute circonstance. Pour le pardon, Job n'avait pas fait exception. Perchée contre la nuque puissante, la tête posée sur l'épaule paternelle, Suzanne suivait le rythme de la marche. Un rythme lui aussi reconnaissable par son irrégularité, comme une chaloupe prise dans le clapot un jour de grand vent. Pour cause de pied bot. Madeleine, sa femme, devait suivre tout près, ainsi qu'elle le faisait toujours, mais son petit gabarit n'était pas repérable dans le moutonnement des pénitents.

L'égrènement de la multitude de sabots contre les cailloux du chemin résonnait dans les oreilles de Jeanne. Elle s'amusa quelques instants à fermer les yeux, à marcher guidée par la seule main de son père au milieu des chants et des voix, s'imagina fendant un chemin dans un déferlement de rochers, que couvrait le bruit de la mer. Le piaillement incessant des goélands et des mouettes accompagnait la cadence. Ses pas se firent hésitants. Sentir sans le voir tout ce monde autour la grisait et l'inquiétait à la fois. Les bruits s'amplifiaient, elle butait contre les cailloux. La curiosité lui fit rouvrir les yeux. La foule dense, immense vague noire crêtée de coiffes ou de béguins blancs que l'empois irisait de bleu, continuait de descendre vers le bourg. Au détour du chemin en contrebas, Roscoff étendait ses toits d'ardoises. Au centre pointait le clocher de Notre-Dame-de-Croas-Batz. Les silhouettes des bateaux amarrés aux quais emmêlaient leurs armées de mâts. Parmi eux, celui qu'allait prendre son père. Plus elle avançait, plus l'effervescence du port prenait forme. Des charrettes chargées de sacs pansus alignaient leurs bras de bois. Quelques carrioles se frayaient un passage entre les boutes qui striaient le quai.

L'itinéraire de la procession était immuable. Jeanne savait que bientôt on emprunterait les rues étroites que bordait l'alignement de maisons de kersanton[1] ou de granit. La chaleur emperlait le front de Jeanne d'une sueur salée qui lui coulait dans le cou. A chaque pas, le velours épais de sa jupe s'alourdissait. Elle regardait droit devant elle, avec, pour tout amer[2] dans ce flot humain, la nuque de Job, brunie jusqu'au col de sa chemise, la tête de Suzanne collée aux épaules de son père. Les vapeurs d'encens se mêlaient à celles, iodées, des vagues qui venaient doucement lécher les abords du port, aux effluves sucrés des crêpes, en piles sur des tables de fortune installées au hasard du lacis de ruelles et qui bientôt rassasieraient la foule à jeun depuis le matin.

Il fallait une dernière fois retourner à la chapelle pour la bénédiction ultime des johnnies, Jeanne ne se sentait pas le courage de refaire cette route interminable en sens inverse. Elle coula un regard vers sa sœur ; certains signes ne trompaient pas : Irvy semblait aussi exténuée qu'elle, mais – c'était prévisible –, se sentant observée, elle redressa la tête par réflexe, pour marquer une fois encore sa supériorité sur Jeanne. Irvy marchait avec la même obstination que leur mère, le même sérieux. Jeanne voulut quêter son sourire, mais n'entrevit d'Ida que son profil impénétrable, lointain. Sous la coiffe de Roscoff, la « chikolodenn », bonnet à deux pointes qui enserrait les cheveux d'une résille

1. Granit volcanique de couleur vert sombre. « Facile » à travailler car malléable, cette pierre durcit avec le temps. Nombre de monuments bretons sont en kersanton. Le socle de la statue de la Liberté à New York l'est aussi !

2. Point de repère terrestre pour les marins.

blanche dont le filet se prolongeait jusque sous le menton, elle était très belle. Traits réguliers, peau blanche, grands yeux gris aux longs cils. Une statue de granit. Petite, Jeanne se disait que quelqu'un avait éteint la lumière dans le regard de sa mère. Comme on mouche une bougie. Elle soupira, serra un peu plus la main de son père, qui l'encouragea :

— Ce ne sera plus très long, maintenant. Tu vas pouvoir te poser sur les rochers en attendant la bénédiction. Regarde. Il y en a qui attendent tranquillement. Je suis certain qu'ils n'ont pas bougé depuis tout à l'heure !

Un grand nombre de pèlerins avait investi les alentours de la chapelle, grappe humaine éparpillée dans le creux des rochers, qui essayait de se protéger du soleil haut dans le ciel. Des chapelets glissaient avec régularité entre les doigts, tandis que les lèvres bougeaient à peine, perdues dans les successions de rosaires. Les chants religieux avaient repris, doucement encouragés par les échos de la procession qui se rapprochait. Un mouvement s'amorça. On se relevait, on lissait les plis des jupes chiffonnées par une assise prolongée et inconfortable, on remontait les chignons à l'aveugle, les coiffes se redressaient.

Des poitrines monta à nouveau l'appel à la protection de sainte Barbe.

Depuis une petite heure, la foule était redescendue vers le port. Restaient sur le seuil de la chapelle une dizaine de johnnies, qui souhaitaient avant leur départ s'incliner devant leur sainte patronne ou obéir à la tradition de glisser quelques pièces dans le tronc pour s'assurer d'un retour de mer sans encombre. Jeanne connaissait le rituel. Son père ne manquerait pas d'y sacrifier. Pour ne pas le quitter elle avait décliné, malgré la faim qui la tenaillait, l'offre d'accompagner sa mère et sa sœur « en ville » et la perspective pourtant alléchante de quelques crêpes. Installée sur un rocher baigné de soleil, elle patientait, le dos un peu douloureux après la longue marche, ses souliers neufs à bride abandonnés au beau milieu des touffes d'herbe brûlée, foulée par les milliers de pas. Ne lui parvenaient que des bribes de la conversation qu'entretenait son père depuis un bon moment avec Job Kergoat, cette fois sans Suzanne, confiée à sa mère. Un homme les avait rejoints. Le regard clair, il semblait préoccupé. Jeanne savait, pour l'avoir entrevu à plusieurs reprises et pour le respect que son père lui manifestait, qu'il dirigeait la compagnie de johnnies. Elle abandonna son perchoir, pleine de curiosité s'approcha, espérant avoir la possibilité de rappeler à son père que le temps lui pesait.

Job lui sourit, s'abaissa à sa hauteur.

— Petite, ne préférais-tu pas une crêpe ?

Jeanne secoua la tête.

— Non, mon père s'en va demain.

Le sous-entendu n'échappa pas à Job, pas plus que le tremblement dans la voix. Il changea aussitôt de sujet, désignant sa chaussure à l'épais talon compensé que Jeanne semblait examiner avec curiosité :

— On dit que c'est un pied bot. Moi, je n'ai jamais compris pourquoi, c'est tout sauf beau, pas vrai ?

Jeanne releva le nez. Le sourire de Job lui creusait de petites rigoles au coin des yeux. Elle se sentit aussitôt en confiance.

— De toute façon, on ne le voit pas sous ton pantalon. Tu n'as qu'à dire que c'est un pied utile.

Job hésita un instant, fit mine de réfléchir en se prenant le menton d'un air concentré. Comme s'il se rendait à une évidence nouvelle qui scellait leur entente, il laissa tomber avec la même gravité :

— Va pour le pied utile !

Louis Querrien lui fit signe.

— Job, il semble que malheureusement ton neveu Maurice ne puisse pas embarquer. Dommage ! On ne peut pas remplacer au pied levé le johnny qui a fait faux bond. Jean-François préfère prendre un gars qui a déjà fait au moins une campagne.

Job se relevait avec lenteur.

— Maurice sera déçu, mais il embarquera la prochaine fois... il doit être au port en train de se ronger les sangs. J'irai lui expliquer.

Jeanne s'approcha de son père, l'attrapa par la pointe de son gilet.

— Et la chapelle ? Les pièces ? Il faut mettre des pièces, sinon...

Il lui tapota la tête d'une main distraite.

— Tout à l'heure, petite, tout à l'heure ! dit-il avant de tourner les talons pour prendre la direction du port, suivi du master, tous deux absorbés dans leur discussion.

Le handicap de Job ne lui permettait pas d'adopter la même cadence. Il tendit la main vers Jeanne pour descendre le chemin.

— On ne va pas les laisser nous distancer comme ça !

Alarmée, Jeanne résistait.

— Il faut qu'il aille mettre une pièce… !

Job tenta de la rassurer :

— Il l'a peut-être déjà fait… ce matin ou à un autre moment ?

Sous l'impulsion pleine de tendresse de la main maladroite, Jeanne se résigna à avancer. Tout le long du chemin, au rythme de ses sabots contre les cailloux, bougeant à peine les lèvres, elle s'obstina :

— Non, moi je sais bien que non ! Il faut qu'il aille mettre une pièce…

3

Le port était en pleine effervescence. Un brouhaha diffus d'éclats de voix, de hennissements de chevaux, de roulements métalliques sur les pavés, de glissements de drisses dans les haubans le disputait au clapotis des eaux qui venaient lécher les contreforts du môle [1]. Sur le chemin, Jeanne s'était figuré toute cette agitation telle une gigantesque fourmilière prise d'un soudain accès de folie ; en s'approchant elle constata que le ballet, qu'elle pensait désordonné, répondait à une organisation parfaite, sans le moindre temps mort. Des dizaines de carrioles à cheval chargées à ras de sacs d'oignons, cultivés dans les communes des environs, attendaient à quelques mètres de l'alignement des vapeurs et goélettes. Un dundee, un peu éloigné des autres bâtiments, commençait l'embarquement des marchandises. Louis Querrien se dirigea vers

1. Plate-forme qui accueillait autrefois les charrettes pour le chargement des bateaux dans le port en eaux profondes de Roscoff ; aujourd'hui point d'attache des bateaux de la Brittany Ferries.

l'*Esperanza*, dont le mât aux voiles encore ferlées pointait dans le soleil couchant. Jeanne suivait, quelques pas en arrière.

— Regarde, Jeanne, c'est ce bateau que je prends demain matin. Ne bouge pas de là ; lorsque les johnnies chargent les oignons, cela peut être dangereux. J'ai encore à voir avec le master et je reviens.

Jeanne perçut la fierté dans la voix de son père, son excitation. Malgré sa peine face à l'inéluctable évoqué avec la légèreté un peu cruelle de ceux qui partent, en quelques secondes Jeanne fut happée par le spectacle : d'une charrette, stationnée au bord du quai, quatre johnnies déchargeaient les sacs en cadence. Ils portaient encore leurs pantalons blancs du pardon, n'avaient même pas pris le temps de les échanger contre une tenue plus appropriée. Chapeau vissé sur la tête, le premier était juché sur les bras de la charrette en un équilibre plutôt précaire. Le deuxième pesait les sacs sur une balance métallique dont le plateau rouillé grinçait à chaque impulsion.

Mais là n'était pas le plus fascinant pour Jeanne. Bientôt, elle se lassa de la charrette pour ne plus concentrer son attention que sur le manège d'un troisième homme, qui, plié en deux, expédiait chaque sac [1] vers les profondeurs du bateau. Tout en ponctuant ses gestes de grands cris. Malgré les recommandations paternelles, elle s'approcha jusqu'à frôler l'extrême bord du quai, imitée par deux garçons, à peu de chose près du même âge et qui jusqu'à présent étaient restés

1. Les sacs pesaient vingt-cinq ou cinquante kilos.

sagement en retrait. Ils s'accroupirent de concert. Concentrés. Une large planche servait de glissière entre le quai et le bateau. Les sacs y passaient des mains du johnny à la soute. A chaque passage, un hurlement :

— C'est bon ?

Au fond de la cale émergeait un visage, suant, empourpré. Celui du johnny chargé de réceptionner la marchandise à bout de bras. A chaque descente, il se reculait, vociférait :

— Eh ! Pas si vite. Tu veux que je passe au-dessous ou quoi !

— Rapproche les bottes de paille, on va faire arriver les sacs dessus, tu ne risqueras rien et la marchandise non plus. On n'a pas intérêt à la malmener, à l'arrivée on n'en tirerait plus un sou.

Une odeur suffocante d'oignons chauffés montait du bateau, mêlée aux effluves de poisson qui imprégnaient le bois, à la vase du port.

Jeanne eut un haut-le-cœur. La tête lui tournait.

Sur le quai, le johnny s'énervait.

— Les gamins, filez de là !

Les trois décampèrent aussitôt ; la main sur la bouche, les jambes flageolantes, Jeanne alla s'asseoir sur une portion de quai désert. De son poste d'observation, elle avait vue sur tout l'horizon. A l'ouest, minuscule, la chapelle dont l'ocre rouge du soleil déclinant soulignait la blancheur. Au-dessous le désordre des bateaux, à l'est celui des maisons posées à perte de vue. Jeanne aspira une bouffée d'air. La nausée persistait. Tout grouillait autour d'elle.

— Une crêpe pour la petite solitaire ?

En contre-jour, quelqu'un la dominait de toute sa hauteur. Elle dut se dévisser la nuque tant il était grand. Une deuxième tête au sommet l'examinait l'air circonspect. Suzanne !

— Une crêpe ? répéta Job en lui tendant un papier déjà dégoulinant de beurre.

D'un bond, toute défaillance oubliée, Jeanne fut sur ses pieds. Elle se jeta sur la crêpe.

— J'ai l'impression que je suis plutôt bienvenu, pas vrai ? Tu devais avoir faim depuis ce matin.

La bouche pleine, Jeanne acquiesça. Peu lui importait qu'elle se brûlât les doigts et la langue.

— Tu es bien comme mon Azur, toi !

— Azur ?

Job rit en montrant sa fille, qui continuait de regarder Jeanne bien à l'abri de ses bras. A peine trois ans, des cheveux bouclés aux reflets cuivre, qui moussaient autour de son visage. Une parfaite ressemblance avec l'un des angelots qui veillaient la statue de sainte Barbe. Même air espiègle, mêmes yeux, d'un bleu porcelaine, telles deux paillettes au-dessus des joues rebondies.

— Suzanne, c'est trop long ! dit Job. Puisqu'elle passe son temps à regarder les nuages, Azur est un surnom qui lui va comme un gant.

Quelque chose vrilla l'estomac de Jeanne. Quelque chose qui n'avait rien à voir avec la crêpe, les odeurs, le tumulte de la ville autour d'elle. L'envie soudaine d'avoir son père à elle, demain et le surlendemain encore, de pouvoir se lover contre lui ainsi que le faisait Azur.

Elle se sentit blêmir. Son cœur se soulevait. La crêpe pesait. Elle avait froid et chaud à la fois, ne parvenait pas à bouger, craignant que l'irréparable ne se produise, là, aux pieds de Job. La voix exaspérée de sa mère la fit sursauter :

— Je te cherche depuis une heure. Peux-tu me dire ce que tu fais là ? Tu devais ne pas quitter ton père !

Les sourcils froncés, la bouche pincée d'Ida Querrien ne laissaient aucun doute sur son humeur ; derrière elle, Irvy jubilait.

— Job, pas besoin d'encourager cette petite, elle n'en a jamais fait qu'à sa tête. En voilà encore une fois la preuve.

Son talon battait le pavé.

— Alors, j'attends, pourquoi traînais-tu là toute seule ? Il est temps que je te reprenne en main, ma fille.

Jeanne n'eut pas le temps de répondre. Dans son affolement, à peine eut-elle ouvert la bouche qu'en grands hoquets libérateurs, devant la moue plissée de dégoût de sa mère, elle vomit la crêpe sur sa jupe neuve.

4

Jeanne ne se souvenait pas d'avoir jamais vu ses parents se manifester la moindre tendresse. Toute petite, ne possédant aucun élément de comparaison, cela ne lui avait pas manqué. Jusqu'à ce que Job et Madeleine Kergoat entrent dans sa vie. A trois maisons de là, chez eux, tout était prétexte à embrassades. On criait, on riait, on chantait, on se frôlait, on se touchait. Jusqu'à l'air que l'on y respirait. Comme le parfum de la gousse de vanille que Madeleine glissait au fond de la boîte à sucre. Léger mais envoûtant. Pourtant, la maison était petite, sombre, mal abritée du nordet, mais, à peine franchi le seuil, on avait envie d'y rester, de cueillir quelques miettes de ce bonheur pour les emporter chez soi.

A voir ses parents échanger un banal au revoir sur le quai comme s'ils allaient se retrouver le soir même, Jeanne venait de comprendre que ce bonheur ne s'exportait pas. La boîte à sucre n'existait que chez Madeleine. Malgré une matinée qui s'annonçait déjà chaude, le froid la saisit alors que son père s'engageait sur la passerelle du vapeur. Elle n'avait pas une larme ; son bras refusait de faire un signe, d'imiter tous ceux qui, le long du front de mer, saluaient les johnnies prêts pour leur campagne [1].

La silhouette au béret noir rétrécissait tandis que le bateau quittait le port. Sa mère tira Jeanne par le bras :

— Allons, viens, tout le monde va à la chapelle. Tu le verras mieux de là-haut. Viens !

Jeanne suivit le flot qui grimpait vers la colline, avant de se frayer une petite place au bord des rochers. Les voiles grimpaient dans les haubans.

Tout près, une voix entonna timidement « *Kanomp gant joa meuleudi da Santez Barba* » (« Joyeusement, nous chantons les louanges de sainte Barbe »), que la foule reprit en chœur. Les mouchoirs des dimanches flottaient à bout de bras. Les larmes glissaient sur les joues ; les femmes continuaient de chanter. Jeanne n'eut plus qu'une envie : courir vers ses rochers, s'y cacher jusqu'au soir, respirer l'air de Santec. Tenter d'oublier.

— Ecoutez ! lança un enfant à tue-tête. Ils répondent !

Le bateau doublait le musoir de la jetée, allait s'engager dans la passe entre le rocher de Sainte-Barbe et l'îlot d'Enez Ty Saozon [2]. Tous les hommes étaient sur le pont, alignés, tête nue, comme au garde-à-vous sous pavillon abaissé. La brise, capricieuse, dispersa le

1. Terme usuel pour désigner la saison – en général huit mois – que les johnnies passaient en Grande-Bretagne.
2. Ile dite de « la Maison des Anglais ».

cantique qui jaillissait de dundees en goélettes à perte de vue. Vent debout, les voiles claquaient ; l'on entendit, tandis que le sillage s'ébauchait, l'hymne roscovite emplir l'horizon et sceller définitivement le départ.

Au retour, l'atmosphère lugubre du penn-ty eut raison de ses dernières hésitations. Incapable d'envisager ce premier après-midi sans son père entre les quatre murs de la maison, Jeanne abandonna devant la porte le seau d'épluchures et de pain rassis destinés aux poules, y cueillit un quignon noir, s'éclipsa sous le soleil qui tapait dur, mais ne parvenait pas à la réchauffer. Echappant aux récriminations de sa mère, elle courut tout le long du chemin pour ne s'arrêter qu'à bout de souffle, les sabots pleins de sable, de terre, et se laisser tomber dans l'herbe jaune, craquante tel du foin, à l'abri d'un taillis d'où s'envola une kyrielle d'oiseaux. Un temps qui lui parut infiniment long, elle se sentit privée de toute réaction ; le cœur lui cognait dans la poitrine. Paupières closes, elle se fermait aux bruits, aux odeurs, à la lumière qui filtrait à travers les branchages de sa cachette, mais le jeu l'emporta. Elle se prit à essayer de deviner l'endroit si familier, à humer l'air comme si c'était la première fois, à prêter attention au moindre frémissement. Un froufrou d'ailes à quelques centimètres de son oreille eut raison de sa volonté. Elle rouvrit les yeux. Le monde qu'elle connaissait si bien était là. Immuable. La mer au pied de la dune herbue. Les reflets turquoise dans les hauts-fonds, les frises vert-de-gris du lichen sur les rochers, collés aux cailloux les bigorneaux, dont l'opercule se soulevait, libérant un tortillon brunâtre, les éclats de mica dans le sable, les figures humaines que prenaient les nuages. L'horizon vide. Si impitoyablement vide. De l'autre côté de la ligne, presque imperceptible entre ciel et mer, cette ligne qui frisait sous le soleil de midi, il y avait son père. L'autre vie de son père, celle qu'elle ne connaîtrait jamais, dont elle ne ferait jamais partie. La colère l'envahit. Elle lui en voulait pour cette désertion qui s'annonçait interminable. Plus de possibilité de partager les instants volés. Il lui avait glissé avant de l'embrasser :

« Tu sais écrire maintenant, tu peux m'envoyer des lettres... »

Elle avait serré les poings. Ecrire ! Pour un peu, elle lui eût ri au nez, mais s'était contentée de se taire, de hocher la tête. Comment expliquer que les mots ne servaient à rien ; que ce qu'elle voulait dire ne s'écrivait pas. C'était la tresse du matin, aller dans les champs accrochée à sa main quand le soleil se couchait, voir pointer les premières pousses des oignons, porter les fagots dans le chemin, lutter contre le vent en marchant à reculons abritée sous son manteau, s'asseoir près de la cheminée tandis qu'il ravivait les braises...

Jeanne avisa un caillou, le lança aussi loin qu'elle put, arracha des touffes d'herbe avec rage pour les éparpiller autour d'elle, avant de crier au vent :

— Après tout, je m'en fiche bien ! Même si tu ne revenais pas...

Elle sortit le quignon de pain de sa poche. Il était dur, parsemé de petites graines de blé noir semblables à des grains de poivre, sentait la galette. Elle croqua dedans, la bouche pleine de salive, tant elle avait faim, l'engloutit avec avidité sans être rassasiée. Une mouette se posa près d'elle. Quémandeuse. Elle fixait Jeanne d'un œil noir sous un semblant de paupière jaune. Jeanne fouilla ses poches, livra quelques miettes sur lesquelles l'oiseau se jeta avant de reprendre son envol dans un piaulement rauque.

Le temps, la chaleur commençaient à lui peser, l'engourdissaient. L'air bruissait d'insectes. L'après-midi s'étirait. Accroupie, elle respira l'iode à pleins poumons. S'y fondait l'odeur sucrée des minuscules fleurs des dunes sur le chemin des douaniers, une odeur de pain d'épice comme celui que cuisait Madeleine, qui glissait dans sa recette étoiles d'anis brun et clous de girofle. La marée était presque basse, elle avait dénudé les passes sableuses menant aux chaos de roches jaunes, repoussé les limites de Santec.

Nul bateau dans les parages. La vue sur les dénivellations de l'île de Batz, sa grappe de maisonnettes était entièrement dégagée. Roscoff et Batz semblaient ne plus faire qu'une seule et même terre. Au phare de l'un répondait le clocher de l'autre. Les plages se fondaient en une même langue de sable.

Les cloches des vêpres se firent entendre au loin. Le tintement se prolongea. Comme un rappel à l'ordre. A nouveau, le souvenir du matin se fit aigu.

Jeanne s'allongea dans l'herbe, bras en croix, balaya du plat de la main les cheveux qui venaient lui chatouiller les joues, sentit la natte coincée dans son dos, l'en extirpa pour la lisser entre ses doigts. Quand elle vit le ruban neuf, fripé, plein de poussière, enfin elle éclata en sanglots.

5

Job

Santec, ferme du Pouldu
Avril 1900

Job Kergoat dut attendre de frôler les trente-cinq ans pour qu'on lui prêtât une attention véritable, si l'on exceptait l'amitié qui le liait à Louis Querrien depuis l'adolescence. Avant cela, ni sa mère, qui l'avait « oublié », enveloppé d'une liseuse, un soir de marché, devant la petite porte dite des Cacous[1], au pied de la cathédrale, avec pour tout viatique une médaille de la Vierge, ni son père, qui effaça très vite de sa mémoire la trace de l'encombrante filiation, ne s'étaient manifestés. Quant au prêtre qui l'avait recueilli et baptisé Job – l'allusion biblique ne faisant aucun doute –, il s'était empressé de confier l'encombrant marmot infirme aux sœurs du Saint-Esprit de Roscoff, mettant

1. *Kakouz* : les lépreux qui empruntaient autrefois cette porte pour rejoindre leur place dans la cathédrale de Saint-Pol-de-Léon.

définitivement entre la mère et son rejeton quelques kilomètres qu'elle ne chercha jamais à franchir.

L'enfance de Job avait été à cette image, dans la cour de récréation du collège Saint-Jean-Baptiste. Lorsqu'on ne se moquait pas de sa démarche boiteuse, il servait de cible aux enfants, qui guettaient le moindre de ses faux pas pour le prendre en défaut. Le prétexte était simple à trouver : l'entendait-on parler breton, aussitôt il était dénoncé et contraint de porter autour de son cou *ar vuoh*[1], la « vache », symbole de son ignominie, qu'il devait arborer jusqu'à ce qu'un autre enfant, dénoncé à son tour, subisse un calvaire identique. Condamné à jouer malgré lui les délateurs, Job espionnait les autres, espérant débusquer au milieu des chuchotis un mot de la langue du diable pour enfin se débarrasser du fichu sabot avant de retourner en classe, sinon il était certain de le garder jusqu'au lendemain. Les gamins prenaient soudain un malin plaisir à se gargariser de français devant l'instituteur, exagéraient l'exercice, narguaient Job, qui rongeait son frein.

Son caractère placide lui permettait de surmonter ces humiliations plus aisément que d'autres. Job tenait bon, même s'il pouvait se vanter d'avoir porté cette « vache » plus souvent qu'à son tour. Chahuter en français présentait si peu d'intérêt ! Qui le parlait hors

---

1. « Morceau de bois grossièrement sculpté en forme de sabot miniature. Le "symbole", préconisé dès 1833, était censé dissuader les petits Bretons de s'exprimer dans leur langue maternelle. Il a été utilisé jusqu'en 1950. » *In La Pratique du breton de l'Ancien Régime à nos jours* de Fanch Broudic, éditions PUR.

des murs de l'école[1] ? Un après-midi de novembre 1881, Louis Querrien, lui-même victime des moqueries à cause de sa petite taille, connut un sort identique. Il avait laissé échappé un « *gast*[2] » retentissant, mais n'avait pas remarqué le maître dans son dos. L'abandonné ne pouvait que comprendre l'orphelin ; Job eut pitié, voulut écourter le supplice de Louis, se mit en quête d'un remplaçant, choisit le premier venu, un dadais qui jurait ses grands dieux qu'aucun mot de breton ne lui avait échappé. Mais sous la poigne de Job, surtout contre la promesse d'un supplément de confiture, il se laissa traîner sous la torture avant la fin de la récréation, délivrant Louis de l'infamie. L'amitié entre les deux garçons démarra dès cet instant, tout comme le mutisme de Louis, qui ne prononça plus jamais un mot sans y réfléchir à deux fois.

Du jour où Job croisa le rire de Madeleine Le Saout, sa vie s'allégea. Autrefois objet des quolibets, l'homme lourd au pied bot entrevit une embellie dans une existence jusque-là bien terne. En quelques minutes, il comprit qu'il se trouvait face à la femme de sa vie. Il n'avait pas l'intention de la laisser passer. Surmontant sa claudication, il lui tendit la main pour l'entraîner

1. « Vers 1880 », période de la scolarité de Job, « la basse Bretagne parle exclusivement le breton. C'est à peine si l'on trouve 1/25 des adultes sachant assez bien le français pour le parler avec facilité. » *Op. cit.*

2. « P... »

dans une ridée[1] sur l'« aire neuve ». Elle ne la refusa pas, comme d'autres avaient pu le faire avant elle sur d'autres pistes à danser.

Annoncée par le bedeau, grimpé sur le mur du cimetière à la fin de la grand-messe, l'opération « Al leur nevez[2] » était prévue pour le premier dimanche de mai. Guillaume Stephan, du Pouldu, avait besoin de bras pour « travailler à danser ». De la maison que Job avait construite de ses mains à La Petite Bastille jusqu'à la ferme des Stephan, le chemin était court. Le prendre pour aider un voisin tombait sous le sens. Qui aurait refusé la perspective de s'amuser, même si c'était au prix d'une journée de labeur ? D'autant que ce qui attendait toutes les bonnes volontés n'était rien en regard de ce que Stephan avait accompli avec ses journaliers pendant les précédents quinze jours pour préparer la surface à refaire : défoncer toute la cour à grands coups de pioche, trier les cailloux, évacuer la vieille terre, en charger la charrette.

Le tout sous une pluie battante qui, au bout de deux jours d'exercice ininterrompus, stoppa les travaux.

Impuissants, patron et ouvriers durent se contenter de regarder les trombes d'eau transformer la cour en une pâture fangeuse dont n'auraient pas voulu les bêtes. Aux abords de la ferme, on pataugeait. Dans la cour, on glissait ; la boue collait aux sabots, aux genoux, jusqu'au

1. Danse bretonne.

2. L'aire neuve : plusieurs fois par an, on se retrouvait entre paysans voisins pour « refaire » une cour de ferme usée par les intempéries ou le passage des charrettes.

front pour qui s'essuyait en oubliant que la glaise ne vous lâchait pas. Stephan pestait. Levé avant l'aube, le troisième jour, il se posta au milieu du champ de bataille, le nez pointé vers les nuages, semblant défier le ciel. Il fut entendu. Le soleil arriva peu après, sécha juste ce qu'il fallait de la surface déjà remuée. On put se remettre à l'ouvrage, rattraper le temps perdu, recouvrer de l'énergie pour sortir les grands râteaux de bois de la grange et aplanir la patouille. Le va-et-vient des charrettes chargées de la nouvelle terre puis des barriques d'eau suivit. Le puits au milieu de la cour ne suffisait pas. On déversa des tombereaux de bonne argile toute fraîche, dont le fumet prenait à la gorge.

Restait à arroser.

On vida les barriques, tandis qu'une chaîne faisait circuler les seaux, sortis du puits, éclaboussant au passage quelque chatouilleux. Une bagarre éclata. A la grande joie de toute la troupe. Deux en vinrent aux mains. On fit cercle autour d'eux, on applaudit, on compta les points. La querelle s'envenimait. On se rendit à l'évidence : il fallait séparer les combattants. La bouillasse était trop tentante, s'y laisser glisser aisé : s'ensuivit une mêlée générale dans les éclaboussures d'une vase dont on ne s'extirpait qu'à grands bruits de ventouses, dans les rires et les cris.

Le lendemain, les chevaux prirent le relais. Sabots, jarrets encrottés, ils tournèrent, virèrent toute la journée, mélangeant cette bouillie noire grumeleuse peu engageante en une pâte liée, prête à sécher.

La première phase s'achevait. On souffla, pria le ciel que la pluie n'ait pas la mauvaise idée de revenir faire un tour. Elle se tint tranquille, surveillée de près, pendant la semaine nécessaire au séchage, par Stephan. Il devait avoir signé quelque pacte avec le Très-Haut : moins de cinq jours plus tard, la danse pouvait commencer.

Le lundi matin, tout Santec se pressait sur le chemin de la ferme. A pied, en charrette. Comment résister à la tentation d'une fête dansée, sous couvert de travail, de service rendu à son voisin, dans un Léon tout entier dévolu à la prière et à l'austérité ? L'humeur était aux réjouissances, « l'aire neuve » constituant, nul n'était dupe, l'endroit idéal pour dénicher un mari. Malgré la boue, beaucoup de jeunes filles s'étaient donc mises sur leur trente et un : châle à carreaux, croisé sur le buste, noué serré dans le dos, tablier clair uni sur la jupe sombre qui dévoilait les chevilles. Seule concession au travail de pataugе : les chaussures à bride des dimanches avaient laissé la place aux sabots cloutés bien lourds. Les sonneurs – les meilleurs, à en croire Stephan – avaient, pour être d'attaque, passé la nuit dans la paille, au chaud sous la grange. Dès le petit matin, ils goûtaient au premier verre de cidre. Son instrument sous le bras, le violoneux arriva à l'aube de Cléder, se cala l'estomac d'une copieuse bouillie d'avoine au creux de laquelle fondait un morceau de beurre salé qui le ragaillardit aussitôt. Petit déjeuner roboratif qui lui permettrait d'attendre les vraies ripailles en fin de journée.

L'hôtesse des lieux, Marie-Louise Stephan, plantureuse femme qui menait sa maisonnée à la baguette, mais dont la générosité et la bonne table étaient réputées au-delà de Santec, n'avait pas lésiné : elle devait nourrir tout ce monde, « pis qu'une noce », y travaillait depuis trois jours pour ne pas faillir à sa renommée. On avait sacrifié un bœuf pour l'occasion, sorti du coffre la provision de lard salé de la saison, demandé aux fermes voisines de venir à la rescousse compléter l'approvisionnement en légumes et commandé au meunier un sac de vingt-cinq kilos de farine fraîche. Le *kig ha farz*[1] mijotait dans tous les chaudrons, marmites, bassines ou poêlons qu'on avait pu rassembler. Le parfum de la viande flottait jusque dans les champs :

— Tu sens ? demanda Job à Louis Querrien, plutôt bon signe tout ça !

— Si tu veux danser, m'est avis que la panse pleine n'est pas ce qu'il y a de mieux !

— Plus on sera lourd, mieux ce sera pour la terre !

La file des futurs danseurs les précédait. On entendait les commentaires sur la surface à travailler, les premières plaisanteries. Hommes et femmes s'épiaient, se repéraient déjà discrètement. Le rire d'une jeune fille bras dessus bras dessous avec deux autres de son âge perla. Un rire clair, presque roucoulé. Sa haute taille permit à Job de distinguer au milieu de la compagnie agglutinée une silhouette très menue, secouée de hoquets, dont la rousseur claire moussait sous la coiffe.

1. Plat traditionnel du Léon, préparé à l'époque pour les grandes occasions : l'équivalent du pot-au-feu, servi avec une préparation de froment ou blé noir cuit dans un sac de toile, le *farz* – à ne pas confondre avec le far, gâteau aux pruneaux.

Elle s'appuya un instant sur sa compagne de droite, elle-même prise de fou rire, livrant de trois quarts un visage rond couvert de taches de son qu'éclairait son regard vert d'eau.

Louis Querrien observait Job du coin de l'œil.

— Eh bien, Job, on dirait que tu viens d'être frappé par la foudre !

Job secoua la tête, balbutia :

— De... de quoi ?

— « Colosse qui trouve sa brindille n'a pas besoin d'aller à la foire aux filles [1]. » Avoue que tu as de la chance, tu n'as qu'à l'inviter à danser pour la bonne cause. Tu joindras l'utile à l'agréable.

— Je ne vois pas du tout à quoi tu fais allusion. J'essayais de voir si l'aire neuve était...

— C'est entendu, je n'ai rien vu, il ne s'est rien passé. A moins qu'on parie, là tout de suite, qu'avant ce soir...

Job se ressaisit.

— Suffit, Querrien ! Tu sais ce qui t'est arrivé autrefois dans une autre cour à trop parler ? Cette fois, ce n'est pas la « vache » qui te pend au nez, mais plutôt ce poing-ci. Alors attention à toi ! Car... « poing de colosse, gare à la bosse » !

1. De 1830 au début du XXe siècle se tenait fin septembre, pour la Saint-Michel, une foire entre Morlaix et Saint-Pol-de-Léon, où se louaient journaliers et servantes. S'y nouaient également de nombreux mariages : il suffisait de laisser tomber son mouchoir devant l'élu, et la famille signait le futur contrat de noces dans la journée.

L'aire neuve couvrait toute la largeur de la cour de la ferme Stephan, belle construction de granit en forme de U au toit à double pente, qui tournait le dos au chemin, préférant profiter des rayons du soleil du sud plutôt que de subir les intempéries des vents de noroît. Un vaste hangar couvert, habituellement destiné à la charrette et aux outils, avait été dégagé pour abriter des tables improvisées : portes posées sur des tréteaux, que les deux filles de la maison garnissaient de draps blancs. Au fond de la cour s'appuyaient l'étable, l'écurie, la soue à porcs, adroitement dissimulées aux regards par une haie de fusain doré, dont la base avait subi les avanies de ces derniers jours. Les branchages, piétinés, étaient maculés de boue.

Les deux sonneurs avaient pris place contre le puits ; grimpé sur un tonneau, le violon accordait son instrument. Du côté des danseurs, on barguignait, tournait autour de la piste, tergiversait ; les filles minaudaient, tâtaient du sabot pour mesurer le degré d'« enfoncement », tout comme on eût tâté d'une eau froide avant de se baigner : la terre travaillée n'avait rien de très attirant. Exhortant au travail, la bombarde résonna soudain dans toute la cour, fit s'envoler les oiseaux. Le biniou enfla à sa suite, le violon suivit. De l'écurie répondirent les hennissements. A côté, la volaille s'égosillait ; sur le seuil de la ferme, Stephan tenait son gilet à deux mains, surveillant de près la première ronde. Une longue chaîne se mit à serpenter, martelant en cadence la nouvelle terre meuble pour la tasser. Job n'était pas encore entré dans la danse. Il craignait d'en ralentir le rythme, préférait attendre ridées ou *an dro*, mieux adaptés, avant de se lancer. Louis le happa au passage :

— Pas question de paresser, mon vieux ! Tu t'y mets comme tout le monde.

Pour ne pas faire d'histoires, Job obtempéra, laissa passer toute la file avant de s'interposer entre deux jeunes filles de sa connaissance, pas trop loin d'une certaine rousse, pour la contempler à loisir.

Bustes raidis, têtes droites contrastaient avec les lancers saccadés de bras et jambes. Jupes et rubans volaient. On commençait à s'échauffer, à se dérider. Les joues rosissaient. Des gouttes de sueur emperlaient les tempes sous les chapeaux. Quelques « you » lancés à tue-tête résonnèrent. Satisfait, Stephan lissait sa moustache. Vu l'ardeur des « ouvriers à danser », l'aire serait belle, tiendrait plus que la saison.

Les sabots claquaient, la terre s'apaisait, se lissait, les oreilles bourdonnaient, les bouches fredonnaient les couplets, sifflaient les mélodies. Les sonneurs ne levaient pratiquement pas les lèvres, qui sur son anche [1], qui sur le biniou, enchaînaient les airs. Le violon n'était pas en reste. Les musiciens avaient été grassement payés ; Stephan leur avait laissé entendre qu'une rallonge pouvait venir compléter ses largesses s'ils se montraient consciencieux. Ils ne lésinaient pas. Une fête réussie au Pouldu sous-entendait d'autres engagements, un calendrier rempli pour la saison.

1. Petite spatule de bois qui permet à la bombarde d'émettre ses sons.

Selon la danse, Job allait se ranger à distance raisonnable des sabots. Les gavottes, les *plinn* exigeaient trop de son pied pour s'y risquer. Refrain aux lèvres, son pied valide marquant la cadence, il les accompagnait néanmoins. Par endroits, la boue éclaboussait ; les bas des jupes, des pantalons étaient maculés de grandes giclées brunes, mais rien ne parvenait à freiner l'énergie à tasser l'aire. Au contraire. Certains sabots prenaient un malin plaisir à sauter dans cette vase, asperger les voisins, faire réagir les filles, y parvenaient sans difficulté : on criait, on se frottait les virgules boueuses sur le nez, le front. Les cavaliers empressés proposaient leur mouchoir du dimanche. Mouchoir qui finissait immanquablement dans les poches des filles. Prétexte tout trouvé pour se revoir.

Il commençait à faire chaud. Entre deux polkas, on voulut souffler. Quelques couples, déjà enlacés, abandonnèrent la fournaise pour la fraîcheur du hangar, se posèrent au hasard des bottes de paille sans dénouer leurs mains. Job alla retrouver Stephan, un œil rivé aux rondeurs rieuses d'un visage dans la chaîne. A plusieurs reprises leurs regards s'étaient croisés. Les crampes qui lui nouaient le ventre chaque fois ne laissaient que peu de doute. Il devait se rendre à l'évidence : il était pris, mais ne voulait pas s'emballer. Son pied malade en avait fait fuir plus d'une, celle-ci n'allait-elle pas s'ajouter à la liste, qui, pour être courte, n'en rappelait pas moins à Job quelques douloureux moments ?

Louis les rejoignit, salua Stephan, qui demanda aussitôt :

— Terminée, la campagne ? Ça a donné ?

— Terminée depuis le dimanche des Rameaux. Pas de quoi se plaindre. Tant que les Anglais voudront de nos oignons, on pourra dormir tranquilles.

— Je ne vois pas ce qui pourrait les en dégoûter, ce sont les meilleurs à la ronde ! Il est bien connu que les oignons jaunes de Saint-Brieuc ne se conservent pas si bien, et que les oignons anglais ne valent pas tripette !

Louis se tourna vers Job.

— Tu as bien vite abandonné la piste ; maintenant que c'est un peu tassé, ça va se ralentir. A toi les ridées. Qu'est-ce que je disais, en voici une ! Certaines cavalières n'attendent que ça.

Il agrippa Job par l'épaule, d'une poigne vigoureuse l'entraîna, lui glissant à l'oreille :

— Ne va pas rater le coche !

Tandis que, plus haut, il rassurait Stephan :

— S'agit de finir le travail !

Job ne pouvait plus reculer. La tête rousse s'était éloignée. D'autres couples continuaient d'évoluer en douceur sur la terre maintenant presque plane : bientôt on pourrait enchaîner valses, ronds de Saint-Vincent ou cochinchines sur une terre à crapauds [1] digne des plus beaux parquets à danser. Job avala sa salive. La jeune fille semblait attendre, abritée des rayons du soleil sous la pénombre du hangar. Etait-ce un effet d'optique ? N'avait-elle pas jeté à la dérobée quelques œillades furtives dans sa direction ?

Après tout, que risquait-il ? Un sourire gêné si la

1. Terre battue.

belle refusait, un sourire gêné si elle acceptait. Le reste était affaire de conversation. Il se lança. Pour ne point trop effaroucher la belle, il voulut alléger sa boiterie, ralentir le pas. Déjà un autre cavalier s'avançait. Plus prompt, sûr de lui, le pied parfait. On ne pouvait douter un instant de sa direction ni de ses intentions. Il approchait du hangar. Job était incapable d'une telle rapidité. C'en était fini de ses espoirs. Il maudit son pied bot, grommela :

— Bon sang, il y est presque, le bougre !

Louis saisit l'urgence.

— Que tu crois ! Je me charge du danseur. Pour la demoiselle, à toi de te débrouiller.

En quelques enjambées, il fut devant le rival, alors que celui-ci allait tendre la main. Le plus naturellement du monde, Louis s'interposa. Un grand sourire de commande aux lèvres, il demanda :

— Je te regarde depuis tout à l'heure : tu ne serais pas de la compagnie Quiviger de Cléder ?

— Cela même… mais ?

— Je savais bien !

Louis prit un air grave, crocha d'autorité l'avant-bras du jeune homme interloqué, l'obligea à faire demi-tour.

— Aussi ta tête me disait quelque chose ! La saison a été particulièrement bonne pour vous tous, à ce qu'il paraît ?

Que faire au risque de paraître grossier, sinon suivre ? On ne résistait pas à Louis Querrien. Le danseur ne s'y essaya pas, s'épongea le front, pressé tout de même d'en finir.

— Pas mal, il est vrai, mais c'est déjà loin derrière, tout ça. Y a d'autres chats à fouetter aujourd'hui.

Impitoyable, Louis le maintenait fermement, l'empêchait de se retourner, le tirait un peu plus loin, tout à son objectif : voir Job danser avec la demoiselle. Inlassable, il continuait sur un ton d'homme d'affaires :

— Quand je pense qu'il faut déjà songer à la prochaine campagne. Notre compagnie va essayer de chiner[1] du côté est de l'Angleterre. Tout le monde va à l'ouest, autant essayer autre chose, histoire de ne pas mettre tous ses œufs dans le même panier.

Le jeune homme bouillait.

— On a bien le temps de voir venir…

Louis fatiguait. L'inspiration commençait à lui manquer. Enfin, à son grand soulagement, Job entra dans le cercle des danseurs. Tenant par la main la jolie rousse. Au bord du fou rire, Louis lâcha le bras du rival malchanceux.

— Le temps… Le temps ! On ne l'a pas tant que ça. Faut savoir anticiper mon gars, sinon quelqu'un vous passe devant sans crier gare.

1. Vendre les oignons.

6

— Ceux qui veulent leur *farz bruzunet*[1], venez par ici en bout de table, les autres vont voir Amélie.

Debout devant une marmite fumante, Marie-Louise Stephan, le teint fleuri sous la coiffe *chikolodenn* amidonnée, avait pris les choses en main, sorti un énorme morceau de basse côte ficelé, une bonne dizaine de tranches de lard, et quantité de légumes pour servir les premiers convives. Une file d'impatients, l'assiette déjà pleine à la main, se pressait derrière elle. Du bout des doigts, elle tira avec précaution sur la ficelle qui maintenait un sac de toile bise pansu nageant dans le bouillon, le fit atterrir, dégoulinant, dans un plat en terre. La tablée, le hangar fleuraient l'arôme riche du pot-au-feu. Soufflant sur ses doigts, Marie-Louise prit à pleines paumes le paquet brûlant, se mit à le malaxer. On eût dit deux battoirs pour la lessive.

1. Littéralement, « émietté ».

Une voix, dans la file dissipée, lâcha au milieu des rires :

— Vrai, Marie-Louise, je n'aimerais pas recevoir une claque !

— Si tu n'as rien fait, que crains-tu ?

Marie-Louise se brûlait, soufflait sur ses mains, mais continuait le malaxage, en grandes gifles sonores. Elle déficela le sac, livrant un amas de miettes, couleur de lin poivré, tandis qu'Amélie, enveloppée d'une même buée, coupait des tranches de l'étrange rôti. Le *farz* était servi. On fit circuler le *lipig*[1]. Chacun en nappa la bouillie grise. Certains négligeaient la viande, pourtant menu de fête, pour se régaler uniquement du *farz* luisant de gras, essuyant les gouttes de beurre sous le menton. Les verres se remplissaient plus rapidement que ne se vidaient les assiettes. Le bruit des conversations couvrait à peine celui des mâchoires. La fatigue aidant, on préférait se contenter de mastiquer, de boire jusqu'à plus soif.

La nuit était largement tombée. Stephan avait pris soin de préparer le sol de la grange. Une épaisse couche de paille protégeait ses hôtes de l'humidité qui commençait à monter. Personne n'y prêtait attention. A peine si les jeunes filles resserraient, d'une main nettoyée en hâte sur le tablier, leur châle autour d'elles. L'alcool, le fleuretage, les bras entreprenants suffisaient à les réchauffer. Les bougies, les lanternes illuminaient les visages, faisaient briller les yeux,

1. Sauce de beurre fondu et d'échalotes usuellement servie avec le *farz*.

embellissaient les plus timides, adoucissaient les plus hardis. Indifférent aux bruits, aux rires, le violoneux ronflait au fond du hangar, affalé sur une botte de paille, son archet bien serré entre les doigts, une bouteille de cidre vide à ses pieds. Le sommeil l'avait surpris et privé du festin. Les deux sonneurs en haut de table bâillaient de conserve, lampant leur bouillon de viande les yeux dans le vague.

Sous la table gisaient les sabots crottés. Les pieds déchaussés, on essayait d'étendre les jambes, tant les mollets étaient douloureux. Les dos avaient souffert, mais le cidre aidait à faire passer crampes et courbatures.

Dans ce brouhaha diffus, Job regardait Madeleine, Madeleine regardait Job. Elle, dans le halo de la flamme des bougies, qui faisait pétiller ses yeux émeraude, donnait à la masse de frisons échappés de sa coiffe des reflets de châtaigne mûre. Lui, encore abasourdi de ce qui lui arrivait, préférant ne pas s'embarrasser de longues phrases de peur de briser le charme. La certitude de leur avenir commun leur était apparue avec une évidence telle qu'ils restaient sous le choc. Le moindre mot échangé prenait un sens particulier. Ils savaient. Cette sagesse les plaçait au-dessus du lot des convives. Etourdie, Madeleine avait repoussé son assiette, délaissant le dîner. Job mangeait vite, sans y prêter attention, tout à sa hâte de se retrouver en tête à tête avec elle. Ce qu'il ressentait le dépassait : une danse avait suffi à infléchir sa vie. Avoir face à soi la personne avec laquelle on est désormais certain de passer le reste de sa vie a de quoi donner le vertige. Un vertige délicieux qui l'allégeait. L'image le fit sourire : lui, le colosse au pied bot. Allégé !

Sur la table, nombre de bougies s'éteignaient. Cela marqua le signal du départ. On repoussa les bancs. La pénombre aidant, les mains se trouvaient, se posaient sur les hanches. On se saluait dans les rires et les chuchotements, pressés de s'égailler dans les chemins sous la lumière discrète du croissant de lune. Stephan proposa les hauteurs de la grange pour abriter ceux qui habitaient trop loin. Job et Madeleine n'eurent pas à se concerter. Tout naturellement, elle lui prit la main, l'entraîna vers la mer. La houle, qui jusque-là ne roulait qu'en sourdine, livra toute sa puissance, aussitôt franchies les limites de la cour. L'iode, les goémons leur sautèrent au nez, après une journée à respirer la terre fraîche. Une légère brise montait de la plage. La marée était basse, les vagues étaient tentantes. Sabots à la main, Madeleine lança un défi :

— Toi qui as montré tant de courage aujourd'hui, en auras-tu encore un peu cette nuit ?

Elle rectifia aussi vite :

— Je parle de se baigner !

— Là, maintenant ?

— Quand, sinon ?

Job rêvait de tout sauf d'une baignade :

— Je propose un compromis. Marcher dans l'eau à la rigueur, pour nous décrasser les pieds...

— Qu'on est raisonnable !

— Plutôt frileux !

— Je cède pour cette fois. C'est ma première concession, la prochaine sera pour toi.

Un silence courut. Concession induisait futur commun. Posément, Madeleine se débarrassa de ses sabots, vint se planter devant lui. Sa tête atteignait à peine l'épaule de Job, qui se mit à rire tout bas :

— Dieu que tu es petite !

Mais l'un comme l'autre étaient trop émus pour continuer sur le ton de la plaisanterie. Job prit délicatement Madeleine par la taille, la souleva, l'installa sur le bord de la dune. Yeux à la même hauteur, souffles mêlés. Madeleine approcha lentement sa bouche de celle de Job, l'effleura, insinua sa langue entre les lèvres entrouvertes ; les bras de Job se refermèrent sur elle. Le premier baiser fut léger… Ebauche des suivants, de plus en plus appuyés.

7

Moins d'un mois après l'« aire neuve », Job fit sa demande.

— A une condition ! imposa Madeleine.

Job consentait à tout d'avance.

— La bénédiction de tante Eulalie. Obligatoire.

— S'il faut en passer par là !

Il fallait. Patienter aussi. La vieille parente, qui l'avait recueillie à la mort de ses parents, n'avait pas l'intention de « lâcher comme ça son unique nièce à un pied bot, mauvais présage entre tous ». Madeleine savait qu'il lui faudrait essuyer quelques remarques un peu acerbes – elle en avait l'habitude –, mais tante Eulalie frappa fort :

— Eh bien, pour du rapide ! En plus il est infirme... Décidément tu ne feras jamais rien comme les autres. Tu aurais pu...

— Ce que j'aurais pu... je ne veux pas le savoir, ma tante. C'est lui et personne d'autre.

— Après tout, ce que j'en dis, c'est pour toi. Il est vrai que tu n'es plus un perdreau de l'année, ma fille.

Tu ne peux donc point faire la difficile à vingt-six ans passés, mais...

— Entre un infirme et une vieille, nous voilà bien assortis !

— Ne fais pas ta mauvaise tête. Ton amoureux est-il au courant ?

— Au courant de quoi ?

— Du caractère si charmant de sa promise ? Epouse-le vite, tu as raison, avant qu'il ne s'en aperçoive. On ne sait jamais, il pourrait te préférer une jeunesse qui filera plus doux que toi ! Tout de même, cette boiterie...

Job se doutait bien, justement, que cette boiterie ne plaidait pas en sa faveur. Il connaissait déjà les arguments, ne voulait pas batailler sur ce terrain.

Madeleine lui fournit la clé qui lui permettrait de gagner le cœur de la vieille dame :

— Son péché mignon, le tabac ! Elle essaiera de résister, mais ne pourra pas.

Sous la coiffe noire à deux bosses [1], le petit visage ridé telle une pomme reinette oubliée sur la clayette d'un cellier, tante Eulalie attendait sur le pas de sa porte, les mains croisées sur une canne aussi noueuse qu'elle. Elle prit son temps pour examiner Job des pieds à la tête, s'attarda un peu plus que ne l'aurait voulu la charité chrétienne sur la haute semelle. Avant de livrer son commentaire, elle toussota.

— Vous êtes bien grand pour cette petite-là !...

Madeleine estima que c'était plutôt un bon début,

1. Coiffe de l'île de Batz.

mais sa tante les gardait dehors : la victoire était loin d'être acquise. Une succession d'anges passa. Eulalie ne les faisait toujours pas entrer. Madeleine poussa Job du coude, chuchota :

— Qu'est-ce que tu attends ? L'arme secrète ! Vite !

Comme par enchantement, une blague à tabac rebondie passa de la main de Job à celle d'Eulalie. La transformation fut saisissante. Deux prunelles se mirent à briller. La reinette s'épanouit, se lissa sous le plaisir. La canne frappa le sol par deux fois.

— Vous avez l'intention de monter en graine devant ma porte ?

Bien que le trio n'eût guère avancé que de quelques petits mètres – la chaumière, à l'image de ses occupantes, était minuscule –, il était enfin dans la place. Job se cogna aux poutres, tante Eulalie lui répéta :

— Voyez, vous êtes bien grand pour nous autres.

Mais le ton avait changé. Elle s'apprivoisait.

Job coinça comme il pouvait son grand corps maladroit sur un coin de banc. Il s'efforçait d'éviter de croiser le regard de Madeleine. Le fou rire rôdait. Il fallait tenir encore un peu. Le spectacle de l'aïeule partagée entre la politesse et l'avidité à se jeter sur le tabac était particulièrement réjouissant. Les prunelles couraient de la bienséance au péché. Eulalie se décida en un soupir qui en disait long sur son renoncement – certainement provisoire –, croisa les mains agitées de tremblements sur son tablier, demanda avec solennité :

— Comment comptez-vous faire vivre ma nièce ?

— La forge marche bien... mieux que moi en tout cas !

Il fut charitable, tendit la perche, mettant ce qu'il pouvait d'aimable reproche dans le ton :

— Mais vous n'essayez pas mon tabac ?

Cette bénédiction-là valait tous les encouragements. Eulalie ne pouvait mécontenter son invité. Elle se jeta sur son cadeau, l'ouvrit. Son plaisir était manifeste. Elle huma le tabac un long moment, prit une petite pincée entre ses doigts jaunis, la déposa dans le creux de son pouce, et sans plus de cérémonie la renifla bruyamment, les yeux fermés, toute à sa délectation.

Quand elle les rouvrit, qu'elle retomba sur terre, Job et Madeleine se mordaient les joues pour ne pas succomber. Le réveil semblait rude. Elle remit sa coiffe en place, avisa les deux regards un peu trop brillants, supposa que c'était l'attente de son verdict. Oubliant Job, elle s'adressa à Madeleine :

— Dis-moi, ma fille, bénédiction ou pas, tu l'épouseras de toute façon, ton boiteux ? Je l'ai toujours dit : tu n'en as jamais fait qu'à ta tête.

Restait à fixer la date précise de ces noces. Job voulait Louis pour témoin – l'ami de toujours n'était-il pas pour beaucoup dans ce qui lui arrivait, n'avait-il pas travaillé à cette rencontre ? –, on avait donc peu de latitude, il fallait faire vite, car la perspective de son départ prochain pour l'Angleterre, aux alentours de la fin juillet, restreignait les possibilités. Mais, à trop précipiter le mariage, on bousculait les usages. Louis arrangea tout le monde.

— Pour une fois je partirai en août ! D'autres le font

bien, pourquoi pas moi ? Je verrai à régler ça avec le master, il comprendra.

— Mais la Saint-Laurent [1] ?

— C'est ça ou pas de témoin, mon vieux Job. A toi le choix ! Tu auras ma mort sur la conscience si « tourmant Sant Laurans [2] » il y a !

Ce choix était le plus sensé, Job s'y rangea aussitôt.

— Ida et les filles seront contentes de t'avoir un peu plus longtemps.

— Si seulement !

L'un comme l'autre savaient que l'espoir d'une éclaircie dans le penn-ty voisin était mince. Heureux, Job eût aimé que la terre entière le fût, à commencer par son meilleur ami. Il voulut le rassurer.

— Les choses finiront bien par s'arranger !

Il regretta aussitôt ses paroles.

Louis se ferma. Comme il le faisait toujours quand un sujet le dérangeait, il trouva un prétexte pour couper court, s'inventa une course urgente de l'autre côté de Roscoff, prit congé sur une pirouette :

— C'est la faute à pas de chance !

Job ne put que le regarder s'éloigner, s'en voulut.

La chance ! Qu'avait-elle à voir dans cette union si mal assortie ? Peu de chose ! Personne n'était venu infléchir leur destin, il eût fallu une bonne âme pour s'interposer, avant même que ces deux-là se rencontrent. Pour éviter à Ida d'épouser Louis par dépit, à

---

1. Le 10 août, date de la Saint-Laurent, deuxième départ des johnnies, est réputé pour ses coups de vent.

2. « Tempête de Saint-Laurent. »

Louis de s'entêter. Personne n'avait empêché Ida de dire oui alors qu'elle en aimait désespérément un autre, un autre qui lui avait préféré de plus vastes horizons et dont elle portait déjà la fille. Louis était pourtant si sûr de sa victoire :

« Elle finira bien par m'aimer, non ? »

Son enthousiasme était si communicatif que Job ne se sentit pas le cœur d'y mettre un frein. Peut-être y crut-il lui-même ? Il fallut se rendre à l'évidence : Ida n'avait pas fini par l'aimer. Elle semblait traîner son chagrin jour après jour, alternant les grands moments d'abattement avec les accalmies trompeuses.

Job suivait cela de loin. La mine de Louis parlait pour lui. Entre les saisons d'oignons, les absences comme journalier quand les temps étaient trop durs, la forge était son refuge. Il venait y parler d'autre chose, plaisantait, retardait le moment de rentrer, puis à la nuit tombée, quand il ne pouvait plus reculer, retournait au penn-ty, découragé par avance.

La naissance d'Irvy avait laissé une plaie à vif, celle de Jeanne marqua une étrange trêve entre les époux. Quelques mois après, l'embellie s'installa, inattendue. Ida se remit à sourire, accrocha un camée à son corsage, sortit en semaine la coiffe des dimanches. Elle resplendissait. Louis exultait.

« Je te l'avais bien dit ! Suffisait d'attendre ! Mais Dieu… que ça fait du bien ! »

Juillet sonna le départ des johnnies ; avant d'embarquer, Louis fit un crochet par la forge.

« Je te confie Ida et les petites. Pour la première fois de ma vie, partir ne me dit rien. Il n'y a pas à dire, le bonheur, cela change tout ! J'en reprendrais bien un peu, juste pour quelques mois encore ! Va, il m'attendra bien jusqu'à Pâques ? Tu surveilleras ? »

Job ne voulait pas jouer les oiseaux de mauvais augure. Il tut la petite voix importune qui lui répétait :

« Dieu t'entende ! »

Au lieu de cela, il plaisanta :

« Ne t'inquiète pas, je monterai la garde. »

Au lendemain de la Saint-Laurent, Job aperçut de loin sur la place du marché une Ida guillerette tout en beauté, le camée à sa place. Elle ne le vit pas, trop occupée à sourire... à son ancien amoureux. Un sourire comme Job ne lui avait jamais vu, qui la transfigurait. Accablé, il passa son chemin, remercia le ciel que Louis fût loin.

Il la croisa de loin en loin jusqu'à la Toussaint. Ida souriait toujours, mais l'évitait soigneusement. La tristesse revint pour la première semaine de l'Avent. Plus de coiffe des dimanches, ni de bijou au corsage. Noël ne marqua aucun changement. Ida promenait à nouveau un visage fermé, mais ne changeait plus de chemin quand le hasard la faisait croiser Job.

Février 1898 commençait tout juste, lorsque le glas retentit dans toute la campagne, lança la population alarmée sur les chemins de l'église. A trois maisons de là, Ida sortit, Jeanne dans les bras, Irvy à sa suite, vint frapper à la forge. Job attela en hâte la charrette, emmena tout son monde sur la place du village. La foule s'y pressait déjà. Le curé réconfortait les premières larmes. Une feuille de papier circulait de main en main. Ida courut se renseigner, son châle serré contre elle. A l'écart, Job attendait, surveillant les petites. Terrorisée par la foule, Irvy s'accrochait à son bras. Ses six ans encaissaient sans les comprendre des mots insoutenables : bateau... coulé... des johnnies.

Une sueur froide coula dans le dos de Job. Les questions se bousculaient : Louis peut-être ? Comment ? Il avait affirmé ne rentrer qu'à Pâques.

« Pour la première fois de ma vie partir ne me dit rien... »

Se pouvait-il qu'il ait devancé son retour ?

Dans la cohue, une femme en pleurs tendit la liste à Ida. Leurs mains tremblantes se joignirent un instant. Ida alla s'adosser au mur de l'église. Ses lèvres égrenaient les noms. Puis la bouche se pinça. Job reçut comme un coup de poing à l'estomac, vit la tête d'Ida partir en arrière. Livide. Lorsqu'elle rouvrit les yeux, ce n'était plus la même femme. Job voulut se précipiter, mais déjà, le regard fixe, elle marchait vers lui, prit Irvy par la main, retourna jusqu'à la charrette, la fit asseoir, s'installa à ses côtés. Elle n'avait pas prononcé un mot. Raide sur son banc, elle n'eut pas un geste pour Jeanne, qui s'égosillait derrière.

Job grimpa près d'elle. La bouche sèche, il risqua une main sur son bras.

« Louis ? Qu'est-il arrivé ? Louis est-il... ? »

Elle le fusilla du regard, la bouche en rictus, cracha avec mépris :

« Non, ce n'est pas Louis... ce n'est pas Louis ! »

Sa voix enflait, hystérique.

« Puisque je te dis que ce n'est pas Louis ! »

Tétanisée, Irvy pleurait en silence. Jeanne

s'époumonait de plus belle. Déjà, on se retournait sur eux. Job la prit par l'épaule. Elle le repoussa violemment puis tout aussi soudainement se calma pour s'affaler contre lui, secouée de sanglots. Une femme s'approchait.

« Je viens de voir la liste. Vous avez de la chance, votre Louis n'y est pas. »

Elle agrippa le rebord de la charrette, tapota la jupe d'Ida.

« Allons, allons ! Ne pleurez plus. Pas besoin de se mettre dans des états pareils. »

Elle se tourna vers Job. Rien ne semblait pouvoir arrêter cette insupportable voix haut perchée, ce débit saccadé, cette complaisance dans l'horreur.

« On dit que le bateau [1] s'est fracassé sur les rochers au large de Guernesey. Quatorze johnnies de par le fond. Quatorze ! Vous vous rendez compte... Mais c'est pas tout : il y avait aussi des femmes, des enfants. Des gars du coin, de Cléder, de Saint-Pol. Tiens, ce serait-y pas un que vous connaissiez de votre jeune temps, Ida ? Allez ! Dieu ait leur âme, à ces pauvres malheureux. Vous avez bien de la chance que votre Louis n'en soit pas, je vous le dis. »

Ida hurla :

« Assez ! Ça suffit, allez-vous-en, avec votre mort plein la bouche. Ça vous fait plaisir de raconter ça, hein ! Foutez le camp ! »

1. Le *Channel Queen*, steamer britannique qui assurait la liaison entre Plymouth et Saint-Brieuc, sombra le 1er février 1898 ; quarante-quatre Bretons y trouvèrent la mort.

Avant qu'elle ne lève la main sur la femme, Job retint Ida, claqua la langue pour faire avancer le cheval. Un attroupement se formait. Dans un grand silence, on s'écarta sur leur passage.

A la lisière du village, Job mit le cheval au trot.

Lassée qu'on ne l'écoute pas, Jeanne s'était endormie, bercée par les cahots du chemin. Irvy reniflait doucement. Ida ne prononça pas un mot jusqu'au penn-ty. Devant sa porte, elle dit à Job :

« Je savais bien que Louis n'était pas sur ce bateau. »

Job reçut l'aveu sans ciller. Le cheval n'attendit pas, de lui-même fit demi-tour, prit au pas le chemin caillouteux, s'arrêta quelques minutes plus tard devant la forge, se mit à brouter les quelques rares brins d'herbe devant le muret.

La phrase tarauda Job longtemps. Ida lui avait livré son secret. L'arme était à double tranchant : se taire, c'était trahir Louis ; parler, c'était trahir Ida.

Aussi pas de quoi être surpris de sa réaction, plutôt de son manque de réaction, quand il lui annonça son mariage. Un soupir impatient. Un regard désespérément éteint. Rien depuis trois ans ne semblait éveiller le moindre intérêt chez elle. Elle fut lapidaire :

« Parce que tu crois que le bonheur existe peut-être… Quelle farce ! »

Job se demanda si elle savait encore jouir de l'instant. Non, toujours cette complaisance dans le chagrin !

Il se souvint d'une remarque des religieuses du Saint-Esprit, la trouva appropriée.

« Ces Léonardes, toujours un malheur sur le feu ! »

Il eut envie de la bousculer un peu, de lui remettre les idées en place.

« Si tu voulais ! Louis n'attend que cela... »

Mais Ida ne voulait pas. L'avait-elle jamais voulu ?

« Bravo pour ce mariage, mais le travail ne s'est jamais fait tout seul ! Même si certains trouvent encore le temps de s'amuser. Ta fiancée rit beaucoup, m'a-t-on dit. »

Le venin prêt à s'insinuer. Elle prit congé froidement, hautaine silhouette tout de noir vêtue dans le chemin en fleurs. Un frisson parcourut Job. On eût dit l'Ankou [1] incarné. Pour un peu, il se serait presque signé.

— Eh bien, on rêve. Tu as la tête de quelqu'un qui vient de croiser un fantôme.

Un panier couvert d'un torchon à carreaux sur la hanche, Madeleine le regardait en riant. Job secoua la tête, pour évacuer la lugubre vision.

— J'ai pensé qu'il fallait nourrir le futur marié, si je voulais qu'il serve à quelque chose !

Avec Madeleine les choses étaient simples. Pas de culte du chagrin, de tourments inutiles. La vie. Elle était lumineuse : le feu acajou de ses boucles simplement nouées d'un ruban bas dans le dos. Il oublia tout, la forge, les fers à parer, le cheval entravé qui attendait, le client qui ne tarderait plus. Envoyant valser le panier, il tira un coin de son tablier, la colla contre lui,

1. La mort.

les deux mains sur ses reins, la bouche contre son oreille.

— Juste sentir ta chaleur...

Les joues de Madeleine s'empourprèrent. Son rire sonna clair, flûté. L'invite était sans détour.

— Pas plus ? Es-tu certain... ?

Il accentua la pression de ses mains.

— Il ne tient qu'à toi...

Le cheval hennit tout près d'eux. Une silhouette se profilait au coin du penn-ty. Madeleine se détacha à regret, soupira en l'effleurant de ses lèvres :

— Oh non, pas qu'à moi... Pas qu'à moi !

Le client s'approchait. Madeleine ramassa le panier, remit le torchon en place, chuchota :

— Monsieur le maréchal-ferrant, vous ne perdez rien pour attendre !

8

Jeanne et Job

Santec, La Petite Bastille
19 novembre 1905

Dans le crépuscule, la flamme éclairait Job à demi, accrochait de curieux reflets. Son tablier de cuir autour des reins, le visage penché au-dessus du foyer, il tournait, retournait une longue lame dans le brasier. Dissimulée derrière un des poteaux de bois qui soutenait la charpente de la forge, Jeanne, subjuguée, retenait son souffle. Le morceau de fer rougeoyait au-dessus du feu, subissait le martèlement, répondait par des étincelles. Job s'essuya le front, découvrit Jeanne :

— Eh bien, petite, tu es là depuis longtemps ? Ce n'est pas une heure pour se promener. Ce n'est déjà pas un temps à mettre un vieux maréchal-ferrant dehors !

Apprivoiser Jeanne était un exercice quotidien. Il fallait comprendre ses silences, les respecter, prendre son temps, ne rien brusquer.

— De toute façon c'était l'heure de rentrer. Pas la

peine d'y passer la nuit. Ce morceau de fer attendra bien jusqu'à demain. Je me débarrasse de ça et nous allons voir Madeleine. Elle aura certainement un bol de soupe chaude pour de pauvres travailleurs comme nous !

Le rire de Jeanne perça l'obscurité.

— Nous avons une langue, j'aime mieux ça ! Ta mère sait-elle que tu es là ?

Elle secoua la tête.

— Non ? Si on allait de ce pas lui dire que tu vas rester avec nous ce soir…

Jeanne sortit tout à fait de sa cachette, haussa les épaules.

— Pas la peine, elle n'est pas de très bonne humeur…

Comme si le lien de cause à effet était évident, elle dit :

— Papa revient.

Job toussota. La maturité de la petite l'avait toujours impressionné. Il insista :

— Mais si elle te cherche ?

— Elle aime autant que je ne sois pas dans ses jambes, tu le sais bien.

Job dispersa les morceaux de bois dans l'âtre. Le feu réduisit aussitôt. Se débarrassant de son tablier, il tendit la main à Jeanne.

— Rentrons, veux-tu ? Je viendrai tout à l'heure vérifier si mon feu n'a pas repris.

Jeanne luttait contre le sommeil, essayait de rester droite devant son assiette, mais sa tête retombait lourdement. La surprise la faisait se relever en sursaut, bouger sur le banc, mais bientôt, à nouveau, ses paupières pesaient. Les bruits autour d'elle lui parvenaient de plus en plus cotonneux. Une agréable torpeur l'envahit. Elle flottait. Au chaud, le ventre satisfait. Qu'elle était bien ! Le rire de Madeleine, les gazouillis de la petite Suzanne, Job et son calme protecteur, et, pour couronner le tout, le retour imminent de son père. Une seule envie : se laisser glisser dans cette inhabituelle béatitude. Ne plus résister.

Les coups frappés à la porte lui firent à peine relever un sourcil. Le froid qui s'engouffra, pas plus. Ses yeux clignaient. Un homme, chapeau à la main, saluait Madeleine puis Job. Derrière lui, Ida. D'un bond, Jeanne se redressa, manqua tomber du banc. La mine de sa mère n'augurait rien de bon. Pire encore que dans son dernier souvenir. Elle chercha un secours auprès de Job, se colla à Madeleine, dernier rempart avant l'inévitable punition, attendit. Le ton qui montait, les cris… Rien ne vint à part :

— Je me doutais bien qu'elle serait là, va. La mauvaise graine pousse toujours là où il fait chaud.

La sécheresse de ton était là, sans l'exaspération habituelle. Une sobriété étonnante.

Suzanne dans les bras, Madeleine expliqua :

— Allons, ta Jeanne est une brave petite. J'avais de la soupe, elle y a goûté, il n'y a pas de mal à ça.

Ida ne releva pas. Fait tout aussi inusité :

— Sans doute, sans doute. Je ne suis pas là pour ma

fille. Elle ne perd rien pour attendre. Les cloches tout à l'heure, vous n'avez rien entendu ? Je m'en doutais. Pendant que vous étiez là bien tranquilles...

L'homme qui accompagnait Ida s'avança sous la lumière, montra Jeanne du menton :

— Ida, vous ne croyez pas qu'on ferait mieux d'attendre que la petite soit couchée ?

Ida le rabroua :

— Blaise, je n'ai pas besoin qu'on me dise ce que je dois faire. La petite saura de toute façon. Autant qu'elle sache là maintenant ce qu'il en est de son...

— Ida, malgré tout le respect que je vous dois, j'insiste... Pas comme ça.

Soudain inquiet, Job intervint :

— L'heure est aux adultes, conviens-en, Ida.

Ida soupira d'impatience, expédia sa fille d'un mouvement de la main :

— Fais ce qu'on te dit, plus vite que ça !

La perspective de se retrouver seule dans la nuit pour rejoindre la maison n'enchantait guère Jeanne. Madeleine vint à son secours, cala Suzanne contre sa hanche, l'enveloppa à la hâte d'un châle dont les franges lui chatouillaient le nez, poussa Jeanne vers la porte. Le rire de Suzanne flotta longtemps derrière elles.

Ida rompit la trêve sans ménagement :

— Le bateau de Louis a coulé au large de Saint-Malo, la nuit dernière. Le maire de Roscoff a fait demander à tous de venir maintenant à la mairie.

Job se mêla à la foule silencieuse qui patientait. Il était venu seul, avait obtenu d'Ida qu'elle attende le lendemain pour annoncer la nouvelle à Jeanne, mieux, qu'elle le laisse s'en charger. Il se fraya un passage jusque dans les premiers rangs. Des mains se joignaient. Des chapelets cliquetaient. Devant l'urgence de la situation, Pierre d'Herbais, le maire de Roscoff, fit entrer tout le monde dans la salle des délibérations du conseil municipal, à peine éclairée par des lampes à pétrole. Il déplia un télégramme, commença lentement la lecture d'une voix enrouée :

— « Vapeur *Hilda* perdu près du phare du Jardin, samedi, la nuit. Les survivants... »

Il y eut un murmure.

— « Seuls sont sauvés : Jean-Louis Mouster, Olivier Caroff, Paul Penn, Louis Rozec, Tanguy Laot [1]. Autres hommes des compagnies perdus. Signé Hamon, représentant malouin de la South Western [2]. »

Hébétée, l'assistance ne réagit pas. D'Herbais plia le papier bleu méticuleusement, alla rejoindre le premier adjoint. Un sanglot déchira le silence. Sonnée par la nouvelle, une femme tomba à genoux. Elle se tordait les mains.

— Ma Doué, ma Doué.

Secoué de sanglots, un homme la releva pour l'étreindre dans un même chagrin.

---

1. Tous ces noms sont exacts. Ces cinq johnnies furent les seuls survivants, plus un homme d'équipage, du naufrage du vapeur *Hilda* dans la nuit du 18 au 19 novembre 1905.

2. Chronique locale roscovite du 21 novembre 1905.

Les dos se courbaient sous le coup de la douleur. On n'entendit bientôt plus que des lamentations en sourdine, d'où émergeaient des hoquets spasmodiques et des cris étouffés.

Job s'approcha du maire. Le texte du télégramme ne lui suffisait pas.

— « Autres hommes des compagnies perdus » ? Ils n'ont peut-être pas encore retrouvé tout le monde... il reste peut-être des survivants, non ?

D'Herbais le regarda, sans comprendre, lui tendit le papier.

— Lisez, tout est là, tout est écrit là. Je ne sais rien de plus.

Job s'éloignait quand le maire le rattrapa, lui posa la main sur l'épaule.

— Pardonnez-moi, l'émotion m'aura... Nous avons décidé, François Quément, le premier adjoint, et moi-même, qu'une délégation partirait de Roscoff demain pour Saint-Malo avec un représentant de chacune des familles. Votre place, ainsi que celle d'Ida Querrien, est prévue.

Il désigna du regard les gens qui quittaient la salle.

— Pas une famille qui ne soit concernée de près ou de loin... Tant de compagnies...

La charrette avançait au pas. Le vent s'était tu. Quelques lanternes illuminaient la campagne, feux follets perdus au milieu de la nuit. Job souffla sur ses mains. Le froid piquait.

L'ami Louis.

Parti. Pour de bon. La nuit dernière. La nuit où il neigeait. Que faisait-il pendant que Louis se débattait dans les eaux froides ?

Rien que de très banal, la vie, la chaleur, l'amour. Il eut une pensée pour son neveu qui aurait dû partir, en avait tant rêvé, puis à quelques heures s'était vu refuser l'embarquement par le master.

« Trop jeune, mon gars, pas assez aguerri ! »

Maurice en avait voulu à Job, lui avait reproché de ne pas avoir été assez convaincant. Maintenant il devait dormir bien au chaud, ou bénir son oncle.

Job arrêta le cheval au milieu d'un sentier, lâcha les rênes, se prit la tête entre les mains. Quelques souvenirs revinrent, insignifiants, dérisoires. Des plaisanteries, quelques bons mots, la cour de récréation, la branche de fleur d'oranger accrochée au gilet de Louis le jour du mariage. Avait-il détesté porter cet « attirail » !

« C'est bien parce que je suis ton témoin, sinon, j'en aurais vite fait un feu de joie ! Je suis ridicule ! »

Job secoua la tête. Des gouttes de pluie lui tombèrent au creux des mains.

— Une bien sale blague que tu nous as faite là, vieux Louis ! Qu'est-ce qui t'a pris de vouloir venir passer Noël à La Petite Bastille, qu'est-ce qui t'a pris ?

Job leva les yeux. Le ciel était plombé, noir d'encre, sans étoiles.

— Toi, là-haut, cria-t-il à tue-tête, Tu nous oublies, pauvres pécheurs que nous sommes !

Sa voix se mêla à la houle. Il reprit les rênes, le cheval n'attendait que cela, la charrette redémarra au petit trot. La cheminée de son penn-ty fumait au loin. Madeleine avait accroché une lanterne au bas du pignon. Ce lui fut comme un amer, un havre doux. Il s'essuya les joues. Une bouffée d'angoisse lui noua le ventre : Jeanne ! Son visage lui apparut, s'y superposa celui de sa mère. L'épreuve qui allait suivre serait plus difficile encore : annoncer à la petite qu'elle venait de perdre son père…

— Papa n'était pas dans ce bateau, n'est-ce pas, Job ?

Jeanne semblait encore plus frêle que d'habitude. La natte en broussaille, la frimousse encore chiffonnée de sommeil. Ida avait tenu sa promesse, avait accompagné la fillette dès le lever du jour, était repartie aussi vite.

Jeanne insista :

— Il en a sûrement pris un autre. Je t'assure. Tu dis toujours qu'il sait se débrouiller.

Sa propre impuissance terrassa Job. Il n'avait rien à répondre, pas de mots rassurants à offrir à Jeanne, rien que ce silence maladroit, son dérisoire :

— Allons, Channig, il faut être courageuse… ton père l'aurait voulu ainsi.

La belle consolation à offrir à une enfant de huit ans ! Il lui caressa la tête. Elle le repoussa, s'énerva :

— Je n'ai pas à être courageuse. Je te dis qu'il va arriver par un autre bateau. On va aller le chercher comme d'habitude… Imagine s'il était tout seul sur le quai et qu'il ne nous voyait pas.

Madeleine entra, les joues rougies par le froid, le bout des mains presque bleu. Quelques secondes lui suffirent pour comprendre. L'éclair de colère. Job désemparé. Elle s'approcha, voulut entourer Jeanne de ses bras, qui, butée, répétait :

— Il faut partir chercher mon père.

— Mais, Jeanne, tu ne peux pas...

— Bien sûr que si, je suis toujours allée le chercher depuis que je suis toute petite.

Mise au courant, Ida haussa les épaules :

— Après tout, si elle y tient ! Une fois à Saint-Malo, elle aura tôt fait de comprendre. Elle ne pourra pas s'entêter. Je bénis déjà le ciel qu'Irvy soit chez sa grand-mère. Elle pleurera bien assez tôt. J'ai suffisamment à faire avec Jeanne.

Madeleine s'indigna :

— On ne peut pas laisser faire ça ! Enfin, Job ! Jeanne est persuadée que son père est vivant ! Que vous partez à Saint-Malo pour le chercher... Qui sait ce que vous allez voir là-bas ? Ce n'est pas la place d'une enfant, elle n'a que huit ans !

Pour la première fois depuis leur mariage, la dispute éclata :

— Cela ne te regarde pas. Tu n'as rien à redire là-dessus. Si elle veut venir...

— C'est toi qui dis cela ? Toi qui répètes à qui veut l'entendre que Jeanne n'est qu'une petite fille ! Vois comme Irvy est épargnée. On n'est pas allé la chercher pour lui imposer l'enterrement de Louis, on la laisse bien tranquille avec sa grand-mère. Pourquoi n'en ferait-on pas autant pour Jeanne ?

— La différence pour la petite, c'est qu'il s'agit de son père.

— Louis est le père d'Irvy dans les faits, s'il ne l'est pas sur le papier.

— Tu es bien innocente, Madeleine. Toutes ces années, Ida a seriné à sa fille que Louis ne remplacerait jamais son père.

Mais Madeleine ne voulait pas en démordre.

— Vous ne l'emmènerez pas voir le corps tout de même ? Tout ça pour qu'elle se rende compte ?

Job lui prit le poignet, planta son regard dans le sien.

— C'est le seul souvenir de son père auquel Jeanne pourra se raccrocher. Laisse-lui ça. Elle en aura tant besoin… après.

Madeleine pleurait.

— On ne peut rien faire d'autre, alors ?

— Si, être là quand elle aura besoin de nous. C'est tout ce que l'on peut faire pour elle, maintenant.

9

Saint-Cast
21 novembre 1905

Le chemin vers la vieille église désaffectée, transformée en chapelle ardente, montait en raidillon. Le maire de Saint-Cast, le curé, le vicaire marchaient devant. La délégation de Roscoff, une soixantaine de personnes, en majorité des femmes tout en noir, suivait en chantant le requiem initié par l'abbé Ménard, recteur du village.

Depuis le matin, Jeanne n'avait pas desserré les dents. Pas un mot depuis qu'ils avaient tous trois embarqué sur le contre-torpilleur le *Lancier* affrété par la ville pour conduire les familles de Saint-Malo à Saint-Cast. Saint-Cast où, depuis deux jours, les noyés de l'*Hilda* s'échouaient par dizaines.

Le cortège fit halte devant le porche tendu d'un catafalque noir que surplombaient trois drapeaux en berne. L'abbé Ménard entra le premier. Lentement, l'une après l'autre, les femmes l'escortèrent. Ida fit signe à Job.

— Je viendrai vous chercher.

La porte à peine refermée, les premiers cris, les sanglots résonnèrent sous la voûte. Job entraîna Jeanne à bonne distance. Les minutes s'égrenaient devant l'église. Insupportables. Dans le froid et le vent. Ida reparut dans l'entrebâillement de la porte. Main crispée sur le bois, lèvres exsangues.

— Rien. Louis n'est pas là. Le master de la compagnie, son frère … Ils sont tous là. Il y a des enfants, des femmes. Mais pas Louis.

Jeanne écouta à peine ; le front buté, elle gronda :

— Tu vois, je savais bien, on n'a rien à faire ici !

La gifle d'Ida claqua, dans le silence recueilli. Les yeux noirs ne cillèrent pas. Bouleversé, Job vit Jeanne ravaler ses sanglots, sa révolte. Elle refusa la main qu'il lui tendait, dévala le chemin derrière sa mère, fragile silhouette dans sa jupe de drap noir, étrangère à ce qui se tramait dans la tête de sa fille.

Saint-Malo
22 novembre 1905

De retour à Saint-Malo, rue Jacques-Cartier, la visite aux bureaux de la compagnie de la South Western, qui affrétait le steamer *Hilda*, n'apporta aucun élément nouveau. Malgré toute sa bonne volonté, sa compassion, Adrien Hamon, directeur régional de la compagnie, ne pouvait les renseigner : la liste des passagers était à bord, au mieux à Southampton, port de départ. Il fallait attendre. Derrière le comptoir, un tableau noir affichait les mouvements des navires. Aucun autre bateau ne croisait dans ces eaux aux mêmes dates. Le seul navire qui assurait lui aussi la liaison transmanche, l'*Ada*, était en partance pour l'Angleterre le matin du naufrage.

— C'est le capitaine de l'*Ada*, Howe, qui a fait la sinistre découverte, dit Adrien Hamon.

Pour ménager Jeanne, il ajouta à voix basse :

— Allez voir à l'hôpital, il y en a d'autres... tant d'autres, hélas !

Plusieurs salles de l'hôpital avaient été réquisitionnées pour accueillir les dépouilles des autres victimes. Job confia Jeanne à une sœur de charité, accompagna Ida vers une grande salle basse et nue où reposaient les corps. A la porte, il ne put s'empêcher de marquer un temps d'arrêt devant l'impressionnant alignement de draps blancs que déformaient les gisants. Déjà habituée depuis deux jours à ces visites macabres, Ida lui lâcha le bras. Spectre aux cernes mauves, elle avança entre les travées au milieu des haies de cadavres, souleva un drap, regarda à peine, continua. Sans un tressaillement visible. Ses mains seules la trahissaient. Les jointures blanchies à force de se raidir. Contraste saisissant de cet autisme volontaire face au déchaînement de chagrin des familles agenouillées devant leurs défunts. Certaines dressaient leurs poings vers le ciel, insultaient Dieu, d'autres se battaient la coulpe. On dut sortir une jeune fille évanouie au chevet de sa mère.

Près d'une fenêtre, on avait posé un crucifix. Sur une table, une branche de buis trempait dans un vase.

Ida secoua imperceptiblement la tête.

Louis n'était pas là non plus. Il en fut ainsi des trois salles. Impénétrable statue dans le tumulte des lamentations, Ida secoua trois fois la tête. On retrouva Jeanne. N'osant rien demander à sa mère, échaudée par la gifle de la veille, elle interrogea Job du regard, comprit aussitôt. Son visage se détendit, s'éclaira ; elle glissa sa main dans celle de Job. Lui-même commençait à douter, malgré les évidences : les corps de toute la compagnie de Louis retrouvés à Saint-Cast, le temps que la mer s'accordait parfois avant de rendre les victimes aux siens. Il ne comprenait plus. La fatigue, le désarroi aidant, il en vint à croire possible de croiser Louis au hasard d'une rue.

Saint-Malo, sous les rafales furieuses du vent d'est, n'était plus qu'un courant d'air qui glaçait les os et les esprits. Dans le moindre café, la plus petite échoppe, au hasard du lacis de ruelles grises sous le ciel plombé, les journaux passaient de main en main. Les colonnes du *Temps*, de *La Dépêche*, du *Finistère*, du *Petit Journal* accumulaient les détails sordides, les envolées lyriques. Si le nombre des victimes ne cessait d'augmenter, celui des rescapés, gardés au chaud à l'hôpital, restait impitoyablement le même. Tous les navires assurant la liaison Dinard-Saint-Malo s'étaient associés au dispositif de sauvetage.

Le siège de la compagnie fut déserté. Plus besoin hélas d'y aller glaner le moindre renseignement : encore sous le choc, les six survivants avaient livré l'horreur de la terrible nuit. Bientôt, on fut capable de reconstituer le déroulement du voyage. L'*Hilda*, grand vapeur de soixante et onze mètres, avec à son bord dix tonnes de marchandises, cent trente passagers, riches Anglais des premières classes, compagnies de johnnies en troisième classe, avait appareillé le 17 novembre vers vingt-deux heures.

Réputé pour sa prudence, le capitaine William Grégory, père de neuf enfants, force de la nature à la barbe blanche, vingt-cinq années de traversées transmanche à son actif, avait préféré retarder le départ de deux bonnes heures à cause du brouillard. Brouillard retrouvé toutefois aux abords de l'île de Wight et qui avait poussé Grégory à mouiller en attendant de meilleures conditions. L'*Hilda* avait enfin pris la pleine mer le matin du 18 novembre, sous un ciel presque dégagé, que perçait de loin en loin un soleil timide. Ce même jour, vers dix-sept heures, la mer avait nettement forci sous la virulence du vent d'est. Dans le crépuscule commençaient à se dessiner les contours du phare du Grand Jardin, prémice de la succession de passes jusqu'à Saint-Malo. A hauteur des Pierres des Portes, banc de rochers à l'entrée du chenal de la Petite Porte, la tempête faisait rage. Mélange de neige et d'embruns qui rendait la visibilité quasi nulle, l'accès hasardeux. Le steamer refit cap au large. Pas de risques inutiles. Grégory préférait attendre que l'accalmie s'installe pour tenter une nouvelle approche. L'*Hilda* tourna, vira pendant plus de quatre heures, la tempête grossissait toujours, malmenant le navire. A bord, on ne comptait plus les malades.

La dérive, les courants eurent, sans doute possible, raison du bateau. En milieu de soirée, un bruit gigantesque fit sortir les passagers de leurs cabines. L'*Hilda* venait de s'échouer, les vagues dépassaient déjà les pavois. Impossible de mettre les canots de sauvetage à l'eau ; autour ce n'était que rochers sur lesquels se brisait une mer déchaînée. On fit une tentative dans le canot de tribord, mais à peine fut-il descendu contre la coque qu'une lame vint le retourner, envoyant par le fond tous ses occupants. Nombre de johnnies cherchèrent refuge dans les haubans du mât de misaine, qui se coucha, entraînant dans sa chute les malheureux dans les eaux glacées. Restait le mât principal, qui continuait de pointer vers le ciel, alors que l'*Hilda* venait de se casser en deux sous la poussée de l'explosion de la chaudière. La nuit durant, une grappe de johnnies grelottants se cramponnèrent aux haubans, sous la violence du vent, regardant, impuissants, terrifiés, les uns après les autres se détacher, tomber dans le grondement des remous. Jusqu'à n'être plus que six pauvres hères, les mains en sang, le corps gelé, accrochés à leur espoir.

Vers neuf heures du matin, l'*Ada*, autre unité de la South Western, dont le départ était prévu la veille au soir, mais qui, pour cause de tempête, avait retardé son appareillage, quittait Saint-Malo. Droit devant, le phare du Grand Jardin. Plus loin, à bâbord, presque dans le prolongement, les Pierres des Portes. Au milieu, la silhouette décharnée d'un mât, ballotté par les vagues. Encore agrippés à ce mât, quelques hommes. Le capitaine Howe de l'*Ada* comprit. L'*Hilda*, dont on était sans nouvelles depuis la veille et qu'on espérait au large en attente d'une meilleure météo, était venu finir sa route à l'entrée de Saint-Malo. Le vent d'est faisait toujours rage, on organisa le sauvetage. Sur les cinq compagnies, originaires de Cléder, Plouescat, Sibiril, Plougoulm, Tréflez ou La Feuillée, qui avaient embarqué, cinq johnnies avaient survécu, et avec eux un seul des membres d'équipage. Dans la matinée, la mer commença à rendre les corps. Auguste Lhôtelier, garde champêtre, fut le premier à faire la macabre découverte sur la plage de Saint-Cast. Tout le village vint en aide pour aligner les soixante-dix premiers cadavres dans la vieille église sise sur les hauteurs. Au gré des courants, on en découvrit jusqu'au cap Fréhel.

Mais de Louis Querrien toujours aucune trace.

Saint-Malo
23 novembre 1905

Jeanne attendait le moment propice pour s'échapper. Les grandes orgues emplissaient la cathédrale de Saint-Malo des accents grandioses d'un requiem. Ida était à quelques chaises devant elle. Job à ses côtés. On n'avait pu se mettre ensemble, tant il y avait de monde pour la messe. La région entière s'était déplacée pour soutenir les familles en deuil. Partout, le naufrage de l'*Hilda* avait reçu un écho. La solennité de l'office n'avait rien à voir avec l'hommage qui avait été rendu la veille dans la vieille église de Saint-Cast. Bouleversée, Jeanne avait éclaté en sanglots en entendant l'abbé Ménard évoquer le sort de la seule défunte du naufrage dont personne n'avait réclamé le corps. Mary Miles, la jeune orpheline sans aucune famille pour la pleurer, mais qui, refusant de partir oubliée de tous, avait griffonné un petit mot en anglais, « priez pour moi », retrouvé épinglé sur sa veste, avant de s'abîmer dans les flots [1]. Ultime et pathétique appel au secours que toute la communauté avait respecté à la lettre.

Jeanne espérait que dans son homélie le curé de Saint-Malo rappellerait l'histoire de Mary ; elle concentra tous ses efforts pour écouter ce qu'il disait en chaire. Jamais son nom n'y fut prononcé. Jeanne la pensa déjà oubliée de tous, décida de la saluer avant de partir à la recherche de son père. Elle dut patienter jusqu'à l'eucharistie pour se faufiler entre les rangs des fidèles, qui, agenouillés, recueillis, ne lui prêtèrent pas attention. Au passage, elle préleva deux roses rouges d'une gerbe, sortit accompagnée par les grandes orgues.

Sur la place, un vent chargé de pluie soufflait en bourrasques. Jeanne se souvenait seulement que, pour aller à l'hôtel où ils avaient passé deux nuits sans sommeil, il fallait suivre la Grande Rue vers la Grande Porte, tandis que la mer, sa destination, était exactement à l'opposé. Les pavés luisants glissaient. L'étroitesse des rues semblait autant de goulots où s'engouffraient les risées salées. Pour s'abriter, les passants frôlaient les murs. Les venelles autour sentaient le pain cuit. Jeanne essaya de repérer d'où provenait

---

1. *In Les Pierres des portes* d'Yves Dufeil.

l'odeur, suivit une ruelle, puis une autre, crut s'être perdue, leva le nez, vit le clocher loin derrière, soupira soulagée : les remparts ne pouvaient être qu'à deux pas, la houle roulait tout près, comme assourdie. Au détour de la rue de la Pie-qui-Boit, nom qui la fit rire, surgirent les hautes murailles crénelées. Le salut était là-haut, hors de cette prison de granit, hors de ce dédale de rues sombres. Elle avait besoin de voir la mer, convaincue qu'un signe de son père ne pourrait venir que de là, avisa un escalier, y grimpa en courant, les deux roses contre la poitrine, à l'instinct tourna sur sa gauche : d'autres murs l'enserraient encore. Pourtant la mer était là, si proche, si inaccessible. Jeanne rageait contre sa petite taille. Le parapet lui arrivait à hauteur d'épaules, la vue lui était toujours interdite. Elle prit appui sur les mains, les deux roses dans la bouche, d'un coup de talon se souleva.

Enfin la mer fut là.

Elle tint en appui quelques secondes, retomba. Le miracle était passé ; elle voulut aussitôt le retrouver, avisa une encoche dans la muraille, quitta ses souliers. Le contact froid du granit sous ses talons lui fit recroqueviller les orteils. Coinçant ses jupes entre ses cuisses, elle glissa la pointe d'un pied dans l'anfractuosité. Pestant, soufflant, les cheveux dans les yeux, les roses toujours à la bouche, s'égratignant les mains, prenant appui sur ses coudes, d'un coup de reins, elle se hissa sur le parapet, vit le vide sous elle, ferma les yeux. Tenir encore.

Elle respira profondément, rouvrit les yeux, lentement, passa une jambe par-dessus le mur, fit glisser l'autre avec autant de précaution, s'assit, une étrange sensation au creux du ventre. Le spectacle pour elle seule. Sous l'horizon bas, couleur d'ardoise, deux grands îlots. A gauche la jetée, le phare qui marquait l'entrée de Saint-Malo. En aplomb, à quelques dizaines de mètres sous elle, le bouillonnement de la mer. Mary Miles lui vint aussitôt à l'esprit. Elle était là pour elle aussi. Comme elle l'avait vu faire la veille sur la plage de Saint-Cast, elle jeta la première rose dans les embruns qui léchaient les remparts. Mary ne serait pas oubliée. Quant à son père, la réponse s'imposa une nouvelle fois. Elle avait trop souvent entendu Madeleine dire qu'elle aimait tant Job qu'elle savait toujours où il se trouvait. Il en était de même pour elle. Jeanne savait. Son père ne pouvait être là, pas plus qu'il n'était parmi les corps bleus au cou gorgé d'eau, aux yeux vitreux, qu'elle avait aperçus à l'hôpital.

— Eh bien, petite, que fais-tu là ? Tu n'as pas peur de tomber ?

La main avait prévu que Jeanne sursauterait, elle la maintenait fermement. Une main sale, aux ongles noirs, aux veines traçant un réseau violet sous la peau ivoire. Jeanne hurla. La deuxième rose alla doucement se perdre en contrebas.

Une vieille femme édentée la dévisageait. La jupe raidie de crasse et de sel.

— Ne me dis pas que Maïté te fait peur ? A moins que tu aies perdu ta langue ? Allons, descends de là. Le vent te fera tomber. Viens ! Puisque je te dis de venir.

La vieille lui tendait les bras. Un frisson de dégoût traversa Jeanne.

— Je vois, grinça la femme, tu n'aimes pas les pillaouer[1] ! Tu as tort. Je pourrais te dire ce qui t'attend, petite, tu ne veux pas savoir ?

— Non, balbutia Jeanne, terrorisée. Je dois retourner à la cathédrale.

— Donne ta main, je t'y conduis de ce pas.

— Je sais y aller toute seule.

— En es-tu si certaine ? On se perd si vite dans les rues de Saint-Malo.

Le glas se fit entendre.

La messe sera finie... s'inquiéta Jeanne. Comment quitter son perchoir ? La vieille l'en empêchait. La voix chevrotante insista :

— Ainsi, tu étais à l'église toi aussi...

Si elle voulait partir au plus vite, il lui fallait céder. Serrant les mâchoires, Jeanne tendit la main, sauta dans les jupes de la chiffonnière :

— Ah, on s'apprivoise, ce n'est pas dommage. Laisse Maïté regarder ce que disent ces lignes-là... tu ne chercherais pas quelqu'un ?

Jeanne pila net, soutint, malgré sa crainte, le regard bridé aux pupilles jaunes qui la fouillait :

— Tu cherches quelqu'un, c'est ça, hein ? Maïté ne se trompe jamais !

Les cloches résonnaient, se répandant dans toute la ville. Jeanne s'affola – sa mère, Job, ils allaient la chercher... –, demanda pourtant :

— Je... je vais le retrouver ?

— Holà, pas si vite ! Attends que je regarde mieux.

1. Chiffonniers.

La main potelée de Jeanne jurait dans la vieille paume tannée, déformée. La vieille femme passa le doigt sur les lignes à peine creusées.

— Il y a un homme qui t'attend... Il est grand. Il est de l'autre côté de la mer, il te console. Tu es contente de lui parler. Il y a aussi une drôle de maison. Au toit pointu comme un bec de héron. Une petite fille court, court, c'est toi ? Quels beaux cheveux tu as là ! dit la vieille femme en avançant la main vers la tresse.

Jeanne fit un pas en arrière. A nouveau sur la défensive. La vieille la lâcha.

— Il est temps que tu retournes à l'église, petite, on t'attend ! Tu sauras bien retrouver ton chemin, je ne m'inquiète pas pour toi. Tu sauras toujours retrouver ton chemin.

10

Jeanne

Santec
Mars 1906

Dissimulée entre les pierres disjointes du muret, la petite boîte en fer commençait à rouiller. Jeanne l'exhuma délicatement de sa cachette, souffla sur le couvercle pour en retirer la poussière, la soupesa, la secoua. Elle soupira d'aise à l'idée d'avoir échappé aux travaux des champs, à l'humeur sombre de sa mère, s'installa confortablement à l'abri du vent. Une barre marine zébrait le bleu de l'horizon. Le soleil déclinait. Sans tarder, il teinterait de rouge orangé la grappe de rochers. Au-dessus de Jeanne planait le flocon incongru d'un unique nuage. L'air sentait à peine le goémon quand le vent venait de la terre. Un air privé de son iode, sans sa force habituelle. Plus fade.

Jeanne ferma les yeux, suivit le rituel, compta 1, 2, 3, souleva le couvercle, rouvrit les yeux. Le trésor. Rien n'avait bougé. Son trésor. Subtilisé aux tiroirs de l'armoire, au facteur, à sa mère, au crieur de journaux.

Un à un, soigneusement, elle déplia les papiers sur le drap de la jupe. Ils jaunissaient déjà. Le ruban de velours noir s'effilochait. La pliure dans une vieille lettre se marquait d'un début de déchirure. La paume à plat lissa la couverture d'un morceau du *Petit Journal*, en date du 2 décembre 1905. Un peu délavée, la une qui titrait « Naufrage du steamer *Hilda* devant Saint-Malo » avait perdu de sa puissance. Les flots semblaient moins impétueux, au loin le canot des sauveteurs s'effaçait. Restait, au premier plan, le rouge de la veste d'un noyé, tête immergée, bras en croix, la bouée du *Hilda* pour ceinture, tandis que les survivants tenaient au mât par la force des mains. Jeanne fouilla, extirpa deux cartes postales, les examina longuement. Six hommes la fixaient. L'air égaré. Les six survivants de l'*Hilda*. Au dos de la carte, elle avait écrit trois noms, ainsi que chaque village dont ils étaient originaires. D'un morceau de crayon de bois cassé, elle en ajouta un quatrième, se mordant les lèvres tant elle s'appliquait.

Satisfaite de son travail, elle lut à haute voix :

— Paul-Marie Penn de Cléder.

Ce Paul-Marie venait s'ajouter à la liste des seules personnes susceptibles de lui livrer les clés de l'énigme : son père avait-il embarqué sur l'*Hilda*, avait-il tenu toute la nuit pour finalement s'en aller au fil du ressac, à bout d'espoir et de forces… ou bien continuait-il à vivre de l'autre côté de la mer sans se douter qu'elle le pleurait chaque jour ?

Chaque fois qu'une voile pointait à l'horizon, Jeanne se disait : c'est lui, c'est le bateau qui ramène mon père ! Tous les navires transmanche portaient en leurs flancs la possibilité de son retour. Après chaque arrivée dans le port, elle guettait les bruits, gardait un œil sur la fenêtre, veillait jusque tard dans la nuit ; au moindre crissement dans le sentier, elle sautait au bas du lit. Combien de portes ouvertes sur des pas imaginaires, sur des voix portées par le vent ? Combien de prétextes inventés pour se justifier de ses sursauts insensés ? Certains soirs, elle désespérait. Au matin, les certitudes revenaient. Tout naturellement, elle en vint à s'interroger sur l'amour qu'Ida portait à son père, en arriva à la conclusion logique que, si elle ne ressentait pas la même chose, c'était qu'elle ne l'aimait pas comme Madeleine aimait Job. Sinon elle aurait su viscéralement qu'un jour Louis Querrien pousserait la porte, s'étonnerait du chagrin qui barrait le front de Jeanne :

« Mais quelle idée a bien pu te passer par la tête, bien sûr que je suis vivant, que je suis revenu ! Je te l'avais promis, ne t'en souviens-tu pas ? “Quoi qu'il arrive, je serai là à Pâques.” »

Avec autant de précaution, elle déplia une carte arrachée à l'almanach de la maison, l'aplanit d'un coup d'ongle. Le blanc des terres de Roscoff jusqu'à Huelgoat tranchait avec l'indigo de la mer. De l'index, elle suivit le tracé d'une route, repéra Cléder où vivait Paul-Marie Penn, La Feuillée pour Jean-Louis Mouster, essayant d'évaluer la distance qui séparait Santec de ces points minuscules. Toutes les réponses se trouvaient au terme de l'entrelacs de ces routes.

— C'est loin ! souffla-t-elle en appuyant la tête

contre les pierres, paupières closes, toute à sa réflexion. Tellement loin !

Un sabot cogna le sien.

— Qu'est-ce que tu fais là ? Maman te cherche partout.

Irvy avait ce sourire un peu narquois que Jeanne redoutait tout particulièrement. A juste titre.

— Et tous ces bouts de papier, montre !

— Ne touche pas à ça.

Un bond suffit à Jeanne pour se remettre debout. Les cartes, coupures de journaux s'éparpillèrent dans la poussière et les cailloux. Elle les ramassa à la hâte, s'écorchant les mains. Son cœur cognait.

Irvy repéra le ruban :

— Tu as dit à maman que tu l'avais perdu. Quelle menteuse !

Elle le mit dans sa poche.

— Maintenant il est à moi.

— Irvy, donne-moi ça !

— S'il te plaît ! imposa Irvy d'un ton autoritaire.

Son sabot coinçait un morceau de papier.

Jeanne oublia le ruban. Tout plutôt que de perdre la dernière lettre de son père ; les yeux au ciel, elle obtempéra :

— S'il te plaît !

Le sabot d'Irvy concéda quelques centimètres supplémentaires. La lettre dépassait maintenant presque en entier. Jeanne s'accroupit pour l'attraper, mais Irvy, cruelle, reposa le talon ferré sur sa main ; sourire aux lèvres, elle appuyait. De plus en plus fort. Jeanne ferma les yeux de douleur. Pas un cri ne sortit de sa bouche. Irvy espérait au moins une plainte ; déçue, elle changea de tactique :

— Finalement ça ne me plaît pas ! Je veux le voir, ton papier.

Jeanne se jeta dessus, mais, aussi rapide, Irvy en attrapa un coin au vol. Chacune tira de son côté ; la déchirure fut nette, la lettre en lambeaux, la colère de Jeanne explosive. Les poings fermés, elle se rua sur sa sœur, la bombardant de coups sans se soucier de l'endroit où elle l'atteignait. La rage, le chagrin décuplaient son énergie. Irvy n'était pas en reste. Les coups de sabots pleuvaient contre les jambes de Jeanne. La langue entre les dents, les yeux exorbités de haine, Irvy agrippa la tresse d'un coup sec, tira la tête en arrière, obligeant Jeanne à se mettre à genoux. Les bras de Jeanne continuaient de fendre l'air sans plus de cible à frapper. Elle atterrit sur les cailloux, en sueur, à bout de souffle. Irvy relâcha son emprise. Jeanne n'attendait que cela : elle se redressa brusquement, rassemblant ce qui lui restait de forces, gifla sa sœur.

Par-dessus son épaule elle n'eut que le temps de croiser l'œil horrifié de sa mère, accourue pour séparer les deux sœurs.

— Jeanne, es-tu devenue folle ?

— C'est elle qui a commencé !

Irvy geignait, la main sur la joue, essayant d'éteindre le feu de la gifle. La peau gardait trace de la main de sa sœur.

— Menteuse !

— Cela suffit, toutes les deux. Jeanne, je t'ai vue.

Désignant le contenu de la boîte dans la poussière :

— Qu'est-ce que c'est que tout ça ?

Irvy se chargea de l'informer :

— Elle t'a pris des lettres !

— Quelles lettres ?

Ida n'attendit pas la réponse de Jeanne, se baissa pour examiner le fouillis à ses pieds. Sa voix grimpa, suraiguë :

— Où as-tu pris tout ça ?

Voir sa mère profaner son trésor fut plus que Jeanne ne pouvait supporter. Pour un peu elle lui eût fait subir le même sort qu'à Irvy. Elle hurla :

— C'est à moi, je n'ai rien pris.

Ida brandit un morceau de papier froissé, déchiré. Elle s'étranglait de colère :

— Et cette lettre, elle ne t'était pas adressée, que je sache ?

— Tu ne voulais surtout pas que je la lise, j'aurais su !

— Su quoi, petite malheureuse !

— Que papa n'avait pas pris le bateau ! Il avait écrit qu'il reviendrait pour Pâques...

Atterrée, Ida baissa les bras :

— C'est donc ça encore une fois.

Elle prit sa fille par le poignet, vissa son regard dans le sien, glaciale, sans pitié, lui dit :

— Mets-toi bien dans la tête une fois pour toutes que ton père n'est plus là.

Poings serrés, narines frémissantes, rouge jusqu'aux cheveux, Jeanne tint tête :

— Tu sais bien que ce n'est pas vrai !

Exhalant un soupir, Ida la lâcha :

— Ma fille, si tu as envie de devenir folle, libre à toi. Les choses sont ainsi, tu ne peux pas les changer, même si tu le voulais.

11

Avril 1906

Pénétrer la première dans la classe constituait un privilège incontestable, un privilège que Jeanne avait obtenu de haute lutte auprès de l'institutrice et des religieuses du Saint-Esprit, après s'être proposée à préparer la grande salle encore froide chaque matin avant l'arrivée des autres élèves. Privilège qu'elle abandonnait à regret, les « jours de légumes », lorsqu'il lui fallait suivre sa mère aux champs. Les autres jours, jours de classe, jours bénis, elle partait tôt, la tresse faite vaille que vaille, une lanterne à la main, les yeux rivés sur l'horizon en attente des teintes rosées du petit matin. Dans la musette, un peu de lard, si Madeleine était passée par là, mais, le plus souvent, un généreux morceau de pain graissé d'une épaisseur de saindoux qui voisinait plutôt mal avec son unique cahier. Certaines semaines, malgré son envie de retrouver l'école ou de fuir le penn-ty et les champs – les deux arguments se valaient –, le chemin paraissait interminable.

Pas en ce vendredi saint. A deux jours de Pâques ! Pâques, enfin ! Avait-elle rêvé de ce jour !

La voyant prête de si bonne heure, sa mère, à peine levée, fronça les sourcils.

— Tu seras tombée de ton lit ? N'oublie pas le pot de lait !

Rien ne pouvait entamer l'optimisme de Jeanne. Elle glissa sa musette en bandoulière, mit le pot de lait en équilibre sur la tête, doucement referma la porte, aspira l'air à pleins poumons, savourant sa longue marche par avance. Le froid du petit matin, la brise porteuse de l'odeur iodée du goémon, les premiers cris d'oiseaux ajoutaient à son infinie sensation de bien-être. Le jour se levait, elle n'en décelait que la lueur très lointaine, un halo de lumière bleutée. Elle se mit en route, une main arrimée au pot. L'équilibre ne venait qu'au terme du premier kilomètre. Avant cela, il fallait ajuster le rythme des sabots contre les cailloux avec les mouvements de la tête, l'avancée du menton. Peu à peu, elle se réchauffait, les frissons cessaient. Le pot tenait enfin tout seul.

La tête droite, les épaules de même, elle ne craignait plus les ornières, pouvait réfléchir, affiner le projet qu'elle préparait en secret depuis plus de dix jours. Elle rit toute seule. De son habileté à dissimuler son excitation, du soin tout particulier qu'elle avait mis à décorer la maison. Le prétexte du dimanche des Rameaux tombait à pic. Elle avait orné de rameaux de buis bénit la maison, la cheminée, le haut du lit clos, l'armoire à linge, jusqu'à l'enclos des poules, dont elle avait pris les œufs pour les colorer dans une eau où trempaient des pelures d'oignons. Elle était allée emprunter aux murets voisins un peu de mousse pour en remplir les corbeilles prêtes à accueillir les œufs décorés, puis les avait disposées au gré de la table, de la fenêtre. La maison serait belle pour...

— Je suis certaine qu'elle n'y a vu que du feu ! lança-t-elle à tue-tête dans le chemin encore désert.

Sa mère n'avait rien remarqué. Peut-être à plusieurs reprises avait-elle jeté quelques coups d'œil étonnés sur Jeanne. Sans doute parce que, pour une fois, Jeanne restait tranquille, absorbée par son ouvrage. Ida n'avait fait aucun lien entre la soudaine assiduité de Jeanne et le calendrier. Pâques ne signifiait plus rien pour elle. Tout pour Jeanne. Mille fois, elle s'était imaginé la scène, l'instant précis où la porte s'ouvrirait sur son père et prouverait à sa mère, à tous, qu'elle ne s'était pas trompée. Jeanne y revenait sans cesse, changeait les répliques, trouvait enfin une parade aux arguments d'Ida.

« Cesse de t'obstiner : ton père aurait écrit. Il n'aurait pas laissé la compagnie embarquer sans lui ! »

Après le sentier côtier, elle longea quelques champs d'oignons. Des femmes étaient déjà à l'ouvrage, à genoux devant les alignements de hampes drues d'un vert tendre, pliaient les tiges d'oignons pour que, comme on se le répétait, « la force de la plante aille tout droit dans le bulbe ». Jeanne connaissait les gestes, les exécutait aux côtés de sa mère, quand il fallait donner la main[1] pour le repiquage, avec son panier devant elle garni de plants. L'habileté était venue sans qu'elle s'en aperçoive. Une succession d'automatismes : prendre le plant entre le pouce et l'index, une pression du pouce pour le planter à la profondeur voulue, un peu de terre pour le recouvrir, et l'on passait au plant suivant, les yeux toujours un peu larmoyants sous l'âcreté des toutes jeunes pousses.

Roscoff s'éveillait doucement quand elle pénétra dans la ville. Ses sabots claquaient sur les pavés. Au hasard des ruelles partout l'odeur du pain, du café prédominait. Les volets s'ouvraient. On lui faisait de petits signes de la main. Elle eut envie de couper par le port, d'aller y vérifier que les bateaux venant d'Angleterre arriveraient bien le soir même, entendit la cloche de Notre-Dame-de-Croas-Batz la rappeler à l'ordre, bifurqua vers l'école, bâtiment gris qui alignait ses hautes fenêtres au détour de la rue Célestin-Seite. La cour était encore vide. Jeanne déposa en hâte le pot de lait devant la porte éloignée des sœurs. La grosse clé de l'école reposait sous une jardinière de fleurs, qu'elle dut soulever à deux mains.

A l'entrée de la classe silencieuse, Jeanne marqua un temps d'arrêt, respirant l'odeur si particulière : les cendres froides dans le seau, la craie humide dans la rainure du tableau, le parquet de bois si doux sous la plante des pieds. Jeanne était habituée à la terre battue de la maison, au sol de granit de l'église, et les craquements du bois lui paraissaient le comble du raffinement.

1. Aider.

Elle enleva ses sabots, comme le feraient dans moins d'une heure toutes les élèves. Certaines les remplaçaient par de confortables chaussons, Jeanne, qui n'avait que le recours de la paille pour adoucir le fond de ses galoches, marchait en chaussettes.

Elle songea à la pyramide de souliers qui bientôt monterait près du poêle... Pas trop près, juste assez pour être bien chauds quand on les reprenait. Pyramide dont on extirpait sa paire le soir après la cloche, quand on avait la chance de la retrouver. Il arrivait fréquemment qu'une fille plus âgée, à qui ce privilège donnait tous les pouvoirs, subtilisât des sabots plus beaux, en meilleur état que les siens. Jeanne avait souvent repris pieds nus le chemin de Santec. Certes, cela n'avait rien de désagréable. Au contraire ! Plus de bleus, quand ce n'étaient pas des écorchures à vif dont les croûtes tardaient à cicatriser, lorsque les sabots cognaient les chevilles. Enfin la liberté aux pieds... Jusqu'à la maison où l'attendait immanquablement la correction d'Ida. Jusqu'à la visite chez le sabotier, Jeanne se contentait – peut-être encore plus maintenant que l'argent faisait tant défaut – d'une « nouvelle » paire en bois de hêtre déjà portée, rafistolée d'un bout de ficelle pour comprimer un début de fente, éviter qu'elle ne s'agrandisse. La ficelle ne tenait jamais longtemps. Job la remplaçait alors par une tige de fer qu'il tordait, renforçait la semelle, qu'il cloutait de pointes à grosses têtes.

« Te voilà comme un cheval de labour à présent », disait-il en riant et en expliquant à Jeanne qu'il utilisait les mêmes clous pour brocher le fer sur le sabot des chevaux.

Aujourd'hui était exceptionnel : pas question de se retrouver pieds nus au port. Elle ouvrit son pupitre, y dissimula la paire de sabots. Le temps filait : il lui fallait nettoyer les trois panneaux du tableau noir, qui couvrait un mur entier, et, tâche plus ardue, redonner vie aux braises. Tout cela avant l'invasion barbare.

Chaque heure de la journée avait semblé compter double pour Jeanne. Le soleil déclinant l'avertit de sa libération prochaine. Elle ne tenait plus en place, s'était fait rabrouer à deux reprises par l'institutrice, avait manqué laisser échapper un mot de breton pendant la récréation, avait évité de justesse la « vache ». Restait à semer sa sœur au retour. Broutille en regard du reste : Irvy était toujours ravie de la planter devant l'école, la cloche à peine sonnée, pour courir avec ses camarades s'embusquer dans un buisson et la surprendre en poussant des hurlements. Jeanne dut déchanter. Irvy avait-elle un sixième sens ? Elle traînait, rôdait, virait, la taquinait sur sa musette encore bien pleine pour une fin de journée :

— Ferais-tu des réserves ?

Jeanne voyait les aiguilles de l'horloge tourner. Elle ne dut son salut qu'au passage de garçons, sortis de l'école des Frères, qui traversaient la rue. Aussitôt, Irvy se désintéressa d'elle. Les sabots à la main, Jeanne en profita pour s'éclipser, au coin de la rue, se mit à courir, jetant de temps en temps des coups d'œil inquiets par-dessus son épaule.

Enfin elle fut au port, se faufila près de la jetée. Les

familles qui attendaient le retour des johnnies commençaient à envahir les quais. Jeanne s'installa un peu à l'écart, craignant d'éveiller l'attention, fouilla dans sa musette, en sortit le second morceau de pain mis de côté le matin, sans saindoux. Le vendredi saint, avant-dernier jour du carême, était encore maigre. Elle croqua dedans plus pour tuer le temps que par faim véritable, le regard rivé sur la mer. L'attente commençait.

Le port s'était vidé. Les bruits de la rue s'estompaient, relayés par les clameurs des restaurants et cafés sur la place qui avaient fait le plein. Les volets des maisons étaient fermés, on n'apercevait qu'à peine les lumières à l'intérieur. Dans sa musette, Jeanne prit sa lanterne, mais comment l'allumer ? La résine ne prenait pas par l'opération du Saint-Esprit. Les réverbères qui éclairaient la ville depuis peu ne lui seraient d'aucune utilité, juste lui indiqueraient-ils le chemin jusqu'au sortir de la ville. Après ?

Dès l'arrivée du bateau à quai, au risque de recevoir un bout [1], de gêner les manœuvres, d'être bousculée dans la cohue, Jeanne s'était installée face à la glissière qu'empruntaient les voyageurs. Un à un, elle les avait vus débarquer. Sans ciller des paupières, tant elle craignait la moindre faute d'attention. Aucun sac n'avait échappé à son inspection non plus. Elle s'était même adressée au capitaine – « Y a-t-il une autre sortie ? » –,

1. Morceau de cordage.

provoquant son hilarité, mais n'avait pas osé demander si Louis Querrien était à bord.

Le dernier homme d'équipage avait quitté depuis longtemps le steamer maintenant silencieux quand Jeanne, anéantie, se décida à rentrer. La perspective de pousser la porte du penn-ty sans la surprise escomptée, d'affronter le visage de sa mère, de subir l'inévitable punition était au-dessus de ses forces. Elle résolut de trouver un buisson sur le chemin, d'y passer la nuit, puis de revenir à l'école le lendemain. Pas très rassurée, elle traversa en courant les rues de Roscoff. Pieds nus, elle glissait sur les pavés, inquiète du moindre bruit, d'un éclat de rire aviné sous une porte cochère, d'échos de pas dans une ruelle. Les dernières maisons dépassées, elle préféra, bien que le chemin fût plus long, prendre par la mer avant de s'enfoncer dans la noirceur des champs. La houle lui semblait moins hostile. La marée descendait. Elle alla s'asseoir sur le sable non loin du chemin, le menton sur les genoux, submergée par la tristesse :

— Je ne me souviens plus de son visage, je n'entends presque plus sa voix. Peut-être est-il passé devant moi ce soir et je ne l'ai pas reconnu…

Le grincement métallique de roues de charrette suspendit sa réflexion. Elle ne pensa plus qu'à la possibilité d'une main secourable, se leva d'un bond, reprit le chemin. La charrette venait vers elle. Cette silhouette ? Job ! Bien sûr ! Qui d'autre pour venir ainsi à son secours ?

— Eh bien, petite, tu peux te vanter de m'avoir fait courir la campagne. A c't'heure !

Le cheval s'arrêta à sa hauteur, lui renifla le cou, hennit dans ses oreilles.

Job tendit la main :

— Grimpe. Je ne voudrais pas traîner, Azur avait la fièvre ce soir. J'ai fait deux fois le tour de Roscoff, je me doutais bien que tu passerais par la mer.

Jeanne s'assit près de lui, pleine de reconnaissance non parce qu'il était venu, mais parce qu'il ne l'accablait pas de reproches. Le cheval avait repris son allure. Job parlait fort pour couvrir le bruit des sabots :

— Ta mère s'est fait un sang d'encre, sais-tu ? Figure-toi que c'est Irvy qui m'a mis la puce à l'oreille : elle a dit que le temps qu'elle se retourne à la sortie de l'école, pfffft… tu n'étais plus là !

Un ton plus bas, il demanda :

— Il y avait un bateau ce soir ?

Un sanglot s'étrangla dans la gorge de Jeanne :

— Il avait promis. Pourquoi il est pas venu ?

12

Job

L'étrange gémissement éveilla Job. Il faisait encore nuit. Dehors, le vent soufflait en bourrasques, un branchage cognait au carreau. Le son inhabituel le sortit tout à fait du sommeil profond qui l'avait terrassé. La plainte s'était tue. Flottait encore cependant dans le silence de la maison un lamento lancinant, qu'il supposa un instant sorti tout droit de ses rêves. Il se passa la main sur le visage, s'assit contre le bois du lit, naviguant entre un difficile retour à la réalité et une prédisposition innée à la vigilance. Madeleine n'était pas à ses côtés. Il s'en étonna, car, des deux, c'était toujours lui qui ne dormait que d'un œil.

Evoquant ce sommeil si volage, Madeleine se moquait souvent :

« Tu entendrais une épingle tomber.

— Et toi, il te faudrait les cloches de Sainte-Barbe pour t'ouvrir un œil, et encore… ! »

Depuis la naissance d'Azur, pour mieux exercer cette vigilance, il avait choisi la place au bord du lit clos, gardant un pied toujours prêt à se poser sur le petit banc. Au moindre soupir de sa fille, tel un ressort, il se mettait debout sans réfléchir, donnait un peu de gîte au berceau à portée de pied ; le balancement la rendormait. Il soupçonnait Azur de prendre un malin plaisir à le sortir du lit. Il n'était pas rare que, inquiète de ne plus sentir sa chaleur, Madeleine retrouvât le père et la fille en un tête-à-tête étonné. Depuis le deuxième anniversaire de la petite, le berceau avait cédé la place à un lit de bois placé à l'autre bout de la grande pièce commune, contre le mur de la cheminée, afin qu'Azur puisse profiter de la chaleur, dans cette maison si sujette aux courants d'air.

Le gémissement avait repris. A peine audible, comme étouffé sous des draps. Il s'extirpa du lit, mû par une instinctive frayeur. La fièvre de la veille revenait faire des siennes : depuis deux jours, Azur était inhabituellement geignarde, se plaignait de la tête. Toutes les diversions tentées pour la distraire avaient échoué, même les nuages qu'elle refusait de regarder tant la lumière semblait la gêner.

Une bougie brûlait aux pieds de Madeleine, agenouillée près du lit d'Azur.

Job l'entendit murmurer :

— Ça va aller, ma douce, ça va aller, maman est là.

Il s'approcha.

Madeleine releva la tête.

— Elle dormait si bien, la fièvre semblait tombée, et puis depuis tout à l'heure… depuis cinq minutes…

Une compresse sur le front, Azur respirait fort. Visage blême, narines pincées, le corps raidi, tétanisé. L'insupportable gémissement monta une nouvelle fois.

Des gouttes de sueur perlaient à ses tempes, à ses lèvres sans couleur. Sa position alerta Job. Essayant de contenir le tremblement qui montait en lui, il se mit à genoux près de Madeleine, colla son visage contre celui, brûlant, de sa fille. Avec précaution, pour une étreinte plus étroite, il glissa la main sous le petit cou. Une atroce sensation de froid le traversa de la tête aux pieds.

— Sa nuque, sa nuque...

Job n'avait pas bougé de sa chaise. Hébété. Assommé. Il regardait Madeleine habiller Azur d'une liseuse blanche, l'entendait lui murmurer des mots doux, le visage baigné de larmes. Il allait se réveiller, ce n'était qu'un cauchemar. Oui, c'était cela, il allait se réveiller. Azur l'appellerait, lui demanderait de s'allonger avec elle dans l'herbe, les bras en croix face au ciel pour deviner les formes des nuages.

— Regarde, papa, celui-là, c'est un oiseau, et celui-là, tout près... Mais si ! Celui qui vient, regarde bien, on dirait...

Sa tête se loverait contre son épaule, les boucles rousses lui chatouilleraient la joue, il sentirait l'odeur de lait au creux du cou de sa fille, écouterait son rire si semblable à celui de Madeleine. Le roucoulement. Comme les jours précédents. Comme avant. Avant le passage du médecin, ramené en hâte de Roscoff sur la charrette qui n'en finissait pas de traverser la nuit. Avant son hochement de tête, son diagnostic inutile – « méningite foudroyante » – devant le corps déjà parti d'Azur, et son « hélas » si dérisoire. Une petite vie à peine entamée tenait en ces cinq lettres, en l'égrènement de la clochette du prêtre de Santec qui marquait le front désormais froid d'une croix rapide, assénant trop calmement :

— Dieu vous a repris cet enfant, Dieu vous en donnera d'autres.

Job serra la main de Madeleine jusqu'à la broyer. C'était cela la grâce de Dieu ? Reprendre ce qu'Il avait donné. Leur voler Azur, pour la remplacer par d'autres ? Job faillit répliquer vertement, une envie viscérale de jeter le prêtre dehors avec ses prières, le regard de Madeleine suffit pour contenir son élan de révolte.

Elle installa Azur sur son lit, glissa un lys entre ses mains. La petite semblait dormir. Si sage. Si loin de ses rires habituels. Job se dit que le fond de son désespoir n'était pas encore atteint. Restait l'enterrement. Azur serait loin de lui à jamais. Il se prit la tête entre les mains, le sanglot perça comme un abcès.

La nuit s'étirait. Interminable. Première nuit sans elle. Sans le recours salvateur du sommeil qui venait de le fuir. Job se sentit tel un chien qui tourne sur sa couche jusqu'à trouver sa place. La seule évasion possible lui était refusée. Aucun havre, aucun abri pour l'animal blessé qu'il était désormais. Nul refuge où panser ses plaies. De rage impuissante, il prit le crucifix accroché au-dessus de sa tête, le jeta à terre. Le Christ en croix gisait sur le sol, son regard fixe vers l'au-delà conservant cette sérénité dans la souffrance à laquelle Job n'imaginait même pas prétendre un jour. Il se leva.

La place de Madeleine était froide. L'oreiller à peine enfoncé. Elle devait avoir fui leur lit depuis longtemps, était assise sur un prie-Dieu face au feu éteint. Pieds nus contre la pierre de la cheminée. Le châle sur ses épaules. Job eut un petit gémissement rauque. Madeleine ne se retourna même pas en l'entendant.

Il s'approcha, posa les mains sur ses épaules. Ils demeurèrent longtemps collés l'un à l'autre, la tête de Madeleine appuyée contre son ventre. Le chagrin se fit violent, insupportable. Sans y penser vraiment, sans comprendre ce qu'il faisait, Job souleva la chemise de Madeleine, glissa la main sur sa peau nue, caressa les courbes douces, des frissons naissaient sous ses doigts. Il l'aida à se débarrasser de son vêtement, l'attira sur le sol froid. Mue par un semblable égarement, Madeleine s'étendit à même la terre battue. Sans un mot, les larmes aux yeux, Job la pénétra presque aussitôt. Arrimé à Madeleine, il se mouvait en elle avec la frénésie que peut induire le désespoir. Seule réponse à l'horreur que tous deux vivaient. Ils ne se quittaient pas des yeux, pour ne permettre à aucune pensée, aucune évocation trop douloureuse, de les distraire l'un de l'autre. L'ultime protection, l'ultime secours, ils les trouvaient en eux-mêmes. Madeleine s'agrippait au regard de Job, comme ses ongles à la chair à nu de son dos. Il ne savait pas si les gémissements de sa femme montaient de son plaisir ou de son chagrin.

Longtemps après, il resta en elle, comme soudé, voulant croire qu'il avait été capable de retarder, voire d'abolir, le moment où la lucidité les assaillirait à nouveau. Mais un hoquet de sanglot pourtant contenu de Madeleine ne le leurra pas davantage. Le sursis avait expiré. Il était temps de retrouver l'intensité de leur torture. Elle les submergea à nouveau. Azur ne verrait pas le matin. Leur fille était morte. Rien ne serait plus comme avant.

Ces moments d'amour étaient les seuls répits que la vie leur accordait. Les semaines qui suivirent, Job et Madeleine les multiplièrent. Avec la conscience aiguë de leur vacuité, de leur inutilité, sachant que le désir n'avait pas grand-chose à y voir. Tout était affaire de chagrin, un chagrin qui multipliait ses assauts. Job et Madeleine se cherchaient alors. Avec le même désespoir, la même fièvre, témoin de leur aliénation commune. L'amour les prenait n'importe où, n'importe quand. Comme des pauses de respiration avant de se replonger dans le monde des vivants. Cela ne durait jamais assez pour calmer le feu de leur blessure à vif, mais leur offrait un repos d'âme : tout ce qu'ils osaient se demander l'un à l'autre, tout ce qu'ils étaient capables de s'apporter. Ces corps à corps douloureux, rageurs, ponctués des cris de Madeleine, les aidaient de façon trop brève à oublier l'innommable.

Tous deux savaient que ces joutes n'auraient qu'un temps, ils en supputaient le caractère dangereux, exutoire à leur souffrance, craignaient le moment où ils les espaceraient parce que la chair de l'autre, trop bien apprise, ne les apaiserait plus. Ce temps vint, leur fut un nouveau chagrin. Madeleine l'accueillit avec une résignation qui étonna Job. Lui noya cette nouvelle défaite un premier soir dans des gorgées de *lambig* râpeux, retrouva au plus profond de sa saoulerie l'odeur d'Azur. Inattendue, providentielle. Une autre lampée cul sec la lui redonna. L'odeur de lait contre son cou, qu'il cherchait partout. A en devenir fou. Il se mit à la rechercher à tout bout de champ. Sa bouteille à la main pour la sentir encore et encore.

Le *lambig* savait y faire. Azur revenait, et avec elle des instants fugitifs de bonheur, des fulgurances, qui le laissaient abattu, vidé, prêt à recommencer. Madeleine comprenait, ne pouvait le rejoindre là où il avait décidé de partir, là où il partait chaque jour un peu plus. Job s'en voulait, lui en voulait. Pour sa compréhension généreuse, sa compassion, pour cet amour inconditionnel qu'il était incapable de rendre tant la douleur était encore trop présente.

Les premiers temps on avait fait cercle autour de leur chagrin, les amis venaient, laissaient un peu de soupe, proposaient une aide, partageaient quelques heures. Puis le quotidien reprit de sa vigueur, les visites s'espacèrent. Ida portait en silence des paniers d'œufs, un gâteau, mais ne s'attardait pas, ne sachant trouver les mots qui de toute façon n'eussent servi à rien.

Madeleine sut que Job pouvait être sauvé le jour où Jeanne vint s'asseoir sur le muret près de la forge, l'observant ainsi qu'elle l'avait toujours fait, avec cette enfantine science de l'indicible. Elle savait rester silencieuse, lui passer les outils sans qu'il ait à les demander, activer le feu quand Job y mettait le fer, caresser le cheval entravé pour l'aider à patienter, rire pour un papillon envolé. L'habitude fut prise. Chaque soir, Jeanne s'installait. A la même place stratégique. Un œil sur Job, un pied prêt à bondir, à devancer les besoins du maréchal-ferrant. Les premiers grognements de Job, dérangé dans son chagrin, ne la rebutèrent pas. Elle fit preuve d'une étonnante persévérance pour une enfant de son âge, l'apprivoisa doucement, à son rythme, comme lui-même l'avait si souvent fait pour elle.

Madeleine trouvait une excuse pour venir les voir, s'attardait à peine, tant elle les sentait complices, retournait à son ouvrage les larmes aux yeux. Non de tristesse, plutôt d'une infinie reconnaissance pour Jeanne, qui, sans le savoir, éloignait les démons.

Chacun dans son chagrin, ces deux-là s'étaient trouvés, « remplaçant » autant que faire se pouvait la personne qui leur manquait le plus au monde.

DEUXIÈME PARTIE

Jeanne

13

Santec, La Petite Bastille
Fin mai 1913

— Tu m'aideras ?

Le marteau en l'air, Job bougonna :

— T'aider, t'aider, tu en as de bonnes. Tu te rends compte de ce que tu me demandes ?

Jeanne s'agitait sur le muret. Elle rit de ses grognements.

— Comment peux-tu te moquer ? lui dit-il. C'est sérieux. On ne se lance pas comme ça à ton âge, une fille qui plus est, dans un métier qu'on ne connaît pas !

Elle fut péremptoire :

— Je le connais.

— Tu parles ! Je te dis que tu n'y connais rien.

— Mon père était johnny tout de même !

Les coups de Job pleuvaient désordonnés sur le fer à travailler :

— Et alors ? Ça ne sous-entend pas que tu en saches quelque chose !

Il haussa les épaules, reprit son argument :

— On n'a jamais vu une fille le faire.

— Eh bien, il faut une première à tout.

— Mais enfin te rends-tu compte ? Et ta mère ?

— Oh ça ! Tu sais comme moi qu'elle y trouvera son compte : ne plus me voir et un peu d'argent à la fin de la saison.

Job ne voulait pas céder, pas encore ! Il s'essuya les mains sur son tablier, grommela pour la forme :

— Tu as toujours réponse à tout, quoi que je dise. Tiens-moi ce cheval au lieu de parler à tort et à travers. Je ne vois pas pourquoi tu viens me demander conseil.

Job ajusta le fer sur le sabot du cheval. Un bouillonnement de chaleur se dégagea aussitôt.

— Je ne viens pas te demander conseil, je viens te demander de m'aider. Ouh, ça sent la corne brûlée !

— Pas plus que d'habitude. T'aider à quoi ?

— A tout !

Une main sur le jarret du cheval, Job essayait de le rassurer :

— Holà ! Tout doux, mon bon.

Il enfonça le premier clou en martelant en douceur le fer, se tourna vers Jeanne,

— En voilà une réponse !

— M'aider pour demander au master de me prendre, m'aider pour signer le contrat...

— Tu ne veux pas que je t'aide à porter ton bâton pendant que tu y es ? Reste là, s'il faut que je fasse tout à ta place !

Elle lâcha le cheval, ne riait plus.

— C'est bon, je me débrouillerai seule, tu as raison !

Il examina le fer, donna un dernier coup de râpe, lança avant qu'elle s'éloigne :

— A ta guise. Mais, si tu ne montres pas un peu plus de souplesse, le master prendra quelqu'un d'autre !

Elle se retourna, le sourire jusqu'aux yeux, se jeta à son cou :

— Tu lui as parlé, dis ? Mais réponds, lui as-tu parlé ?

— Si tu m'étouffes, je ne pourrai rien te dire.

— Allons, dis vite !

Pour la voir enrager, il prit son temps pour ranger son marteau, aligner les clous, s'essuyer les mains à son tablier, donner une tape sur la croupe du cheval. Jeanne trépignait :

— Job !

Il eut pitié :

— Je lui ai parlé.

— Et... ?

— Il m'a répondu qu'il fallait voir, mais que pourquoi pas ! A condition...

— A condition ?

— Que tu ne pleurniches pas, qu'il n'entende pas une plainte, que tu n'ailles pas donner d'idées aux garçons... !

— Oh, pour ça, il peut être tranquille !

La spontanéité de Jeanne était rafraîchissante. Elle ne connaissait sans doute pas encore son pouvoir, n'avait jamais dû se rendre compte de sa beauté naissante. Job était moins tranquille.

— Les johnnies ne sont pas habitués à travailler

avec une femme. Ton béret [1] ne suffira pas à cacher ça, lui dit-il en désignant la tresse qui lui battait les flancs.

— Ce n'est que ça !

Jeanne inspecta l'établi, avisa une paire de ciseaux pour la crinière des chevaux, saisit sa natte de l'autre main.

— Holà, holà ! Pas si vite, lui dit Job. Donne-moi ça ! Tu pourrais te blesser.

— Tu as dit toi-même que ma natte était un problème.

— On ne règle pas les problèmes comme ça sans réfléchir.

— Mais j'ai réfléchi !

Elle lui ouvrit les mains, déposa les ciseaux, le défia du menton :

— D'ailleurs c'est toi qui vas le faire !

— Es-tu folle ? Je veux bien t'aider, mais il y a des limites ! Que dira ta mère ?

— Que j'aurais pu le faire plus tôt ! Cela lui aurait évité de perdre tant de temps le matin à démêler tout ça.

— Demande à Madeleine, ce sont des histoires de femmes !

— Madeleine ne voudra jamais.

— Madeleine a du bon sens. On ne coupe pas les cheveux comme ça ! Je suis maréchal-ferrant, moi, pas barbier !

Jeanne lui prit les poignets :

— Ne te fais pas prier. Si tu ne le fais pas, je le ferai

1. Coiffure emblématique des johnnies.

moi-même... Dieu sait ce que ça donnera ! Tu m'as assez répété que j'étais maladroite ! Tu n'as qu'à couper sous la nuque.

— Tout de même ! Elle est belle, cette tresse...

— Eh bien, tu la garderas en souvenir au-dessus de ta cheminée ! De toute façon, elle me prenait trop de temps le matin...

Sa voix cassa soudain. L'ombre de Louis se faufilait entre eux.

Job redemanda :

— Es-tu sûre ?

Quelques picotements inopportuns au coin des paupières s'annonçaient. Jeanne s'essuya les yeux d'un geste rapide, lui offrit son dos, secoua sa tresse :

— Sûre et certaine. Vas-y.

Roscoff
10 juillet 1913

La salle du café était fraîche comparée à la chaleur étouffante qui régnait sur les quais. Beaucoup de monde était venu chercher refuge sous le plafond bas, devant les tables peuplées de pichets de cidre. Sourire aux lèvres, le master tendit un grand cahier d'enregistrement à Jeanne :

— Petite, lis toujours avant de signer, c'est un conseil que je te donne !

De l'autre côté de la table, Job lui fit un petit signe : elle s'absorba dans la lecture, au passage reconnut certains noms, nota que sa « compagnie » comptait déjà plus d'une douzaine de domestiques [1] qui avaient signé des contrats comme le sien. Les lignes qui la concernaient étaient en bas de page :

« Je soussigné Querrien Jeanne demeurant à La Petite Bastille en Santec fait ses gages pour aller en Angleterre pendant la saison 1913 avec Joseph Prigent et Compagnie à raison de 60 francs par mois et 5 francs d'argent de tabac. Reçu ce jour 5 francs de gratification.

A Roscoff le 10 juillet 1913. »

Le master crut bon d'ajouter en faisant rouler les pièces sur la table :

— A mon avis, tu n'utiliseras pas ton argent de tabac. Mais la règle est la même pour tous !

Jeanne apposa sa signature d'une main ferme. L'air satisfait, le master contresigna :

— A partir de maintenant, tu fais partie de la compagnie Prigent. Jeanne, on est bien d'accord ? Je t'embarque parce que Job me l'a demandé, mais je ne veux pas d'ennuis ni à bord ni après. Pas de larmes non plus, que la vie là-bas te plaise ou non. Pas question de demander à rentrer. Une saison est une saison. Si tu ne la termines pas, tu ne seras pas payée.

— J'ai bien compris, répondit Jeanne.

— Empoche déjà cet argent.

---

1. Terme utilisé pour désigner les johnnies employés des compagnies.

Joseph Prigent cria par-dessus son épaule :

— Madame Guerch ! Un enregistrement pour vous.

Une longue chaîne d'or en sautoir entre double menton et opulente poitrine, Jeanne Guerch [1] vint s'appuyer à la table. Le noir de sa tenue tranchait avec la masse blanche de la coiffe. Elle désigna Jeanne d'un mouvement de la tête :

— C'est la nouvelle recrue ? Une bien étrange idée, petite, de partir comme ça. On parle beaucoup de toi ces temps-ci. Tu es la fille Querrien ? Je me suis occupée longtemps de louer des entrepôts pour la compagnie dont dépendait ton père. Un grand malheur, ce qui est arrivé. Dieu ait leur âme à tous ! Pour ton père, on n'a jamais su...

Le poing sur la table, Job lança à la cantonade :

— Qui avait parlé de fêter le dernier johnny en date, ou plutôt la dernière ?

— Tu ne viens pas avec moi ? demanda Job à la sortie du café.

L'air désolé de Jeanne le renseigna.

— J'ai promis à Madeleine de l'aider pour le barattage.

1. Jeanne Guerch était une « intermédiaire » réputée à Roscoff. Elle s'occupait de toutes les démarches pour les johnnies . affréter les bateaux, leur trouver des entrepôts en Angleterre, aider à conclure les contrats. Agent maritime, banquier, voire courtier, elle était également tenancière du débit de boissons qui accueillait les johnnies. Tradition familiale qui s'est perpétuée sur plusieurs générations jusqu'à Madeleine Guerch, dernière représentante, aujourd'hui à la retraite.

— Mais on devait repartir avec ta mère. Je suis certain qu'elle voulait te voir après cette signature. J'ai laissé la charrette à la sortie de Roscoff, elle nous y attend certainement.

— Si elle voulait me voir, elle savait où me trouver, elle pouvait même venir avec nous.

Elle s'éloignait, Job lui cria :

— Tu ne la changeras pas, tu sais !

Ida attendait à l'ombre de la charrette, un ballot de linge à la main. Job hâta le pas, arriva essoufflé.

— Tu attends depuis longtemps ?

— Ça n'a pas d'importance ! Je m'étais abritée du soleil. Se poser un peu a du bon.

Elle lança le linge dans la charrette, grimpa à côté de Job. Si elle était déçue de l'absence de Jeanne, elle n'en montra rien, mieux, fit comme si de rien n'était.

— Tu vois, Job, je me demande si je ne préfère pas le travail de septembre sur la plage à fumer le goémon plutôt que de laver le linge chez le docteur Bagot [1], enfermée toute la journée dans cette buanderie pleine de vapeur à respirer la soude et le savon. Au moins, pour la fumée du goémon, on reste au grand air. Elle a signé ? demanda-t-elle enfin.

— Pourquoi n'es-tu pas venue ?

Ida haussa les épaules :

— J'avais à faire ! Le travail ne se fait pas tout seul !

— Tout de même, c'était un jour à part !

---

1. Fondateur de l'Institut marin Rockroum, où l'on soignait les rhumatismes dans de l'eau de mer chauffée. Premier du genre, précurseur de la thalassothérapie, il ouvrit ses portes à Roscoff en 1898.

— Tu as toujours tout fait pour Jeanne, beaucoup mieux que je n'aurais pu le faire. Que je sois auprès d'elle maintenant ne changera plus rien, elle n'a qu'une idée en tête : partir !

— Ta place était auprès d'elle.

— Tu me fais rire, Job, je lui ai manqué peut-être ?

— Bien sûr, comment peux-tu en douter ?

Ida se tassa sur le banc :

— Il y a longtemps que je ne suis plus utile à aucune de mes filles. Vois Irvy, déjà partie à faire des ménages je ne sais où.

— Cléder, ce n'est quand même pas le bout du monde, tu peux aller la voir si tu veux !

Ida ne l'écoutait pas.

— Et Jeanne qui va traverser ! Bien le portrait de son père !

Job bouillait : pour un peu, dans sa colère, il eût mis l'attelage au grand galop. Il s'emporta :

— Et toi ! A ne pas essayer de les comprendre !

— Parce que c'est à moi de les comprendre, peut-être, railla Ida. Et moi, a-t-on essayé de me comprendre ?

— Toi, toi, toujours toi ! Tu n'as jamais eu que toi à la bouche : Ton chagrin, Ton malheur, Tes regrets. Rien que toi, martela-t-il, hors de lui. As-tu songé, une fois, rien qu'une fois, à la souffrance des autres, à commencer par celle de ta fille ?

Ida lui jeta un regard froid.

— Mon pauvre Job, je ne t'ai jamais vu comme ça ! Tu t'emportes pour rien. Tu crois que je ne pense pas à ma fille ? Tu as tort, j'y pense, mais je ne suis pas comme toi à vouloir absolument lui épargner les souffrances. Tu auras beau faire, même en priant Dieu, Jeanne souffrira. Mais, si ça peut te consoler, dis-toi qu'elle est dure au mal. Tu sais comme moi qu'on s'habitue à la souffrance. C'est un habit qu'on enfile chaque matin sans y penser. On vit, on dort avec. On finit même par oublier le temps où l'on n'avait pas mal.

Elle lui mit la main sur le bras.

— Toi-même, n'as-tu pas eu ton lot ? Elle aura le sien.

Mais Job ne voulait pas en démordre.

— Tu pouvais l'aider toutes ces années, pour son père.

— A quoi, grands dieux ! A essayer de lui ôter de la tête qu'il est vivant ? Parce que toi, avec tes grands discours pleins de compassion, tu y es arrivé peut-être ? Si je ne me trompe, tu as tout fait pour qu'elle embarque. Tu la lances à sa recherche, et tu viens me faire des reproches...

Interloqué, Job coupa :

— Qu'est-ce que tu racontes ? Je ne la lance pas à sa recherche, Jeanne va simplement reprendre le métier de son père...

— Es-tu naïf à ce point, mon pauvre Job. Elle t'a mené par le bout du nez. Tu n'as rien vu ! Bien sûr qu'elle part à sa recherche... qui sait peut-être même le retrouvera-t-elle ! Grand bien lui fasse !

— A présent c'est toi qui dérailles, Ida !

Ida planta son regard dans le sien :

— Job, décidément, tu ne comprends rien à rien Laisse-moi ici, je ferai le reste de la route à pied.

14

Roscoff, chapelle Sainte-Barbe
31 juillet 1913

Le feu de joie qui clôturait le pardon sur la colline de Sainte-Barbe crépitait, éclairait les visages recueillis. Quelques escarbilles noires voltigeaient au-dessus de la foule, se dispersaient dans le ciel sans nuages. Les yeux fermés, Jeanne semblait prier. Job se souvenait de la gamine malingre qui courait dans le sentier et dont son père affirmait :

« Tu verras, ce sera une beauté. »

Louis avait eu raison, elle l'était, n'en savait rien encore. Les cheveux courts allégeaient sa silhouette androgyne, vêtue désormais comme les johnnies d'un pantalon de velours, d'une chemise blanche, affinaient son visage, soulignaient les pommettes hautes, le cou gracile. Une grâce innée assortie d'une force intérieure dont seul Job connaissait l'étendue. Pour preuve, le calme qu'elle affichait malgré le départ dans quelques heures. Rien ne lui faisait peur : ni la confrontation avec une réalité loin de ses racines ni le partage du quotidien dans un monde exclusivement masculin. Depuis qu'elle avait pris la décision de partir, Jeanne semblait animée d'une flamme intérieure comme celles qui accrochaient maintenant des dégradés de rouge sur ses joues.

Job dormait mal depuis le jour de la signature du contrat, se rongeait de culpabilité :

« Quel imbécile je fais ! Rien, je n'ai rien vu venir ! »

Ida avait été autrement perspicace.

« Bien sûr, lui avait-elle ri au nez, elle part à sa recherche ! »

Bien sûr ! Comment avait-il pu croire que Jeanne partait en Angleterre pour être johnny ! Elle suivait son idée, depuis toutes ces années. Pourquoi ne s'était-elle pas confiée ? La confiance entre eux ne valait donc rien ? La phrase tournait dans sa tête. Job ne comprenait pas, souffrait, mais ne parvenait pas à en vouloir à Jeanne. Madeleine le mit sur la voie :

« Elle te l'aurait dit, tu ne l'aurais pas aidée, tu le sais bien ! Elle aura voulu te ménager. A seize ans, ce n'est plus une gamine, elle veut faire son chemin toute seule...

— Tu ne vas pas t'y mettre toi aussi ! Je vais voir Prigent, un contrat, ça peut s'annuler ! »

La patience de Madeleine avait des limites. Job ne l'avait jamais vue aussi furieuse ; elle lui montra la porte :

« C'est ça, sacré nom, vas-y ! Mais ne compte pas sur moi pour te consoler si Jeanne ne veut plus jamais te voir ! Tu l'auras bien cherché avec tes âneries ! »

Incapable d'envisager l'avenir sans « la petite » sur son muret, il céda. Pas convaincu pour autant. Inquiet. Il essaya de l'imaginer dans ses recherches, pensa au rempart de la langue, premier obstacle, admit qu'elle pouvait le franchir, qu'elle parviendrait peut-être ici ou là à recueillir quelques bribes de renseignements sur la vie de son père, le témoignage d'un compagnon de pub d'un soir, les plaisanteries échangées sur le pas de sa porte avec une cliente, mais après… ? Se contenterait-elle de ces réponses dérisoires, insuffisantes pour retracer un homme. Jeanne ferait-elle enfin son deuil de cette obsession ?

— Tu es tout rouge, Job ; tu vas griller sur place si tu restes là !

Jeanne lui tendait la main. Il reprit ses esprits : le feu de joie, le départ…, poussa un long soupir. Bon sang, que c'était dur !

Le quai bruissait des au revoir. Jeanne avait prévenu qu'elle préférait ne pas prolonger la séance des embrassades.

« Je n'aurais pas le courage de vous voir pleurer ! »

Une courte lettre d'Irvy, arrivée deux jours avant, fit savoir qu'elle détestait les adieux et qu'en conséquence elle ne viendrait pas. Jeanne accusa le coup, à peine surprise, malgré le pincement au cœur. L'inimitié des « Contraires » demeurait. Ni l'une ni l'autre n'avaient su dépasser les divergences, l'incompréhension, les rancœurs. L'absence d'Irvy ne faisait qu'officialiser une réalité qui durait depuis toujours.

Vêtue de noir jusqu'aux tempes, qui se marquaient depuis peu d'un gris discret, Ida ne montra aucune émotion. Jeanne se souvenait du dernier départ de son père ; le visage de l'Ida d'alors se superposa à celui qui venait de l'embrasser du bout des lèvres. Un baiser sec, assorti d'un simple : « Au revoir, Jeanne », qui ressemblait tant à celui qu'il avait reçu autrefois.

Elle préféra en rire, croisa le regard de Job, y lut : « Tu vois, je te l'avais dit : on ne la changera pas ! »

A tout prendre, elle eût préféré des reproches, voire des cris, ou que sa mère l'empêchât de partir, plutôt que ce sang-froid exaspérant. Ah, ce silence entre elles deux ! Permanent, insupportable. Les bras de Madeleine l'accueillirent, eux, sans réserve. Elle s'y blottit quelques secondes, l'envie de pleurer lui chatouillait la gorge.

— Eh bien, eh bien, se moqua Madeleine, les yeux tout aussi brillants. Pas plus courageuses l'une que l'autre !

— Dis donc, petite, le nom du bateau devrait te porter chance. As-tu vu ? La *Jeanne* ! Un bienheureux hasard. Tu n'as pas oublié de mettre ta pièce dans le tronc de la chapelle ?

— Pas de danger, Job. J'ai presque glissé tout mon *gwerz ar butum*[1] !

Il sortit de derrière son dos un étrange cadeau mal enveloppé de papier journal, le lui tendit :

— Voilà qui te fera penser à moi tous les jours.

1. « Argent du tabac ».

Je n'avais pas envie que tu oublies ton vieux maréchal-ferrant... !

Jeanne dénuda un bâton grossièrement sculpté d'une tresse qui courait tout le long du bois :

— Ton outil de travail, s'enroua Job. J'ai gravé quelques encoches pour que les tresses d'oignons ne glissent pas. Ce *vaz*[1] n'est ni trop lourd ni trop léger, j'espère qu'il te fera de l'usage.

Madeleine le poussa du coude, tendit un paquet dans un morceau de papier de soie bleu passé :

— C'est plus modeste, mais utile aussi !

Jeanne déplia délicatement un épais carré de laine enveloppé dans un tissu de coton d'un blanc immaculé. Elle le retournait dans tous les sens sans comprendre, interrogea Madeleine du regard. Un éclat de rire lui répondit :

— Tu comprendras vite à quoi ça sert !

— Explique !

Madeleine ôta posément son châle, installa le carré de laine au creux de son épaule, prit le bâton, le posa sur le tissu.

— Une fois le bâton chargé[2]... ton épaule réclamera mon cadeau !

La corne de brume du dundee[3] retentit, coupant

1. Bâton ou stick du johnny.
2. Le poids pouvait atteindre les cinquante kilos !
3. Navire à deux mâts. Les johnnies affrétaient plus volontiers des unités à faible tonnage au départ de Roscoff, car les oignons, denrée fragile, supportaient mal les grands chargements. De plus, ces bateaux étaient mieux adaptés aux conditions d'accostage dans les petits ports anglais.

court aux remerciements, aux effusions. Jeanne glissa en hâte les deux présents dans son sac de toile, monta sur la passerelle. Au milieu, elle s'arrêta.

— Allons, décide-toi ! lui cria un johnny, béret en main, prêt à embarquer, tu montes ou tu retournes à terre ?

— Alors on hésite encore ? ironisa gentiment un autre.

Jeanne se sentit ridicule à tergiverser, jeta un regard en arrière. Job, bras ballants, attendait sur le quai. Il avait gardé le papier journal déchiré du cadeau à la main. Elle courut jusqu'à lui, se jeta à son cou :

— Tu viendras me chercher au retour, promets-le !

Il lui chuchota :

— Et toi, promets que, si tu ne trouves pas ce que tu cherches, tu accepteras. Va maintenant, petite, il est temps.

Bouche bée, elle l'étreignit une dernière fois. Quand les larmes franchirent le barrage, elle se détacha, courut vers le bateau, embarqua au milieu des adieux et des exclamations, gardant les yeux rivés à terre. Elle agita longtemps la main jusqu'à ne plus distinguer les trois amers, frissonna, pleine de l'étrange sensation d'endosser la personnalité de son père. Il s'était tenu à cette même place, avait agité la main comme elle, avait sans doute ressenti un égal déchirement. Egal ? Une chose les différenciait irrémédiablement : Jeanne reviendrait.

Elle sortit le bâton de son sac, de l'index suivit les méandres de la tresse. On eût dit un galet poli par la mer tant la surface était douce sous la peau.

15

Quelque part en mer entre Roscoff et Southampton
2 août 1913

Le mal de mer assaillit Jeanne presque aussitôt, la terrassa jusqu'au lendemain. Le gros temps obligeait à fermer les panneaux de la soute, où l'on s'entassait. La compagnie craignait trop que l'eau ne gâte l'outil de travail. L'oignon mouillé ne se conservait pas, pire pourrissait rapidement, à terme c'était la mévente assurée. Aussi, tous se retrouvèrent confinés dans les fonds, la quasi-obscurité, à lutter contre les nausées. L'odeur était insupportable, une odeur d'oignons chauffés, de sueur ou, pire, de bois imprégné de poisson. Au petit matin, la mer se calma, le soleil vint doucement percer l'épaisseur grise des nuages, on rouvrit les panneaux pour ventiler. Préférant le vent à la pestilence, ragaillardie, Jeanne s'installa dans un recoin du pont. Un johnny avait élu domicile dans un des canots de sauvetage. Il essayait de se réchauffer, par de grands mouvements des bras, lui expliqua :

— J'ai passé la nuit là-dedans. Plutôt crever de froid, et me recevoir des paquets de mer, que de continuer à supporter cette puanteur. Tu as l'embarras du choix pour un autre canot, n'hésite pas.

Jeanne n'était pas tentée de continuer le voyage transie, trempée, secouée en tout sens. Elle préféra se lover dans un enchevêtrement de bouts à l'avant du bateau. Bien calée pour supporter les sautes d'humeur de la mer, un morceau de pain en poche pour parer à une petite faim, elle se trouvait plutôt à l'aise. Peu de place, mais la certitude d'échapper au spectacle à fond de cale, à la curiosité des passagers.

A l'abri du vent, elle sortit de sa poche un carnet à la couverture cartonnée, fermé par un ruban, le feuilleta. Toute son « enquête » tenait entre ces quelques pages. Pour la énième fois, elle les relut, ajouta quelques notes dans la marge. Son index pointa un prénom : Paul-Marie. Le premier des rescapés de l'*Hilda* à avoir répondu à sa lettre. Il se disait surpris que Jeanne veuille le rencontrer, avait dans un premier temps refusé de la voir : « J'ai tourné la page maintenant… je préfère ne pas remuer ces souvenirs… »

Jeanne avait patienté avant de lui renvoyer une seconde lettre. Le ton devait l'avoir convaincu : il lui donnait rendez-vous sur la place de l'église de Cléder, la mettant toutefois en garde : « Je ne pense pas pouvoir vous aider vraiment, mais en mémoire de votre père et de ceux qui y sont restés… »

Il l'attendait sous le porche de l'église, les mains dans les poches d'une veste de velours noir dont il avait relevé le col. Malgré les années, malgré la barbe sacrifiée, il ressemblait à la photo arrachée au journal : cet air un peu sombre, emprunté, comme étonné d'être toujours en vie. Au début, la conversation pataugea. Quelques banalités, puis Jeanne tendit un cliché jauni, osa :

« Cet homme était-il à bord de l'*Hilda* ? »

Paul-Marie eut un mouvement de recul :

« Je vous avais dit que je ne voulais pas reparler de tout ça. Que je ne pouvais pas vous aider. »

Il soupira, hasarda :

« Difficile à dire comme ça... Il y avait tant de monde à bord, tant de monde à Southampton. C'était la cohue, vous comprenez, alors reconnaître quelqu'un si longtemps après ?

— Mais la compagnie Pichon, vous la connaissiez ? »

Paul-Marie réagit aussitôt :

« Ceux-là étaient de Roscoff !

— Donc vous les connaissiez ?

— Si on veut, comme on connaît quelqu'un qu'on croise de temps en temps, comme je connais certains visages ici à Cléder... ! »

Jeanne le sentait mal à l'aise, sous les regards curieux des passants. Elle lui proposa de quitter l'endroit. Paul-Marie était réticent :

« Je n'ai rien à dire de plus.

— J'ai besoin de votre aide, je voudrais savoir si cet homme, mon père, est bien monté à bord ce jour-là. Vous seul pouvez m'apporter une réponse !

— Il y a cinq autres rescapés...

— Ils sont loin. Eux n'ont pas pris le temps de me répondre. »

Jeanne changea de tactique :

« Que feriez-vous si vous aviez une chance, une seule, de savoir ce qu'est devenue la personne que vous aimez, ne tenteriez-vous pas tout pour le savoir ? »

Elle implora :

« S'il vous plaît ! »

Il lui prit le bras.

« Montez, je vous guide. Allons vers la mer. »

Jeanne tira sur les rênes. Le cheval s'immobilisa. La plage des Amiets s'étendait devant eux. Long croissant d'un sable très clair, ponctué de chapelets de rochers. Paul-Marie se détendait, il demanda :

« Maintenant, expliquez-moi ! »

Jeanne raconta. Paul-Marie ne l'interrompit pas, ne fit aucun commentaire, la laissa conclure un peu essoufflée, émue :

« Je ne peux pas vous expliquer pourquoi, mais j'ai la certitude qu'il est vivant quelque part de l'autre côté de la mer. Je le sens, c'est plus fort que moi. Je voudrais juste savoir s'il a pu ne pas embarquer ?

— Montrez-moi encore sa photo. »

Elle le laissa regarder longuement, sans oser parler, attentive à la moindre réaction, au plus léger haussement de sourcils.

Paul-Marie rompit le silence :

« Vous avez dit la compagnie Pichon ? Il en était ? S'il était à bord, c'était obligatoirement avec les troisième classe. On était tous à la même enseigne, vous savez. J'essaie de me souvenir des têtes, mais c'est si loin. Jean-François Pichon, le master, je vois très bien. Un dur celui-là, il y avait son frère aussi. Les autres… Je les connaissais peu, mais je ne saurais pas dire si lui… enfin, si votre père était parmi eux.

— Il n'était pas très grand, glissa Jeanne.

— En tout cas, sûr, il n'était pas à la fin, quand on essayait de tenir… »

Paul-Marie semblait se parler à lui-même :

« On ne peut pas imaginer ce que c'est. Vous avez déjà eu froid dans votre vie ? Un froid comme ça, je ne crois pas. Ça vous glace le sang, les os, ça vous cogne aux tempes. Comme si votre cerveau allait éclater. Que vos mains ne faisaient plus partie de vous. J'ai eu le temps de les regarder, mes mains. Toute la nuit pour ça ! Elles étaient en sang, complètement recroquevillées sur les bouts qui me rentraient dans la peau. Mais je n'avais plus mal. Comment vous dire ? Mes mains ne faisaient plus partie de moi. Je n'étais plus que cette envie de tenir. La nuit, il m'arrive encore de me réveiller en sursaut, j'entends les cris, les bruits des corps qui tombent. Quelqu'un m'appelle, hurle à l'aide, il me tend la main pour le remonter. Je ne vois jamais sa tête, elle est sous l'eau… Vous ne pouvez pas savoir ce que c'est que de vivre, quand tous les autres sont partis les uns après les autres. On se demande ce qu'on a fait de plus pour être encore là, pourquoi on a été choisi. Le petit gars qui était sur mes épaules [1], va savoir pourquoi, il n'a pas tenu. Quatorze ans ! C'est son choix à Lui, là-haut,

1. Paul-Marie Penn a gardé toute la nuit sur ses épaules le jeune Calarnou, lui-même johnny originaire de Cléder. L'adolescent est mort de froid.

on n'a pas grand-chose à y voir... mais c'est parfois lourd à porter. »

Paul-Marie cligna des yeux, ébloui par la réverbération sur le sable.

« Je ne sais pas pourquoi je vous ai raconté tout ça. Chez moi, on n'en parle plus jamais. A quoi bon ! Regardez, on n'est même pas descendus de la charrette. »

Les larmes aux yeux, Jeanne lui sourit, reprit les rênes, mit le cheval au trot.

Il lui prit les rênes des mains.

« Attendez ! En y réfléchissant, je me souviens, mais très, très vaguement, que Pichon gueulait en embarquant. J'étais avec ma compagnie, on fêtait notre départ. On ne comprenait pas grand-chose à ce qu'il racontait, vu qu'on avait déjà bien picolé. Il était sacrément furieux. “Un en juillet”, qu'il disait, “rebelote en novembre ! Tout ça au dernier moment.” On a supposé qu'un johnny s'était fait la malle avant le départ, qu'il lui arrivait la même tuile à Southampton. On s'est foutus de lui ! “Alors on sème ses johnnies ! Si tu ne les faisais pas tant trimer, tu les garderais !” Je vous dis, on avait bu ! On l'a planté là avec sa mauvaise humeur. Il n'allait pas nous gâcher notre voyage de retour... Nous, on rentrait chez nous, tant pis pour ceux qui préféraient rester à terre... »

Ce souvenir trouvait un écho dans la mémoire de Jeanne.

« Moi aussi je me rappelle : on était sur les quais la veille du départ et un homme disait à mon père qu'il lui fallait quelqu'un d'urgence ! Peut-être qu'à

Southampton c'est mon père qui n'est pas venu au dernier moment. »

Elle lui prit le bras.

« Ça pourrait être mon père, n'est-ce pas ?

— Peut-être... Tout de même, on s'est demandé comment un johnny pouvait avoir envie de déserter. Passer Noël chez soi, ça a du bon ! »

Jeanne fut tentée de répondre : « Chez nous pas toujours », mais remit le cheval au trot.

— Ce papier allait s'envoler ! Je suppose qu'il est à vous.

Jeanne leva la tête, vit en contre-jour une ombre se pencher, lui tendre un morceau de papier froissé. Elle referma prestement son carnet, le remit dans sa poche, n'eut besoin que d'un coup d'œil pour constater que le papier lui appartenait, remercia d'un signe de tête. Elle demeura quelques secondes sans trop savoir quoi dire, éprouvant quelque difficulté à soutenir le regard gentiment moqueur, le sourire engageant, les deux étonnantes fossettes encadrant la bouche, qui demanda :

— C'est vous le nouveau johnny ?

— ...

— Fanch, Fanch Caroff, dit-il, la main tendue. Bienvenue dans la compagnie. On peut dire que vous faites parler de vous !

Troublée, elle écarquilla les yeux. Il en fallait plus pour arrêter Fanch :

— C'est pas tous les jours qu'on a un johnny muet parmi nous ! Peut-être venez-vous d'une autre planète ? En tout cas, c'est l'effet que vous faites à tout le monde.

Le rire de Jeanne lui répondit enfin ; Fanch continua sur le même ton :

— Enfin à ceux qui tiennent encore debout en bas. Les autres se contentent de se remettre d'aplomb. Pas très beau à voir !

— C'est pour ça que j'ai préféré le pont.

— Pas facile de se retrouver devant tous ces gars ?

— Pas très en effet. Je m'appelle Jeanne.

— Quelle idée vous a pris de devenir johnny ?

La proue du dundee perçait les vagues en un mouvement très régulier, livrant des paquets d'embruns sur le pont. Les côtes de l'Angleterre se dessinaient vaguement à l'horizon. Jeanne sentait le regard de Fanch. Elle demanda :

— Pourquoi diable une femme ne pourrait-elle pas faire ce métier ? Il y a bien des femmes qui accompagnent leurs maris, d'autres qui sont botteleuses [1], alors pourquoi ne serait-on pas johnny ?

— C'est un métier dur, vous savez ! Quoique, à vous regarder, pas de doute, vous avez du répondant.

Jeanne prit la mouche :

— Je suppose que vous serez tous à me surveiller pour voir si je tiens le coup, peut-être même à attendre que je craque, comme ça vous pourrez dire : évidemment, c'est une femme !

Les fossettes se creusèrent, l'œil clair frisa :

— Qu'est-ce que je vous disais ! Vous galopez, vous

1. Tresseuses d'oignons.

alors ! Pire qu'un cheval qui s'emballe ! Vous connaissez mal le monde des johnnies. On s'entraide, on n'est pas là à attendre que le voisin flanche. Que vous soyez une femme n'y changera rien. Vous verrez, vous serez étonnée. On n'ira pas jusqu'à vous porter votre bâton, mais...

Jeanne s'en voulut, radoucit le ton, montra la côte :

— Et après Southampton ?

— Le train jusqu'à Brighton, où Prigent, le master, est allé préparer l'entrepôt. Vous verrez, il a son franc-parler, pas toujours très accommodant, on ne l'a pas surnommé Penn Pigell [1] pour rien. Si vous filez droit, sans saute d'humeur, souligna-t-il avec malice, vous devriez vous y faire, tout *nevezhanted* [2] que vous êtes. C'est comme pour le tutoiement. Il est de rigueur dans une compagnie. On ne s'encombre pas de « *vous* » inutiles.

La question la démangeait depuis le début :

— Votre nom ? Je veux dire ton nom... Caroff ?

— Eh bien ?

Jeanne avait la bouche sèche :

— Tu es de la famille d'Olivier Caroff qui était sur *l'Hilda* ?

— Un de ses cousins. De Roscoff. Il est revenu de loin, celui-là. Il n'a jamais rien voulu dire. Même à ses enfants. On peut le comprendre. Quand on a connu l'enfer, on ne veut pas le revivre. Dès qu'on parle de

1. « Tête de pioche ».
2. Johnny débutant, novice dans le métier.

bateau, il se ferme. Et pourtant il est reparti en Angleterre, il a recommencé les campagnes.

Son dépit, visible, éveilla l'attention de Fanch :

— Ça t'intéresse tant que ça ?

— Non, non, on a tous beaucoup entendu ce nom, celui des autres survivants aussi. J'étais petite à l'époque, ça a dû me frapper !

— Sûr, même si on n'a pas vécu un drame comme celui-là, c'est difficile d'oublier.

— Très difficile, murmura-t-elle.

La nuit était tombée. On devinait les lumières de Southampton. La plupart des johnnies étaient montés sur le pont, s'étaient présentés à Jeanne. Les pourquoi, les plaisanteries fusaient. Quelques regards appuyés. On s'étonnait. Fanch vint à son secours, reprit, clin d'œil à l'appui, mot pour mot, la tirade que Jeanne lui avait servie :

— Les gars, pourquoi n'y aurait-il pas de femmes johnnies ?

Certains tiquaient :

— Faudra la voir à l'œuvre !

— Attends de porter le bâton !

— Ne la découragez pas, elle s'y fera très bien !

D'autres essayaient de lui faire peur :

— Y'en a qui ne tiennent pas deux jours ! On en a même vu qui sont repartis le soir même !

— Un qui a fait une saison sans rien vendre...

Jeanne riait, répondait du tac au tac, jouait les braves, mais n'en menait pas large. Quelle idée aussi de se lancer dans une aventure pareille ? Fanch avait laissé entendre qu'ils vivraient tous ensemble dans l'entrepôt, au milieu des oignons. Elle avait encore une foule de questions à poser, le chercha du regard. Il était à l'arrière du bateau, accoudé au bastingage. Sous le cheveu brun, un profil taillé à la serpe qu'adoucissaient ces incroyables fossettes, de larges épaules. Un je-ne-sais-quoi de rassurant. Il l'aperçut, lui rendit son sourire. Toujours ce petit air moqueur, difficile à soutenir… Un je-ne-sais-quoi d'attirant.

Le port de Southampton, éclairé de réverbères au gaz qui renvoyaient une lumière blafarde dans les eaux noires, brillait dans la nuit. Des centaines de bateaux étaient à quai. Les cornes de brume se répondaient. Des ombres couraient dans les docks, déchargeaient les marchandises. Des palans alourdis grinçaient, au-dessus des quais. On criait de tout côté. L'effervescence de Roscoff au centuple dans une langue incompréhensible.

Le dundee s'immobilisa enfin. Aussitôt, le pont fut pris de la même frénésie qu'à terre. On se bousculait, pressé de quitter le bateau, avant le déchargement. Fanch agrippa Jeanne sur son passage :

— Reste pas là à rêver. Il faut descendre. On a un train à prendre ! Fais vite, quand ils déchargent les sacs, plus rien ne compte. Leurs oignons, c'est sacré, plus important que la main-d'œuvre !

Jeanne s'affola :

— Mon sac ! Je n'ai pas mon sac !

Elle courut à contre-courant. Le déchargement avait commencé.

— Attention à la marchandise ! Gaffe aux sacs, poussez-vous. Dégagez devant !

— Tu viens nous donner un coup de main ?

— Costaud, la nouvelle recrue !

A terre, Jeanne entendit crier : « Les johnnies pour la gare ! », repéra enfin son sac au milieu des malles de fer qui allaient prendre le chemin des airs, descendit la passerelle sans respirer, le bâton coincé sous le bras.

Le master sortit de l'ombre :

— Déjà à la traîne, Querrien, ça commence bien !

16

Brighton
5 août 1913

Le master concéda à Jeanne un avantage exceptionnel : quelques mètres carrés rien que pour elle au sous-sol du pub attenant à l'entrepôt.

— C'est surtout pour garantir la tranquillité de mes gars, précisa-t-il alors qu'il lui faisait les « honneurs » de son nouveau domaine.

L'endroit était sans fenêtre, sentait le graillon : les odeurs du restaurant s'engouffraient dans ce cul-de-sac, sans en ressortir. Les murs suintaient de graisse. Il y avait à peine place pour une paillasse, une chaise, mais pour Jeanne cela équivalait au paradis. A six heures, le premier matin, stick à la main, pantalon et chemise à peine défroissés, elle emprunta l'étroit boyau sombre qui reliait son réduit à l'entrepôt. Dans le noir complet. Elle avait très peu dormi, toute à la crainte de ne pas se réveiller à temps, avait fait une toilette sommaire grâce à l'eau d'un seau que la patronne du pub lui avait déposé la veille, en lui donnant du *poor little thing*[1] *!* – incompréhensible phrase que Fanch lui avait obligeamment traduite en y ajoutant son commentaire :

« Tu es gâtée ! Des appartements, une salle de bains privée ! »

Elle ne comprit la plaisanterie qu'en découvrant le « magasin[2] », l'entassement des johnnies au milieu des sacs d'oignons, sous l'immense hangar brûlant dont le toit de tôle dévoilait certaines percées sur le ciel. Dans un coin, on avait installé un brasero. Une bouilloire cabossée sifflait. La vingtaine de johnnies bâillaient, l'œil endormi, le cheveu encore humide sous le béret, fin prêts à partir. Ils avaient replié les paillasses contre un mur, sirotaient à grand bruit leur thé brûlant. Jeanne eut droit à quelques signes de tête. Le master l'accueillit fraîchement :

— Querrien, ça ne va pas devenir une habitude, j'espère ! On se dépêche ! *Poen mont da jina*[3].

— Pas bon d'y aller le ventre vide, ajouta une voix éraillée derrière lui.

Une vieille femme au chignon dégoulinant poivre et sel, d'une corpulence au-dessus de la moyenne, lui tendit une tasse où tanguait une eau noir d'encre.

— On boit son thé avant de partir et on ne perd pas de temps !

---

1. « Pauvre petite chose ! »
2. Nom donné à l'entrepôt qui servait à la fois de dortoir, de cuisine, et où l'on stockait le chargement d'oignons – parfois plusieurs tonnes.
3. « Il est grand temps d'aller chiner. »

Jeanne obéit, se brûla le palais. Le thé était fort, amer, imbuvable, pesa aussitôt sur son estomac vide.

— Querrien, Paolig[1], sur le front de mer !

Jeanne sursauta. Un gamin d'à peine douze ans, joues rondes, béret de travers, la saluait. Sourire en coin. Sur l'épaule, son bâton déjà chargé d'une dizaine de tresses.

— On fait équipe, à ce qu'il paraît !

— Tu… tu fais partie de la compagnie[2] ?

— Quelle question ! Prête à partir ? Je serais toi, je ne traînerais pas.

Il désigna le master du menton :

— Rien de tel pour mettre Penn Pigell de mauvaise humeur. Charge ton bâton !

Il siffla d'admiration devant la tresse sculptée :

— Une vraie œuvre d'art ! Bon, tu te décides ! Je parie que tu ne sais pas comment t'y prendre ?

— C'est-à-dire que…

— Donc, tu ne sais pas. C'est pourtant pas compliqué. Bâton sur l'épaule, tu fais glisser les tresses, l'une après l'autre, tu les coinces dans les encoches et, avec ta main devant, tu gardes l'équilibre. Essaie déjà d'en mettre huit. Pour voir si tu tiens sur tes pieds !

Après quatre tresses, Jeanne sentit ses genoux ployer. A la sixième, une grimace de douleur lui échappa.

Fanch sortait, il s'inquiéta :

— Ça va aller ?

— Il faudra bien, s'interposa le master. Tu ne veux

1. Petit Paul.

2. Nombre de compagnies comptaient des enfants dans leurs rangs : ils pouvaient embarquer dès l'âge de dix ans, voire moins.

pas lui porter, pendant que tu y es ? Toujours à faire le joli cœur, Caroff !

— Patron, c'est son premier jour !

— On ne te demande pas de commentaires ! Ouste ! Dehors ! Querrien, cela vaut pour toi aussi ! Paolig te dira ce qu'il faut faire. C'est sa troisième campagne. On n'a plus grand-chose à lui apprendre, à part peut-être pour ce qui est de l'effronterie. Tous les deux, je vous ai laissé la partie facile : vous êtes au début de l'avenue qui longe la mer, c'est tout droit. Vous n'avez pas à vous plaindre ! Une dernière recommandation ? Pas de bâton...

— ... posé contre un mur ! récita Paul.

Des gouttes de sueur coulaient dans le dos de Jeanne, le bâton lui cisaillait déjà l'épaule. Elle se sentait incapable de faire plus de dix pas sans s'écrouler. Paul la rassura :

— Tu vas t'y faire ! Pour aujourd'hui on va se débrouiller. On marche un peu et, dès qu'il ne peut plus nous voir, on prend le tram. On descendra le « Kingsway » jusqu'à la mer[1] !

— Tu es fou ! Et si le master l'apprend ?!

— Le master a d'autres chats à fouetter ! Si tu as une meilleure idée, n'hésite pas, mais à te voir c'est la seule solution. Tu ne tiendras jamais.

---

1. Brighton, lieu de villégiature très prisé de la gentry, du Tout-Londres, au début du XXe siècle, bénéficiait déjà du progrès que connaissait la capitale. Le tramway en service dès 1904 a fonctionné jusqu'à la veille de la Seconde Guerre mondiale.

Jeanne fut prise d'un fou rire nerveux. Le master n'avait pas tort : question effronterie, Paul était expert.

— Tu crois vraiment qu'avec notre chargement on peut passer inaperçus ?

— C'est ça ou s'avaler une demi-douzaine de kilomètres jusqu'aux beaux quartiers, là où sont les clients. Il me fait rire, Penn Pigell.

Il imita le master :

— « Vous êtes au début de l'avenue qui longe la mer. » Il a juste oublié de préciser la longueur de l'avenue… avant la première sonnette[1] ! Si on y va à pied, on aura notre premier client à midi, et encore, si tu ne traînes pas. Avec toi on est plutôt mal partis.

Il soupesa le stick de Jeanne.

— Sans compter que plus vite on vend, moins ça pèse.

L'idée de Paul, quoique culottée, était concluante. Grimpée dans la dernière voiture, Jeanne regardait défiler les kilomètres avec un soupir de satisfaction. Sans la moindre culpabilité. Alors qu'ils arrivaient à hauteur de Brunswick Square, au milieu de l'esplanade qu'ils devaient remonter, une casquette se profila entre les voyageurs. Le coup de coude de Paul la sortit de sa rêverie :

— Le contrôleur ! Saute !

Elle obéit sans réfléchir, empêtrée dans ses tresses qui

1. Les johnnies étaient surnommés *bell breakers*, les « casseurs de sonnettes », par les Britanniques.

lui battaient les flancs, atterrit sur la chaussée au milieu des attelages, se fit traiter de tous les noms. Etourdie, ne sachant plus quelle direction prendre. Paul l'attendait en sifflotant, devant une enfilade d'imposantes maisons victoriennes aux porches à colonnades, aux fenêtres en rotonde. Les grilles basses tranchaient sur la blancheur crémée de la pierre :

— Et maintenant ? lui demanda-t-elle.

— Au travail, pardi ! Tu comptais te tourner les pouces, admirer tes oignons toute la sainte journée !

Dans un cliquetis de bouteilles, une petite charrette fit halte devant une maison. Paul sourit :

— Maintenant ça ! On a beaucoup de chance. C'est l'heure du laitier, on le suit, dès qu'il dépose ses bouteilles, on prend le relais. Tu commences par la première maison, juste devant ton nez. Dès que le laitier a fait ouvrir, tu coinces ton pied dans la porte, tu dis « *good onions* » et tu vends !

— Si la personne me parle ? Je ne comprends pas l'anglais, moi !

— Tu réponds *yes* à tout ce qu'elle te dit, tu souris, tu souris tout le temps. Tu montres ta tresse, tu n'arrêtes pas de dire « *good onions* » et tu attends.

— Mais si on me met à la porte ?

— Tu recommences à la maison suivante. Il y en aura bien une qui te répondra sur le lot !

— Une seule ? balbutia Jeanne.

Les yeux pétillants, Paul semblait trouver les craintes de Jeanne très réjouissantes.

— Oui, au moins une, sur... à vue de nez, les trois cents jusqu'à la statue de la reine Victoria sur la place au bout de l'avenue là-bas. Encore trois petits kilomètres et tu auras bien vendu au moins une tresse d'oignons. Estime-toi heureuse, ici les maisons se touchent... Quand le master t'enverra à la campagne, ce sera une autre chanson ! Là, c'est une maison tous les trois kilomètres, et encore. De la boue, des dizaines de barrières à ouvrir et refermer pour ne pas laisser échapper les moutons, les chiens qui viennent te renifler les mollets ou te les mordre. Le seul avantage en campagne, c'est la charrette, plus besoin de porter les oignons, mais ce que tu gagnes pour les épaules, tu le perds dans les jambes.

— Je me demande si je ne préférerais pas, se lamenta Jeanne, en se frottant l'épaule. Elle regrettait le cadeau de Madeleine, relégué au fond de son sac.

— Mais non ! se récria-t-il. Ici, c'est du gâteau ! Les grandes maisons chics ont du bon. Quand ils sont bien lunés, les domestiques te font entrer par la porte de service. Les généreux t'offrent une petite bière. Bien sûr tu tomberas sur « des » qui se prennent pour le roi d'Angleterre, mais en général on est plutôt bien vus. T'inquiète pas, ils ont vite compris qu'ils ne trouveraient nulle part ailleurs des oignons comme les nôtres. Goûtus, croquants sous la dent, juste ce qu'il faut de douceur, pour aller avec leur bière, et qui durent toute la saison. Les oignons anglais, ça tient pas la marée ! C'est jaune, c'est fade, ça pourrit tout de suite au fond de la cave. Les johnnies, on est leurs sauveurs... rien de moins.

Jeanne riait maintenant à gorge déployée :

— M'étonne pas que tu vendes ! Avec un bagout pareil... et tu dis la même chose en anglais ?

Il haussa les épaules :

— Euh... A peu de chose près !

Il remit son béret en place, vérifia le bel alignement de ses tresses, grimpa les premières marches d'une maison :

— Il faut s'y mettre, sinon, on est encore là demain. M'étonnerait que le master apprécie. Parfois, ça lui prend, il vient faire un tour, histoire de surveiller. Tu l'imagines s'il nous trouve, tranquillement en train de faire la conversation, avec notre stick plein à craquer.

Il lui désigna les portes :

— Toi, tu fais celle-ci, je fais celle d'après, une sur deux, et on se retrouve devant la statue de la reine. C'est droit devant, tu ne peux pas te tromper. Celui qui a tout vendu... je t'aurais bien dit qu'il payait une bière au pub ce soir, mais une fille n'a pas le droit de rentrer au pub !

Elle lui rabaissa son béret sur les yeux en riant :

— Parce que les gamins de douze ans ont le droit peut-être !

Paul avait raison : plus vite le bâton s'allègerait... moins elle souffrirait ! Le laitier s'éloignait, commençait à se déployer un cortège de landaus, et de calèches. Jeanne avala sa salive, se répéta consciencieusement « *good onions, good onions* » jusqu'à en sentir le goût doux-amer dans la bouche, grimpa les marches devant elle. Une poignée de cuivre étincelait au milieu de la porte. L'estomac vrillé, elle la souleva timidement. A deux pas, Paul était déjà en grande conversation avec sa première cliente. Jeanne envia leurs éclats de rire, soupira. La porte s'entrebâillait sur une vieille dame aux cheveux frisottés, enveloppée d'un châle aux motifs cachemire, malgré la température. Un collier de velours barrait son cou à mi-hauteur d'un trait noir sur la peau parcheminée :

— *Good morning !*

La voix était douce, chevrotante, la prunelle bleu passé malicieuse.

Jeanne s'empressa de présenter son bâton :

— *Onions... good onions !*

La vieille dame sourit, ouvrit la porte un peu plus largement :

— *My dear, do come in and have a nice cup of tea ; we'll see for the onions in a while*[1].

Jeanne ne saisit qu'un mot, *onions*, rendit le sourire obligeamment, lança un *yes* sonore qui fit rire la vieille dame. Elle lui fit signe de la suivre. Jeanne hésitait. Qu'avait dit Paul à ce sujet ? Entrait-on chez les clients ? Lui devait déjà avoir conclu sa première vente. Mais ce poids sur son épaule ! Poser son bâton juste quelques minutes, pas contre un mur... chez sa première cliente. Après tout, elle était à pied d'œuvre. Ce dernier argument fut décisif. Chacun de ses clients ne lui demanderait sans doute pas d'entrer, de s'installer pour une tasse de thé dans un salon sombre aux rideaux de velours à grands ramages qui empêchaient l'intrusion des rayons du soleil.

1. « Ma chère, entrez prendre une bonne tasse de thé ; nous verrons pour les oignons plus tard. »

17

— Elle t'a eue !

— Comment ça, elle m'a eue ? Pas du tout, elle m'a payée, regarde ! s'insurgea Jeanne, paume ouverte.

L'air dégoûté, Paul y cueillit la pièce du bout des doigts :

— Avec ton half penny tu n'iras pas loin !

Jeanne était découragée. Elle avait perdu un temps précieux à écouter le babil – incompréhensible – de la vieille dame si innocente, qui, à en croire Paul, l'avait délestée d'une tresse pour rien. Sans compter que les portes suivantes s'étaient ouvertes pour se refermer presque aussitôt sur un refus.

— Une tresse se vend au minimum un shilling, expliqua Paul. A moins, tu vends à perte. Il va falloir en plus t'expliquer l'argent anglais ! On en a pour la matinée.

— Elle est déjà bien entamée ta matinée.

— Sûr ! Je crève de faim.

Paul s'assit sur un banc face à la mer, allongea ses jambes.

— Moi aussi, admit Jeanne. Mais je n'ai rien à manger.

Paul était atterré :

— Tu n'as rien prévu ?

— Il fallait ?

— Evidemment qu'il fallait, tu crois qu'on tient comment ?

— Je ne sais pas, personne ne m'a...

— Tu pouvais y penser toute seule quand même ! T'avais qu'à demander à la botteleuse !

— La botteleuse ?

— La vieille ! Entre parenthèses, t'as intérêt de t'en méfier : Ambroisine est une vraie peste. Toujours à faire ses coups en douce, à nous dénoncer au master. Mais c'est quand même elle qui fait la cuisine et à qui tu dois demander un bout de pain avant de partir.

— Elle aurait pu me le dire peut-être ?

— Pas du genre charitable, Ambroisine ! Ça m'étonnerait qu'elle t'ait à la bonne. Elle déteste les femmes. La dernière saison, elle a fait vivre un enfer à une femme de johnny qui l'avait accompagné. Cette année il est revenu tout seul. La femme a compris. Pas folle.

— Pourquoi le master la garde-t-il dans ces conditions ?

— Parce qu'elle fait son boulot comme personne ! Plus vite que les deux autres botteleurs réunis. Alors on la supporte, mais on ne fait jamais de vieux os au magasin. Elle déteste avoir quelqu'un trop longtemps dans les pattes.

Jeanne guignait du coin de l'œil le bâton de Paul, très dégarni :

— Comment as-tu fait ?

Il se rengorgea :

— Oh, ça, c'est rien ! D'habitude je vais plus vite. Il va falloir retourner à l'entrepôt pour que je recharge.

La panique saisit Jeanne :

— Mais, si tu y retournes, moi avec mon unique tresse vendue et ma pièce, j'aurai l'air de quoi ?

Son air accablé fit rire Paul. Un rien condescendant, il lui tapota la main :

— On va te les vendre, tes tresses, et vite fait encore. Un johnny ne rentre qu'une fois le bâton vide. Principe de base. Pas question de rapporter de la marchandise au local. Pour ça il nous faut des forces. Passons un marché : aujourd'hui je me charge de te trouver quelque chose à grignoter, demain tu me rembourses ce que tu dois. Tu prendras ça sur ta prime de bière. Tu dois être une « tea total's », toi ?

— ...

— Tu ne vas boire que du thé ici ! lui expliqua-t-il. Tu ne marches pas à la bière comme les autres johnnies, donc tu pourras garder ta prime. Et, comme le thé ne coûte rien, vu que tu te le fais offrir par tes bonnes clientes...

Jeanne fit mine de le taper.

— Attends-moi ici, lui dit-il, j'entends le vendeur de muffins [1]. On ne va pas te laisser mourir de faim.

---

1. Petits pains ronds que l'on sert coupés en deux, tartinés de beurre, avec une tasse de thé. Le vendeur de muffins, « petit métier » aujourd'hui

Jeanne s'étira. Le soleil tapait, agréablement rafraîchi par un petit vent à la température idéale. Les mouettes avaient investi l'esplanade. L'effervescence du front de mer avait de quoi la distraire : Roscoff lui semblait une ville miniature comparée à Brighton. Sa première vraie grande ville. Le comble de l'élégance, de l'exotisme, de l'oisiveté. Aux antipodes de ce qu'elle connaissait. Un monde inaccessible, où l'on s'octroyait le luxe du désœuvrement. A Santec, pas un jour sans entendre sa mère lui rabâcher « Ne reste donc pas sans rien faire, sans un ouvrage en main ». A Santec, on n'eût jamais croisé quelqu'un qui n'allait pas ou ne revenait pas des champs, du travail. A Brighton, on déambulait, on s'attardait, on flânait. La ville entière semblait s'être donné rendez-vous sur le front de mer, sur l'immense jetée, structure métallique sur pilotis qui étirait ses centaines de mètres de long au milieu des vagues. Une foule dense en avait investi les pavillons de style mauresque. Au-dessus flottait le drapeau de l'empire.

La baie comptait plusieurs répliques tout aussi ouvragées de cette jetée [1].

Ombrelles noires et ombrelles blanches sillonnaient

disparu, était un des personnages typiques de la rue anglaise. Pour se signaler, il agitait une clochette et chantait un refrain qui tenait de la comptine.

1. Les jetées de Brighton, chefs-d'œuvre métalliques érigés à partir de 1823 sur près de trois mille mètres de long, ont toutes connu des sorts tragiques, suite aux coups de vent ou aux tempêtes. Peu restent encore sur pied, à part celle que Jeanne admire dans cette histoire. Les autres gisent au fond de l'eau, en attente de subventions pour leur réhabilitation.

la plage. Canotiers enrubannés, robes serrées à la taille, claires pour les jeunes, sombres pour les plus âgées, les élégantes admiraient la hardiesse des baigneuses jaillies de cabines sur roulettes et harnachées de costumes de bain qui les couvraient de la tête aux pieds. Les hommes portaient chapeau, nombre d'entre eux un costume trois pièces, avec cravate. Quelques rares casquettes détonnaient : celles de vendeurs à la sauvette proposant boissons, gâteaux et sucreries.

Un papier journal graisseux à la main, Paul s'affala sur le banc.

— Tout le monde s'était donné rendez-vous pour un muffin. J'ai cru que jamais je n'y arriverais. Effectivement je n'y suis pas arrivé ! Il avait tout vendu quand c'était mon tour. A la place, voici ton déjeuner, tu ne perds pas au change, ce sera nettement plus consistant.

Jeanne ne put s'empêcher de faire la moue.

— Goûte ! Je ne connais rien de meilleur au monde : *fish and chips*[1] ! C'est le moins cher qu'on puisse trouver : j'ai eu le tout pour trois pence[2]. Ça ne te ruinera pas et c'est délicieux, ajouta-t-il en picorant une frite.

— Mais brûlant...

Jeanne cala le paquet entre ses jambes, commença à

1. Poisson – à l'époque morue – et frites, servis arrosés d'un filet de vinaigre, toujours enveloppés dans le journal de la veille. Une association typiquement britannique qui date de 1860. George Orwell affirmait que ces *fish and chips* avaient permis d'éviter troubles et révolution au sein des populations ouvrières au début du XXe siècle...

2. Ce tarif est resté le même jusqu'à la Seconde Guerre mondiale.

piocher, pas convaincue. Au fur et à mesure, son sourire s'élargissait.

— Hum ! je dois reconnaître que c'est fameux. Comment fais-tu pour savoir tant de choses, te débrouiller si bien ? Tout de même, douze ans, ce n'est pas bien vieux !

— J'en ai vu depuis mes huit ans, commença-t-il, la bouche pleine. Et du pas toujours rose encore. A l'époque, je pleurnichais tous les jours. Je ne voulais pas quitter l'entrepôt ! J'en ai reçu des coups de pied aux fesses pour me pousser dehors.

— Et tes parents ! Tu les as quittés à huit ans ?

— Il y a plein de johnnies dans ce cas ! Avant, mon père était avec moi. La veille d'un départ de Roscoff, il a eu un accident à la glissière[1], il est tombé avec un sac dans la soute. Les deux jambes brisées... Il ne s'en est jamais relevé. Il est dans un fauteuil à la maison à gueuler après ma mère. Au début, je l'ai plaint, après j'étais pressé de reprendre la saison, pour ne plus l'entendre. Le master m'a embauché en remplacement, il est dur, mais ça va. Si tu m'avais vu, les premiers jours, tout seul dans Brighton. Le master m'avait écrit le nom de la rue sur la main, avec la sueur ça s'effaçait. Je me perdais ! Un soir c'est un policeman qui m'a ramené au magasin. Je pleurais tout ce que je pouvais devant les clientes. J'ai vite compris que ça avait un avantage : elle me prenait mes oignons ; y en a qui me donnaient l'argent sans rien m'acheter ! Alors j'y allais de ma larme, hop je gagnais mon

1. Méthode d'embarquement des oignons décrite dans le chapitre 2.

shilling. Après on s'habitue au travail, on finit même par l'aimer. D'une année sur l'autre, on retrouve la clientèle, les gens te reconnaissent, ils sont contents de te voir. Tu marchandes, tu discutes. Mais tu ris pas tous les jours ! Il y a des soirs où je donnerais tous mes shillings pour entendre mon père gueuler !

Paul n'eut aucun mal à convaincre Jeanne de reprendre le tram pour le retour. L'épaule en capilotade, elle ne tenait plus debout. Mais le stick était enfin vide, ses poches pleines. Elle avait même touché un pourboire d'une livre des mains d'un vieux monsieur, qui l'avait saluée d'un coup de chapeau :

— *Nice face for a johnny*[1] *!*

Paul avait laissé échapper un sifflement.

— Eh bien, il ne t'a pas volée ! C'est une vraie fortune !

— Pourquoi a-t-il fait ça !

— Pour tes beaux yeux, pardi !

Il ne perdait jamais le nord :

— Tu as largement de quoi me rembourser ton déjeuner !

Dans le brouhaha des voyageurs, un pied sur le marchepied du tram, Jeanne faisait sauter les pièces au creux de sa poche, rêvant de leur en ajouter d'autres, économisées sou à sou, regretta la prime de tabac engloutie dans le tronc de Sainte-Barbe.

La journée avait été fructueuse. Regarder Paul

1. « Jolie frimousse pour un johnny ! »

travailler – il avait jugé utile de lui faire une petite démonstration –, vendre ses « bundles[1] », était riche d'enseignements : il était roublard, intarissable, aucune cliente ne lui résistait. Ici, il coinçait son pied dans la porte, là proposait deux tresses prétendument pour le prix d'une. Chaque vente lui faisait pétiller les yeux. Comme autant de victoires. Sous le béret crânement penché, un semblant d'adulte monté en graine trop rapidement, mais dont les joues, les mains conservaient encore les rondeurs de l'enfance. La barrière de la langue n'avait pas l'air de le freiner : même débit en anglais, à ce que Jeanne, qui éprouvait souvent beaucoup de difficultés à retenir ses fous rires devant le culot de Paul, pouvait en juger.

Le paysage défilait. Un halo de lumière éclairait l'horizon. Grise toute la journée, l'eau virait maintenant au turquoise dans le crépuscule plombé. Un nuage d'étourneaux virevolta au-dessus du kiosque à musique près de la West Pier[2], au rythme d'une valse que jouait un orchestre tout en blanc. Une très légère brise faisait friser les plumes d'autruche dans les calèches découvertes. Les docks étaient encore loin. Malgré la beauté de Brighton au soleil couchant, Jeanne ne rêvait plus que d'une chose : sa paillasse, dans les relents de graillon.

---

1. « Tresses ». Les johnnies mélangeaient très régulièrement les trois langues : breton, français et anglais. Cela donnait un jargon à part, un vocabulaire très imagé, que seuls les initiés comprenaient.
2. L'une des jetées de Brighton.

18

Septembre 1913

Les habitudes s'installaient. Tout comme les affinités. Paul, avec lequel Jeanne continuait de faire équipe, Fanch étaient devenus les plus proches. Elle se familiarisait avec les visages, les prénoms de la compagnie. Restaient quelques têtes inconnues, celles des johnnies qui ne rentraient qu'une fois par quinzaine parce que leurs secteurs étaient éloignés. Les sous-entendus lestes des débuts avaient laissé la place à un ton gentiment protecteur. On s'autorisait moins de réflexions. Jeanne se sentait acceptée. A deux reprises, le master l'avait félicitée pour son travail :

« Le métier commence à rentrer, on dirait ! »

Elle avait acquis un début de vocabulaire, pouvait baragouiner à la suite quelques phrases en anglais, provoquait souvent l'hilarité de Paul pour son accent :

« De ce côté-là, tu as des progrès à faire ! »

Encore maladroite, sa technique de vente s'affinait, commençait à porter ses fruits. Elle usait parfois de ruses, pensait à Paul, pour vendre son dernier « bundle » de la journée, jouait de l'apitoiement des clients. Tout était bon pour regagner l'entrepôt avant le dernier tram, pour ne pas revivre l'unique fois où elle avait dépassé l'heure, s'était retrouvée seule à avaler les cinq derniers kilomètres jusqu'à l'entrepôt, la peur au ventre ; les faubourgs de Brighton n'avaient plus rien d'hospitalier, passé dix heures.

C'était à peu près l'heure à laquelle les johnnies exténués se retrouvaient pour l'unique repas pris en commun, mal assis en tailleur autour de la marmite. Un souper souvent expédié, car ils étaient incapables de suivre une conversation alors que la fatigue permettait à peine de mâcher ce que l'on avait dans son assiette.

La soupe d'Ambroisine était bonne, quoique invariablement la même : pommes de terre, viande bouillie, tous les soirs sauf le vendredi, où elle servait du poisson. Pour éviter les jalousies, apaiser les tiraillements, le master avait sa technique : tirer au sort les morceaux de viande. Mains sur les yeux, Paul, le plus jeune, « peut-être pas le plus innocent » à en croire les plaisanteries, choisissait. Au milieu des rires ou des récriminations. Quand un gros morceau échouait dans l'assiette de Jeanne, elle l'échangeait. Nombre de gourmands s'installaient d'office auprès d'elle ; on connaissait son petit appétit, sa générosité. Certains rêvaient d'accompagner ce frichti d'un verre de vin, mais aucune bouteille ne franchissait le seuil de l'entrepôt.

« Café ou thé, le choix du roi », avait imposé le

master, « si vous avez envie d'autre chose, ne vous gênez pas, le pub est à deux pas ! Mais faut payer ! »

En semaine, on s'abstenait par mesure d'économie, par raison aussi : une pinte en entraînant une autre, on ne pouvait risquer des réveils trop difficiles, au détriment du travail. En revanche, le samedi soir, tous fréquentaient assidûment le comptoir. Excepté Jeanne, bien que Fanch lui eût suggéré de rentrer, la casquette profondément enfoncée sur les yeux :

« Le patron n'y verrait que du feu. Il y fait sombre comme dans un four. »

Elle craignait moins le patron que la surveillance, active, d'Ambroisine, se passait fort bien de ces soirées très arrosées, bruyantes, dont les rires lui parvenaient jusque dans son lit. Quant à Paul, contrairement à ses vantardises, il n'avait jamais mis les pieds dans ce sanctuaire enfumé : il ne pouvait resquiller, sa bouille le trahissait !

Seule ombre dans ce quotidien bien réglé : l'épaule de Jeanne. Le cadeau de Madeleine avait eu son utilité, mais ne suffisait pas. Jeanne espérait qu'à force la corne renforcerait l'épiderme, mais le frottement régulier du bâton sous le poids des oignons lui écorchait la peau. De la base du cou jusqu'à l'articulation. Ces plaies n'avaient jamais le temps de cicatriser. Le soir, une croûte se formait, qui dès le lendemain était à nouveau à vif. Jeanne serrait les dents. Le dimanche était le seul jour où son épaule trouvait enfin le repos. Elle se badigeonnait de liniment pour apaiser la brûlure, se bandait l'articulation, guérissait… jusqu'au lundi.

Elle aimait les rites dominicaux. Dès le samedi, dont l'après-midi semblait ne jamais finir, même si les clients lui refusaient la dernière vente, il lui suffisait de fermer les yeux pour savourer les prochaines heures. Elle prenait une grande respiration, puisait dans ses dernières forces pour les kilomètres restants, s'abattait sur sa paillasse, après un dîner dans le brouillard.

Le nez sous sa couverture, enveloppée des bruits de la veillée au pub, elle se laissait glisser avec délice dans le sommeil, les articulations percluses de courbatures, des fourmis dans les bras et les mains, l'odeur d'oignon imprégnant jusqu'à son oreiller. Chaque centimètre carré de son corps s'étalait dans le confort – relatif – de son lit humide, à même le sol. Elle sombrait rapidement dans un sommeil sans rêve, en émergeait au premier tintement de vaisselle dans les cuisines. Il était six heures. Avec un soupir de satisfaction, elle se tournait sur le côté, se rendormait aussitôt jusqu'au milieu de la matinée. Hors de la surveillance de sa mère, elle faisait l'impasse sur la grand-messe, comme les autres johnnies. L'église catholique était loin des docks, sa piété pas suffisamment solide pour reprendre la route le dimanche. Elle délaissait l'office pour se consacrer au courrier, tâche que personne n'eût songé en revanche à oublier. On lui demandait souvent son aide, à commencer par Paul.

« Dame ! j'ai quitté l'école il y a un bout de temps ! Si tu pouvais… »

Elle s'installait dans un coin, dos à la tôle, écrivait sous sa dictée pittoresque, imaginait les rires de ses parents à la lecture des aventures anglaises de leur fils.

Elle enviait cette liberté de ton. Ses missives à elles n'avaient rien à voir. Peut-être celles qui étaient adressées à Job et Madeleine ? Et encore. Pour sa mère elle restait laconique, comprenait la brièveté des messages de son père, l'imitait : « J'espère que tu vas bien. Ici le travail est rude, mais tout va bien. Le master a l'air content de moi. J'ai un peu mal à l'épaule. Dans quelques semaines, nous saurons la date de retour, je doute que ce soit pour Noël. Ta fille affectionnée. »

Le dimanche était aussi synonyme de repas copieux. Jeanne y fit connaissance avec le rôti de bœuf, mets de riche à Roscoff, mais qui à Brighton abondait sur les étals et coûtait peu cher. Personne ne demandait à échanger sa part, pas plus Jeanne que les autres. La botteleuse servait la viande rouge avec des frites. Le dernier dimanche d'août, la femme du patron du pub apporta une épaisse crêpe dorée qu'elle posa encore grésillante sur la table :

« *No roast without yorkshire pudding*[1]. »

Dès qu'elle eut le dos tourné, les commentaires allèrent bon train.

« On n'a pas de leçons à recevoir en matière de crêpes ! grommela Ambroisine, vexée.

1. « Pas de rosbeef sans yorkshire pudding. » Le yorkshire pudding se sert traditionnellement avec le rosbeef. Un appareil d'œufs, de farine et de jus de viande cuit dans le plat qui a servi au rôti.

— Surtout qu'on n'a jamais entendu parler de “bonne cuisine anglaise” ! »

Jeanne accepta de jouer les cobayes. On guetta la grimace. Elle ne vint pas. Mieux, Jeanne semblait apprécier. Il fallut se résigner : on se servit, on goûta en silence, pour reconnaître de mauvaise foi :

« On a connu pire ! »

Le sacrifice n'avait pas été si grand : le dimanche suivant, on réclama du yorkshire pudding.

Repu, on repoussait son assiette. Quelques-uns piquaient déjà du nez, commençaient leur sieste. Le silence tombait sur le hangar, interrompu par le crépitement d'une averse sur la tôle. Vers trois heures, réveillés par les éclats de voix autour d'un jeu de dominos, les derniers ronfleurs ouvraient un œil sous les moqueries.

Septembre modifia l'atmosphère de Brighton. Les plages se vidèrent, la lumière pâlit, annonciatrice des couleurs de l'automne, l'aube se fit plus fraîche. Après la chaleur étouffante de son réduit sans fenêtre, Jeanne appréciait la température, beaucoup moins la sonnerie du lundi matin. Au mieux à quatre heures, au pire à minuit, quand il fallait rattraper ce que le master estimait « du temps perdu » :

« Si vous ne faisiez pas la sieste le dimanche, vous n'auriez pas à vous lever si tôt le lundi. »

On prenait cela pour une boutade. Pas question de revenir sur le sacro-saint privilège de la sieste dominicale. Même au prix, exorbitant, du lundi, jour honni entre tous. Pour Jeanne, c'était une vraie corvée : aider Ambroisine au bottelage, tandis que les autres johnnies retrouvaient la route.

Pour être certaine de ne pas manquer l'heure, elle posait son réveil dans une soucoupe garnie de pièces, et, précaution supplémentaire, se couchait tout habillée. Avant le premier tintement, insupportable, d'un bond elle sortait de son lit, passait une main dans ses cheveux, remerciait le ciel de ne plus les avoir longs, s'engouffrait dans le couloir, et n'ouvrait l'œil que devant le brasero. Les autres ne faisaient pas meilleure figure.

Déjà installée devant sa table, Ambroisine – dormait-elle jamais ? – se moquait des bâillements, des mains qui se tendaient devant les flammes :

« Qu'est-ce que ce sera en novembre ! »

Le spectacle des mains d'Ambroisine à l'ouvrage fascinait Jeanne. Pourtant déformées par l'âge, pleines de crevasses, ongles noirs et bout des doigts jauni, elles dansaient, virevoltaient de la table croulante d'oignons à la tresse. Pieds fermement plantés au sol [1], elle était suivie dans ses mouvements par sa vieille jupe douteuse. Son œil jaune incisif – Jeanne, la première fois qu'elle l'avait croisé, n'avait pu s'empêcher de le comparer à celui des orvets que, petite fille, elle traquait dans les murets à la belle saison – repérait, dans le tas, l'oignon qui allait constituer la base de sa

1. Le travail du tressage des oignons ne pouvait se faire que debout

tresse, son point d'ancrage sur la tige de jonc, le capitaine[1]. Dos courbé, lèvres pincées, Ambroisine piochait les suivants un par un, sans lever le nez, marmonnait :

« Allez, toi, le mousse… rentre là-dedans. »

Si un oignon ne s'alignait pas comme elle le voulait, d'énervement, elle tapait du pied, sortait de son chignon gras un pic de bois, remettait l'intrus dans le droit chemin, en tirant la langue. Puis, sans lâcher la tresse qui tournoyait, elle remettait le bâton dans son chignon, reprenait un oignon, l'intercalait, happait au passage le raphia que Jeanne lui tendait, tricotait fermement le tout en quatre tours bien serrés.

Le frôlement du raphia entre ses doigts râpeux, crevassés à vif, crissait désagréablement à l'oreille comme un couteau qui dérape sur une assiette de faïence. Elle terminait de natter le tout par une longue boucle, tassait les oignons sur la table pour faire un peu de place, rangeait sa tresse à côté des autres et recommençait. Un coup d'œil furtif, un oignon, le bâton, un morceau de raphia, un tour de tresse.

Toutes les dix tresses, elle soufflait. Pour Eugène et Hamon, les deux autres botteleurs, c'était l'heure d'essuyer ses sarcasmes. Leur manière de faire était trop différente. Eux travaillaient en chantonnant. Surtout pour le plaisir de la faire enrager. Rien ne les mettait plus en joie que de l'entendre rouspéter :

« On n'est pas à la chorale ici. Chantez moins,

1. Dans la tresse, l'oignon de base est appelé capitaine et les autres, qui suivent, sont nommés les mousses.

vos tresses monteront plus vite ! Regardez-moi ça ! Normalement, c'est pas moins de cinq cents oignons à l'heure... ! »

Il en fallait plus pour leur faire peur : ils reprenaient leur chant en canon un ton plus haut, semaient la pagaille sur la table, bousculaient les tresses d'Ambroisine, qui bouillait. Tout en se remettant au travail, elle ne cherchait plus qu'à se venger. Gare à celui qui se trouvait dans les parages. Victime toute désignée, Jeanne, qui tournait et retournait sa botte de raphia, en faisait régulièrement les frais :

« Et alors, toi, tu vas rester plantée là longtemps ?

— Je... je...

— Ouste, décampe ! Tu n'as rien à faire ici. Je ne pense pas que le master serait content de savoir que tu lui manges ses heures à ne rien faire. Je me ferai un plaisir de l'avertir dès qu'il reviendra... »

Puis, sans état d'âme, Ambroisine la rappelait vertement, parce qu'elle avait encore besoin d'elle :

« Mon raphia, je vais le couper moi-même peut-être ? »

Eugène et Hamon reprenaient en chœur. Le nez dans sa pelote, Jeanne se retenait de rire.

19

Brighton
Début décembre 1913

L'après-midi du dimanche touchait à sa fin. On bâillait à l'entrepôt, après avoir épuisé le répertoire de chansons, les parties de dominos, les histoires de veillées au pays. On somnolait vaguement avant le dîner. C'était l'heure entre chien et loup où la nostalgie pointait son nez. Où l'on regrettait Sibiril, Cléder, Plouescat, Saint-Pol ou Carantec. Où l'on eût tout donné pour un coin de cheminée dans le plus petit penn-ty. Le vent de décembre pénétrait partout, s'engouffrait dans chaque interstice du toit. Mains tendues devant le brasero, Fanch plaisantait avec Jeanne. Têtes presque collées, doigts pas loin de se frôler, rires discrets.

— Et alors, fit une voix pâteuse derrière eux, on oublie sa promise ?

Jeanne releva la tête. Allongé sur sa paillasse, un johnny leva un verre à leur santé, désigna Fanch :

— Il est en train de courir deux lièvres à la fois, ton Fanch. Je parie que tu savais pas qu'au pays il était engagé ?

Au fond, quelqu'un cria :

— Oh, Jakez, fiche-leur la paix ! Va fourrer ton nez ailleurs !

— « Ar gazetenn [1] », commenta un autre, a encore ouvert son clapet !

— « Ar gazetenn » vous emmerde ! répondit Jakez. Ça vous dérange, hein, quand on dit la vérité ! Le Fanch, il est toujours à conter fleurette à tous les jupons qui passent. Y en avait qu'une ici, elle avait beau pas avoir de jupon, ça n'a pas manqué, il a fallu qu'il s'en occupe.

Furieux, Fanch se leva.

— T'es vraiment obligé de faire ton petit numéro, tu crois que t'as pas encore assez bu ?

Jakez montra sa bouteille presque vide à bout de bras :

— Tu devrais boire toi aussi, ça te dériderait ! A ta santé ! T'as raison, elle est mignonne, la petite Jeanne ! Un peu maigrichonne, mais tout à fait à mon goût ! Je suis sûre que sous la chemise...

Fanch le saisit au col, l'obligea à se mettre debout :

— La ferme, Jakez, ou je t'en colle une !

Jeanne s'interposa :

— Laisse donc, ça n'a aucune importance ! Il a trop bu, il ne sait plus ce qu'il dit !

Malgré la poigne de Fanch, Jakez se mit à rire :

1. « La gazette ».

— Trop aimable, la demoiselle ! Pas besoin de prendre tes grands airs… Ça a beau être bien roulée, ça n'a pas deux sous de jugeote. Tu crois qu'il s'intéresse à toi, Fanch ! Penses-tu, il en a vu d'autres !

Un coup de poing en pleine figure le fit taire. Atterrée, Jeanne étouffa un cri. Jakez se tenait le nez dégoulinant de sang. Il leva le poing, grommela une injure. Fanch avait déjà la main levée, prêt à recommencer. Hamon l'arrêta :

— Ça suffit, tu vois bien qu'il est sonné ! Pas la peine de t'acharner, il est fin saoul ! Quand il a un coup dans le nez, il dit que des conneries !

La colère de Fanch était encore palpable. On entendait sa respiration saccadée. Il poussa un soupir :

— Il ne perd rien pour attendre !

Ambroisine entrait, une marmite à la main, la posa sur le brasero :

— Vous en faites du *reuz*[1] !

Un seul regard lui suffit : la main d'Hamon sur l'épaule de Fanch, Jakez à terre, qui essuyait le sang avec sa chemise. Elle s'approcha, lui releva le menton :

— En voilà des dégâts ! Mon pauvre gars, te voilà bien amoché !

Ignorant ses protestations, elle se mit à frotter sans ménagement ce qui restait de traces de sang :

— J'ose espérer que c'est une porte qui t'a mis dans cet état-là ?

— Sa porte, lança Hamon, elle avait deux fossettes et un béret !

1. « Raffut ».

Les rires fusèrent. Ambroisine se retourna, hors d'elle :

— En vingt ans de métier, j'ai jamais vu ça ! Ma parole, vous êtes devenus fous !

Elle désigna Jeanne d'un coup de menton :

— Je parie qu'elle a quelque chose à y voir !

Les autres se récrièrent :

— Soigne la Gazette et tais-toi ! Tu ne sais même pas de quoi tu parles ! Jeanne n'y est pour rien.

Ambroisine haussa les épaules, continua de marmonner tout en examinant le nez de Jakez. Elle avait baissé d'un ton, mais on l'entendait encore :

— Je savais bien qu'une fille ici, ça n'amènerait rien de bon !

Sans un mot, Jeanne quitta la pièce. Fanch la rattrapa dans le couloir :

— Laisse-la dire, c'est une vieille folle, elle déteste tout le monde ! Ça n'a aucune importance. Tu as bien vu, ils ont tous pris ta défense. Quant à Jakez, à mon avis, il y réfléchira à deux fois avant de s'en prendre à toi.

La gorge nouée, Jeanne répondit froidement :

— Merci pour tout à l'heure.

— Pas de quoi ! Jakez et Ambroisine, les deux font la paire : de vraies langues de vipère.

Il lui prit le visage entre ses mains. Jeanne s'obstinait à baisser les yeux.

— Eh, lui dit-il en la forçant à relever le menton, tu ne vas pas croire les bêtises de la Gazette, quand même !

— Pourquoi je ne les croirais pas ? On ne l'a pas

surnommé « la Gazette » pour rien. Il en sait long sur tout le monde, et c'est souvent vrai. Reconnais-le.

— Mais pas ces bêtises de coureur de jupons !

Jeanne lui prit les main, éloigna son visage du sien, demanda :

— Il y a quelqu'un à Carantec ?

Les fossettes s'effacèrent brusquement.

— C'est-à-dire, éluda Fanch, mal à l'aise, non... enfin...

Jeanne eut un petit rire, tourna les talons :

— Même fin saoul, la Gazette sait encore ce qu'il dit.

L'appétit coupé, le nez dans son assiette, Jeanne mâchouillait un morceau de viande quand le master ouvrit la porte de l'entrepôt. Le col de sa veste avait gardé quelques flocons de neige. Il s'approcha du brasero, se frotta les mains au-dessus des flammes :

— Il fait vraiment un temps à ne pas mettre un Anglais dehors ! Pas souvent qu'on voit la neige au bord de la mer.

Ambroisine lui tendit une assiette débordante de bouillon. On s'écarta pour lui faire de la place.

— Les gars, dit-il à peine assis, il y a du changement, dès la semaine prochaine.

Un grognement général lui répondit. On resta la cuillère en l'air à écouter.

— Changement de secteur pour ceux qui sont en ville. Va falloir aller un peu en campagne. L'hiver a vidé Brighton. Y a moins de rendement. On se traîne.

Plus personne ne mangeait. L'estomac crispé, Jeanne posa son assiette sur ses genoux.

On entendait les mâchoires du master. Il déglutit, lança à la cantonade :

— Pas besoin de faire cette tête ! C'est pas toute la compagnie que ça concerne, mais Jean-Marie, Paolig, Jeanne, Gabriel et Jakez.

On se remit à manger, sans lever le nez. Consternée par la nouvelle, Jeanne fut prise d'une quinte de toux. Elle sentit le regard moqueur de Jakez s'attarder sur elle.

— Vous partirez la semaine prochaine pour Rottingdean et Newhaven, continuait le master. Vous resterez sur place la semaine, rentrerez le samedi soir par le train. Entre-temps, on verra à vous approvisionner en oignons dans une gare, ou dans un pub à mi-route. Après, suivant les ventes, on verra si on ne pousse pas encore un peu plus à l'est.

Le malaise flottait. Le ragoût refroidissait. Personne ne songeait à se resservir.

— Faut finir, fulmina Ambroisine, je me suis pas cassé le dos à faire la soupe pour rien quand même !

Devant le silence qui s'éternisait, le master releva la tête :

— Pas souvent qu'on mange dans un calme pareil. La sieste de cet après-midi ne vous a pas suffi. Vous dormez ou quoi ?

Un murmure de protestation lui répondit.

— Les nouvelles équipes pour Rottingdean, risqua Fanch, c'est du définitif ?

Jeanne se sentit rougir, fixa un point sur le mur.

Le master fronça les sourcils :

— Pourquoi, la campagne, ça te tente ? J'ai pas le souvenir de t'avoir demandé ton avis, Fanch.

— Bientôt à nous les kilomètres dans la boue ! commenta Paul, en attendant le tram le lendemain matin. Tu te rends compte, c'est notre dernière semaine en ville. Ne fais pas cette tête.

— Je voudrais bien, lui répondit Jeanne, mais je ne vois aucune raison de me réjouir.

— C'est la Gazette qui te tracasse ? Il te laissera tranquille, les autres se chargeront de lui. On ne peut pas le voir dans la compagnie.

— S'il n'y avait que ça !

Elle essaya de sourire, ajouta en soupirant :

— Tout simplement je vais regretter Brighton... le tram, les *fish and chips*, la jetée, tout ! Sans compter qu'on sera seuls chacun de son côté toute la journée. Fini les petites pauses sur les bancs... Pour un peu je trouverais mon bâton léger !

— La campagne a ses avantages !

— Ah oui ? Tu m'avais pourtant affirmé le contraire, il n'y a pas si longtemps !

— Fallait bien te trouver des raisons pour t'y mettre. Maintenant c'est différent.

Jeanne eut un rire nerveux.

— Tu sauras toujours retomber sur tes pieds, toi ! Vraiment, des avantages ? je serais curieuse de voir ce que tu vas inventer...

— Pas de master sur le dos pour commencer. Pas de mauvaise humeur d'Ambroisine.

Elle continua :

— Pas de coin à soi, ni de repas tout prêts quand on rentre fourbus…

— Une charrette à bras pour porter les oignons…

— Des kilomètres dans les jambes ! La Gazette sur le dos… sans compter qu'il faudra trouver un endroit pour dormir…

— Les autres johnnies dorment sur les bancs, dans les gares.

— C'est ça, tes avantages ? Tu m'en diras tant !

— Si tu préfères la paille dans les granges, pas de problème. Sinon, on peut aller dehors aussi.

Jeanne eut une pensée émue pour son matelas humide, la chaise cannelée à l'osier percé. Non, décidément, la campagne ne lui disait rien.

— De toute façon, reprit Paul, on est obligés de faire avec.

— Et si je demandais au master de garder mon secteur ?

— Les derniers qui ont tenté le coup ont eu double travail pendant un mois. Plutôt chatouilleux, le master. Il n'aime pas beaucoup qu'on discute ses ordres.

La corne du tram fit sursauter Jeanne. Paul sur ses talons, elle monta sur l'impériale. Les oignons se balançaient sur son épaule. Elle adressa un léger salut au contrôleur, qui lui rendit son sourire :

— Alors j'avais pas raison d'échanger nos trajets gratuits contre une tresse par mois ? lui glissa Paul en aparté. Quand je te disais que c'était un bon arrangement. Maintenant il nous a à la bonne… surtout toi !

Jeanne devait se rendre à l'évidence : l'astuce de Paul avait grandement facilité leur quotidien, bien qu'elle ait montré quelque réticence sur la façon dont il s'y était pris pour obtenir ce passe-droit. Sa roublardise n'avait pas de limite. Il n'avait pas hésité à la pousser à proposer elle-même le marché, jouant sur le fait que Jeanne attirait l'œil partout. Un johnny ne passait pas inaperçu, une femme johnny encore moins. Partout on arrêtait Jeanne : on la dévisageait avec curiosité, on s'attardait un peu, la question dans les yeux : « Homme, femme ? » Malgré le béret, la tenue masculine qui noyait ses formes, la douceur du visage ne trompait pas longtemps :

« *So you are a woman*[1] *!* »

Le contrôleur avait succombé lui aussi ; sous le charme, il lui avait tendu la main.

« *That's a good deal, let's shake hands*[2] *!* »

Il semblait à Jeanne qu'elle découvrait une nouvelle fois l'immense esplanade parallèle à la mer. Elle ne l'avait jamais regardée avec autant d'attention, ni autant de regret. Les petits matins givrés apportaient une dimension féerique, accrochaient sur les jetées désertes un saupoudrage brillant qui fondait au soleil. Aussitôt quitté les quartiers populaires et leur agitation laborieuse, qui, dès l'aube, remplissait les rues d'une foule pressée, dans le tumulte des étals, des charrettes,

1. « Ainsi, vous êtes une femme ! »
2. « Ça me semble un bon marché, serrons-nous la main. »

des vendeurs à la sauvette, on passait au silence feutré des beaux quartiers. Ils s'éveillaient plus tard avec la sortie des attelages aux armes des grandes maisons. Paul soutenait que la différence entre les deux mondes tenait au crottin !

« Chez les riches on court pour le ramasser tout fumant, les pauvres ne peuvent pas faire autrement que de marcher dedans. »

Cela se notait aussi dans la façon d'investir la chaussée. Dans les faubourgs, on marchait partout, piétons et véhicules envahissaient indifféremment trottoirs et avenues ; passé la frontière, l'asphalte était réservé aux seuls roues, chevaux ou voitures, les élégantes ne s'y aventuraient pas.

Stationnés devant les demeures patriciennes, les cochers, frigorifiés sur leur siège, casaque relevée jusqu'aux oreilles, moustache blanchie, subissaient sans bouger les assauts de la bise qui soufflait en tourbillon sur Kingsroad, balayait la plage. On avait rangé les cabines de bain, le pavillon de l'empire ne flottait plus que sur des rotondes vidées de visiteurs. Une ville endormie en attente du sursaut du printemps.

A hauteur de la façade couleur brique festonnée de stores blancs de l'hôtel Bristol, Jeanne secoua Paul :

— Aujourd'hui, je descends là !

— Mais on devait aller au Pavillon royal ! On avait même parlé de le visiter, si on avait tout vendu à temps !

— Tu y vas si tu veux, moi je vais du côté des grands hôtels ! Il paraît que les chefs apprécient les oignons français. Je tente !

Un portier, veston bordeaux, pantalon à liseré noir, attendait en haut des marches. Il pointa un index menaçant sur Jeanne :

— *No johnny here. Go away*[1].

Jeanne souleva son béret, pencha un peu la tête pour l'attendrir. Le portier eut l'air étonné, secoua la tête :

— *I said, no johnny here*[2].

Mais le ton avait déjà changé. Les yeux se plissaient sous le sourire.

— *You girl ?* lui demanda-t-il.

Il descendit trois marches. A la hauteur de Jeanne, il baissa la voix pour lui dire :

— *Go to the kitchen, on the other side*[3].

Jeanne le remercia d'un grand sourire, contourna l'immeuble ainsi qu'il le lui avait indiqué. Après le calme de l'avenue, elle retrouvait la fébrilité des jours de marché. Un fiacre, plusieurs charrettes bloquaient la rue dans les invectives et les cris ; des gamins chargés de paniers en osier déchargeaient en courant des tombereaux de nourriture : pains dorés, légumes appétissants, rondeurs de choux pommés, régimes de bananes, buissons d'ananas. Des quartiers de viande passaient sur des dos courbés. Difficile pour Jeanne de se faufiler dans ce remue-ménage sans risquer de se faire écharper au moindre mouvement. Avisant une montagne rubiconde sous une toque blanche, elle s'approcha timidement ; la montagne se mit à hurler :

1. « Pas de johnny ici. Allez-vous-en. »
2. « J'ai dit : pas de johnny ici. »
3. « Allez aux cuisines, de l'autre côté. »

« *What are you doing here*[1] *?* », paroles assorties d'un « Dégage ! » bien senti et tellement français que, malgré la voix de stentor, le faciès impressionnant, sanguin, du large bonhomme aux sourcils broussailleux, Jeanne ne put s'empêcher de rire. Le béret à la main, au lieu de s'éloigner elle se rapprocha, sous le regard furibond, sans se démonter, tenant à bout de bras son bâton garni de tresses, énonça distinctement, lentement, en détachant les syllabes à dessein :

— Vous ne voulez pas d'oignons rosés ?

Cela eut l'effet escompté. La mâchoire décrochée, les yeux arrondis, la force de la nature partit d'un rire tonitruant, qui lui fit renverser sa toque, dévoiler une chevelure hirsute et bouclée. De ses gros doigts, balayant le désordre tel un énorme râteau, il remit le tout en place. La montagne s'adoucit d'un coup.

— Une compatriote ! dit-il en faisant signe à Jeanne de s'approcher. Et qui n'a pas froid aux yeux, en plus de ça. On est d'où ?

— De Roscoff, monsieur.

— Une payse ! Moi, de Morlaix, enfin presque, ma mère était italienne. Voyons voir la marchandise !

Jeanne s'empressa de se débarrasser du stick, exposa les tresses aux grosses mains du chef. L'œil était expert, aussi rapide que ses gestes semblaient lents au premier abord. Il soupesa chacun des oignons, vérifia la bonne tenue des pelures.

— Je prends le tout, et tu m'apportes la même chose toutes les semaines.

1. « Que faites-vous là ? »

Le sourire de Jeanne s'évanouit :

— La même chose... toutes les semaines ? C'est que... je ne pourrai pas, monsieur !

Le stentor n'aimait pas les contrariétés :

— C'est tout ou rien !

Jeanne ne pouvait laisser passer un tel marché, examina la situation à toute vitesse. Au pire, elle passerait la main à un autre johnny ; il fallait conclure coûte que coûte. Elle prit sur elle de s'engager :

— Je m'arrangerai.

Les sourcils se détendirent.

— J'aime mieux ça ; on est bien d'accord, je veux la même qualité, sinon...

— Ça, vous pouvez dormir tranquille, monsieur !

— Alors c'est entendu ! Entre pays, on ne va pas faire de manières. Appelle-moi André !

— Oui, monsieur André.

D'une bourrade sur l'épaule, il fit entrer Jeanne dans une immense cuisine carrelée où grouillaient une douzaine d'apprentis, guère plus âgés qu'elle ; qui, à l'épluchage, qui tournant une cuillère de bois dans une casserole en cuivre, qui au découpage de viande. Une fourmilière en pleine activité qui leva le nez de concert à la vue de Jeanne.

— *Come on*[1] *!* Au travail et plus vite que ça ! rugit le chef.

Qu'ils comprennent la langue ou pas, le ton devait suffire, car tous se remirent aussi sec à l'ouvrage. Tintements de casserole, de vaisselle, ou hachis

1. « Allez ! »

régulier du couteau sur les planches de bois mis à part, on eût entendu une mouche voler.

— Viens par ici, dit André à Jeanne, parlons argent. Une livre par semaine à prendre ou à laisser, tu me dis... ?

C'était très cher payé. Jeanne le savait. Il n'y avait pas à hésiter :

— Je dis que je prends !

— C'est bien compris, j'aurai mon compte chaque semaine ? Je veux ça le lundi matin à la première heure.

Sauvée ! Même avec le nouveau secteur, elle allait pouvoir s'arranger, ferait un crochet par l'hôtel avant de partir le lundi, quitte à se lever plus tôt. Ravie, elle tapa dans la main qu'André lui tendait.

— J'aime les affaires rondement menées, aboya-t-il, surtout quand on les conclut avec des yeux pareils !

20

C'était un bonheur d'être délivrée, de si bon matin, du poids sur l'épaule. La consigne eût exigé qu'elle retournât aussitôt se réapprovisionner à l'entrepôt. La livre qui tintait à chaque pas au fond de sa poche lui disait autre chose. Le master pouvait attendre un peu, sans s'en porter plus mal. Si elle décidait de s'octroyer une récréation avant de reprendre, libre à elle. Personne n'était là pour surveiller son emploi du temps. Parvenue au bout de Kingsroad, elle tourna sur sa gauche pour s'enfoncer dans le centre chic de Brighton. En cinq mois, c'était la première fois qu'elle avait autant de temps devant elle. Seule.

Au mépris du règlement qui voulait que l'on reversât intégralement le produit de la vente des oignons aux mains du master, elle résolut d'en prélever à chaque fois un shilling. Elle estimait qu'elle ne le tromperait pas, compte tenu de la générosité d'André, qui l'avait surpayée. Mais un shilling mis de côté équivalait à une petite semaine de survie si elle décidait de ne pas repartir à la fin de la saison avec la compagnie. Et elle l'avait décidé. Il lui avait fallu un certain temps pour en arriver à cette conclusion, mais c'était la seule viable. Essayer de mener des recherches pendant le travail était impossible. Trop peu de temps, trop peu de liberté de mouvements.

La devanture d'une pâtisserie la fit s'arrêter. Derrière la vitrine, le quadrillage d'étain, les lettres dorées à la feuille, l'étalage appétissant : rondeurs, glaçages, miroirs, tout brillait. Des jeunes femmes, tabliers immaculés à bretelles, petites coiffes assorties, servaient, plateau d'argent à la main, une clientèle chapeautée, gantée, apprêtée. Même avec son shilling, jamais Jeanne n'eût pu s'offrir un tel luxe. Elle resta rivée aux carreaux un long moment, avec une envie irraisonnée de goûter à ces merveilles sucrées, de dévorer ces frangipanes, ces chocolats alignés dans leurs écrins de papier plissé.

L'idée la prit de court devant les gourmandises. Sans comprendre le lien qu'il pouvait y avoir entre les pâtisseries si alléchantes et André. Mais l'idée était là, celle qu'elle attendait depuis son départ, qui la fit courir, reprendre l'avenue en sens inverse, se jeter dans le flot des fiacres, calèches, phaétons, voitures qui sillonnaient l'artère. Un klaxon nasillard la fit sursauter. Elle continua de courir, traversa sans regarder, toute à sa hâte de regagner le grand hôtel. Le portier n'avait pas bougé, il la reconnut, cligna de l'œil, souleva sa casquette aux armes du Bristol. Elle lui fit un signe de connivence, ne s'arrêta pas. Essoufflée, elle reprit la ruelle qui menait à l'arrière de l'immeuble. Le calme était revenu. Nulle trace de l'agitation du début de matinée. Rien que des vapeurs qui sortaient des cheminées, une infinité d'odeurs où se mélangeaient tous les fumets. Autant il était facile de pénétrer dans l'endroit sous l'escorte du chef, autant pousser la porte sans y avoir été invitée l'impressionna. L'espace d'un instant, soudain inquiète de la réaction d'André, elle fut tentée de passer son chemin. Venait-on demander de l'aide à un parfait inconnu ? Son intuition la conforta, résolument, elle poussa la porte, alla directement aux cuisines sans être inquiétée par âme qui vive.

— Viendrais-tu reprendre tes oignons ?

La voix connue la fit sursauter. Couteau à la main, André découpait un chapon devant un apprenti. Il s'essuya les mains à son tablier, rendit le couteau au jeune garçon en lui disant :

— A toi de jouer maintenant, je veux un découpage parfait, c'est entendu ?

Il répondit à l'étonnement de Jeanne :

— Ce petit-là est français. Ça simplifie les choses. A nous deux ! Que me vaut ce retour si rapide ? Si c'est pour tes oignons, répéta-t-il, en se frisant la moustache, ils sont en train de mijoter doucement dans ma sauce Soubise. Mon second les a coupés dès ton départ. Je voulais voir si tu ne m'avais pas trompé sur la marchandise. C'est du bon. Ça me va.

— Je ne viens pas pour ça, balbutia Jeanne...

Tout à trac, elle lança à bout de souffle :

— Savez-vous écrire ?

Le rire d'André, large, presque vociféré, lui répondit :

— En voilà une question !

— Je voulais dire…

— Je ne dis pas que j'ai fréquenté l'école longtemps, mais pardieu oui ! Je sais écrire, lire et même compter, figure-toi ! Si tu veux jeter un œil à mes livres de comptes, tu pourras constater par toi-même que je me débrouille ! Décidément tu es une drôle, toi !

— Je voulais dire… écrire en anglais ?

— Dame, cela fait vingt ans que je travaille pour ces fichus Grands Bretons, il a bien fallu que je m'y mette !

Oppressée, Jeanne déglutit :

— Pourriez-vous m'aider ?

— A voir ces yeux inquiets, ce serait du sérieux ? demanda André, soudain grave.

— C'est du sérieux !

— Cela peut-il attendre demain matin ?

Jeanne acquiesça du regard.

— Bien, si cela peut attendre demain matin, tu viens comme aujourd'hui, et on voit ce que je peux faire. Cela te convient ?

Jeanne eut envie de lui sauter au cou, se retint, intimidée, lui tendit la main, mit toute sa reconnaissance dans un timide « merci, André », prit congé. A peine avait-elle franchi la porte qu'il la rappela :

— C'est bien beau tout ça ! Mais moi je t'appelle comment ?

— Jeanne, monsieur… André, lâcha-t-elle dans un sourire.

Jeanne tournait, virait sous sa couverture, incapable de trouver le sommeil. Les pensées ailleurs, elle avait expédié le dîner, sans presque toucher à la soupe, évité soigneusement les regards désolés de Fanch, puis était partie se coucher la dernière bouchée à peine avalée, multipliant les bâillements en guise de prétexte. Trop excitée par la perspective du lendemain. Enfin une étincelle au bout de son chemin. Allongée sur son matelas, les idées affluant, elle peaufinait son plan.

Son ventre se mit à gargouiller. Elle repensa aux pâtisseries. Elle avait tellement faim qu'une crampe la plia en deux, la fit se lever, s'envelopper dans la couverture. Pieds nus, dans le froid glacial, elle longea le boyau jusqu'aux cuisines du pub, éclairées par les seules lumières de la rue. On avait laissé un paquet de bougies sur le coin d'une table. Elle en vola deux, explora le fouillis hétéroclite des tiroirs d'un vaisselier branlant à la recherche d'allumettes, ouvrit les placards les uns après les autres, cherchant de quoi se sustenter, piocha là un morceau de brioche, ici un reste de lard, une part d'omelette froide, mit son butin sur une assiette et retourna à son réduit.

L'humeur au beau fixe, elle se sentait prête à soutenir un siège, alluma une bougie, étala le pique-nique à même le sol, se posa en tailleur sur son lit, son sac en guise de coussin. La première bouchée de brioche lui fondit dans la gorge. La bouche pleine, à tâtons, elle souleva un coin de son matelas, trouva son carnet et le plaça sur ses genoux. Il était déjà plein de poussière. C'était la première fois depuis son arrivée qu'elle le reprenait. Elle s'essuya les doigts sur sa couverture, l'ouvrit délicatement, y cueillit la lettre de son père, la déplia :

La date du 5 octobre 1905 était presque effacée. Le début manquait.

« … En Cornouailles, la concurrence est rude. Il faut plutôt aller vers l'est si on veut que ça marche. J'ai rencontré une madame Bennett qui me louerait un entrepôt, pour stocker la marchandise. Le master est un peu frileux, pourtant ça tombe sous le sens. S'il hésite trop, je me lancerai tout seul. Cette Bennett me dit qu'elle peut m'aider. Elle connaît tout le monde, elle tient un pub près d'Ashford à Pluck… »

La suite était restée sous le sabot d'Irvy.

Autant d'informations sur lesquelles elle ne cessait de buter, même si découvrir Ashford sur une carte avait été relativement simple. Elle l'avait achetée peu de jours après son arrivée, avait remercié en pensée le vieux monsieur au pourboire qui lui avait permis d'entrer dans le premier *bookshop* [1] de sa vie. Elle y avait tourné sans trop savoir comment expliquer ce qu'elle cherchait, après force gestes, langage des mains, en était ressortie avec son rouleau de cartes qu'elle avait passé des heures à examiner. Pour, larmes aux yeux, découvrir enfin dans le réseau de rivières, de montagnes, le minuscule point d'Ashford. Premier vrai grand pas vers son père. Mais elle avait eu beau chercher autour de ce nom, rien qui ressemblât au « Pluck »… tronqué dont parlait la lettre.

Cette première découverte n'avait été suivie d'aucune autre. Elle achoppait sur la possibilité d'établir un lien avec madame Bennett. La première

1. Librairie.

séance de courrier à l'entrepôt avait anéanti une partie de ses espoirs. Aucun johnny, pas même le master, n'était capable d'écrire une lettre bien tournée en français. A plus forte raison en anglais. Elle avait élargi le cercle des possibilités. Auprès des clients. Personne qui pût l'aider, personne à qui confier la difficile mission... Jusqu'à André.

C'était la première fois que Jeanne pénétrait dans un bureau. Un vrai bureau digne de ce nom, pas comme celui de la mère supérieure des filles du Saint-Esprit, constitué d'une table et d'une chaise. Sous un crucifix démesuré, mère Marie des Anges, la cornette aussi raide que son maintien, vous y gardait debout ou à genoux, selon la gravité de l'incartade, pour un sermon interminable. Pour le bureau d'André il eût fallu utiliser un autre mot, tant le terme semblait restreint par rapport aux proportions de la pièce, dans laquelle il venait de la faire entrer. Un feu brûlait dans la cheminée. Les rayonnages d'une bibliothèque débordante d'ouvrages couraient le long des quatre murs, interrompus seulement par la porte capitonnée et la fenêtre qui donnait directement sur la mer. Plusieurs tapis indiens feutraient les bruits. Une table en noisetier lui faisait face, longue, large, croulant sous les livres de comptes. Dessus voisinaient un encrier en étain et une mappemonde. Une impression de chaleur, un immense cocon à la mesure de la stature d'André. Les lignes élancées du fauteuil style Art nouveau face au bureau paraissaient cependant fragiles sous le poids qu'elles devaient supporter. Il fit asseoir Jeanne, petite chose perdue dans ce vaste espace, lui offrit un thé. Voir les doigts boudinés et rouges tenir la fine tasse de porcelaine de Chine était un spectacle réjouissant, tout comme l'entendre emplir la pièce de sa voix de baryton.

— Alors devrai-je faire mon exercice d'écriture ? lui dit-il après avoir bu son thé presque bouillant à grands traits peu discrets.

Jeanne prit une respiration :

— L'histoire est un peu longue, à vrai dire.

— C'est toujours plus facile de commencer par le commencement !

Son rire la fit se lancer, les mots coulaient tant elle se sentait en confiance, tant l'oreille d'André était attentive, bienveillante. Elle termina en montrant la lettre de son père, qu'il lut avec autant de concentration qu'il l'avait écoutée.

— Que voilà une tâche compliquée, résuma-t-il en lui rendant la lettre. En somme, tu es certaine que ton père est en vie, mais tu n'as aucune preuve tangible, rien que ton intuition.

Il la fixa sous ses sourcils broussailleux :

— J'imagine bien qu'il n'est pas question que je cherche à te raisonner, ni à te faire changer d'idée, n'est-ce pas ?

Le hochement de tête le fit sourire :

— On est haute comme deux pommes à genoux, mais plus obstinée qu'une mule ! Voyons, comment allons-nous tourner cette lettre ? Il nous faut trouver cette madame Bennett, si j'ai bien compris. Nous ne savons rien d'elle, excepté qu'elle avait un pub pas loin d'Ashford il y a huit ans de cela. Quand je disais que ce n'était pas simple ! J'ai bien peur qu'une lettre ne suffise pas.

Les mâchoires de Jeanne se creusèrent sous l'inquiétude. André s'en aperçut :

— Cela ne veut pas dire qu'on ne peut rien faire, mais qu'il nous faut un peu de temps pour réfléchir à la façon de procéder. Si je te dis que tu peux compter sur moi, que je prends ça en main, tu me crois, Jeanne ?

— Je vous crois, fit-elle d'une toute petite voix.

— Il me faudra quelques jours. On fait le point lundi matin. Tu me livres les oignons, je te rends compte de l'avancée de tout ça. Le marché te convient-il ? Là aussi c'est à prendre ou à laisser.

Elle topa dans l'énorme battoir :

— Je prends !

21

La semaine se traînait, interminable. A peine Jeanne eut-elle une pensée pour la perspective de la campagne, qui l'avait si fort contrariée. Cela lui parut broutille, tant elle se sentait portée par l'espoir. Elle n'en fut que plus convaincante et déterminée dans ses ventes, ne laissant aucune latitude à ses clients. Les oignons se vendaient bien. Contrairement à ce qu'avait avancé le master, Brighton l'hiver avait encore des ressources. D'autres chefs après celui du Bristol suivirent, sans que le miracle se renouvelle. Il n'y avait à coup sûr qu'un seul André. Paul trouvait difficile de suivre le nouveau rythme de Jeanne :

— Une mouche t'aura piquée, ma parole, tu comptes vendre tout l'entrepôt avant de partir ?

Le master, lui, y voyait la preuve que Jeanne prenait bien le futur changement d'air :

— Si j'avais su, j'aurais décidé de t'y envoyer plus tôt.

Seul regret dans cette frénésie d'activité, ce regain d'espérance, qui lui faisait briller les yeux et recouvrer le sourire, la petite phrase dérangeante de Jakez qui ne cessait de lui cogner aux oreilles. Jeanne avait fait connaissance avec la notion de « joli cœur » et tombait des nues. Rires et plaisanteries qu'elle avait échangés avec Fanch, ce début d'intimité qu'elle pensait acquis, n'était que légèreté sans conséquence pour lui. Elle accusa le coup, décida de s'en tenir aux mêmes échanges qu'avec les autres johnnies. Mais quelque chose lui manquait. Quelque chose qui ressemblait à un pincement au cœur, chaque fois que les fossettes s'adressaient à elle. Le moindre sourire de Fanch lui était désormais suspect. La confiance l'avait fuie. En revanche, plus Jeanne s'éloignait, et plus Fanch tentait de se rapprocher, mais moins elle y croyait. « La fiancée au pays » était devenue le garde-fou dont elle se servait pour ne plus succomber aux yeux insistants. Elle en vint à attendre avec impatience le départ pour Rottingdean. Plus vite elle serait partie, plus vite son cœur serait à l'abri. Pour éviter de se trouver nez à nez avec Fanch le dimanche, elle fit l'impasse sur la sieste, quitta l'entrepôt à tâtons, pour partir se promener, malgré la tempête, du côté de la jetée. Mal lui en prit, il avait eu la même idée. Elle le croisa les docks à peine franchis, plus possible de reculer. Il eût été ridicule de s'enfuir, Jeanne fut contrainte de l'affronter.

— Vas-tu bouder longtemps ? attaqua-t-il d'emblée.

Elle préféra jouer les lointaines :

— Bouder ? Quelle idée !

Fanch se mit à rire :

— J'aurais pourtant cru que tu passais ton temps à

me fuir. Pas un mot ou du bout des lèvres depuis le dernier dimanche.

Toujours cette lueur moqueuse dans le regard, que Jeanne ne parvenait pas à soutenir. Elle commençait à s'énerver :

— Ne va pas t'imaginer ce qui n'est pas. Après tout je m'en fiche ! Tu peux aussi bien aller au diable, toi et ta fiancée au pays, je m'en moque !

— Ah c'est donc encore ça !

Il lui prit les poignets, l'obligea à s'approcher. Butée, Jeanne refusait de lever le menton, s'obstinait à examiner ses pieds.

— Et si je te disais qu'elle ne compte pas !

Elle lui rit au nez, voulut se libérer de sa poigne. Mais il la tenait ferme.

— C'est encore pire ! railla-t-elle, malhonnête là-bas, malhonnête ici. A croire que Jakez était loin du compte !

— Tu es toujours comme ça, à ne pas vouloir écouter ?

— A présent ce sera ma faute !

Elle poussa un long soupir :

— Je t'écoute !

— La promise en question est une cousine éloignée. Nos pères se sont dit par boutade quand elle est née que ce serait bien de prolonger les deux lopins de terre qui se touchent, que le meilleur moyen pour ça était de nous marier. C'est une plaisanterie qui nous poursuit depuis l'enfance… On en rit tous les deux, on joue aux fiancés, mais elle n'a pas plus de goût pour moi que je n'en ai pour elle. Surtout depuis qu'elle a quelqu'un en tête. Un gars qui n'est pas du coin, qui ne plaît pas trop à son père. Pour avoir la paix, elle fait celle qui va obéir, en attendant de trouver le moyen de fléchir son père, qui est plus borné que le kersanton de notre église. Ton Jakez ne sait rien du tout. Ton Jakez est une buse.

— Parce que je vais croire ce que tu racontes ? protesta Jeanne, quoique avec moins d'intensité.

Il serra plus fort ses poignets, approcha sa joue. Elle contre-attaqua :

— Ah, non alors, ce serait trop facile !

— A vingt-six ans, plaida Fanch mi-fâché mi-amusé, j'ai passé l'âge de ce genre de mensonges !

Jeanne persistait dans sa bouderie :

— Il n'y a pas d'âge pour les mensonges.

Il lui prit le menton :

— Vas-tu finir avec ta mauvaise tête ? Puisque je t'ai dit que tu n'as pas lieu de douter ? Quant à aller voir les jupons, on est tous dans le même sac, personne ici ne peut le nier, Jakez pas plus que les autres. Dame, c'est long une saison ! Mais tu n'as pas remarqué que, depuis juillet, je reste toujours à l'entrepôt le dimanche, que je ne bouge plus. Crois-tu qu'il en a toujours été de même ?

Jeanne haussa les épaules.

— Comme si je le savais !

Fanch lui lâcha les poignets, la prit par la taille :

— Si je te disais qu'un certain johnny m'a mis la tête à l'envers depuis que je l'ai trouvé installé sur le pont d'un bateau… tu me croirais ?

Elle fit la moue, mais ses yeux riaient…

Insensiblement ils rapprochèrent leurs visages, Fanch frôla sa bouche. Pourtant quelque chose en Jeanne refusait de céder tout à fait. Elle le repoussa d'un doigt sur les lèvres, se recula avec un léger soupir :

— J'ai besoin d'avoir des preuves !

L'horrible sonnerie du réveil la fit sursauter. Il était deux heures ; elle sortit de la tiédeur de son lit, frissonna autant de sommeil que du froid pénétrant. A part le pub, que réchauffait surtout la foule des habitués le soir, le bâtiment n'était pas chauffé. Elle regretta de s'être plainte de la température au mois d'août, alors qu'elle suffoquait sous le toit de tôle, eût donné l'essentiel de ses économies contre un bon feu, pensa au bureau d'André, au confort des tapis, au thé dans la porcelaine de Chine, qui n'avait pas le même goût que celui d'Ambroisine.

Il lui fallait empaqueter ses affaires, elle le fit dans le noir complet, se lava de même, en grelottant, enfila à la hâte la chemise lavée la veille, à peine sèche, le pantalon de drap qui grattait, la veste de velours, replia sa paillasse. Au bout du couloir, elle revint sur ses pas : « Mon carnet ! », secoua le matelas, chercha à l'aveugle, le découvrit à l'autre bout de la pièce, étonnée. « J'étais pourtant certaine de l'avoir rangé sous ma tête », se traita de folle, tout en vérifiant que la lettre de son père y était encore. Sous ses doigts, elle sentit, soulagée, la déchirure du papier mille fois replié, glissa le précieux carnet au fond du sac, qu'elle mit dans un coin, pour venir le chercher à son retour de l'hôtel.

Les johnnies dormaient, peuplant le hangar de leurs ronflements. Elle chargea son bâton à la hâte des plus belles tresses qu'elle put trouver, craignant à chaque instant de réveiller la compagnie, fut bien aise qu'Ambroisine ne dorme pas dans cette même pièce. Jeanne n'eût pas échappé à son œil, à son ouïe fine. Ambroisine occupait quelques mètres carrés à l'opposé de son réduit. Elle y entreposait ses tresses, à l'abri « des sales pattes d'Hamon et d'Eugène, qui, à l'en croire, gâchaient la marchandise », les provisions de la compagnie, la vaisselle, les quelques casseroles et marmites. A se demander comment sa corpulence pouvait trouver à se loger dans si peu d'espace.

Paul soutenait « qu'elle s'y glissait en accordéon et se dépliait au réveil ».

Le poids sur l'épaule, Jeanne sortit sans bruit. Dehors, les rafales sifflaient dans la ruelle, tourbillonnaient. Jeanne avait moins de deux heures devant elle pour retrouver la porte des cuisines du Bristol. Près de sept kilomètres à pied. Elle releva son col, appréciant la faible lueur que dispensait le croissant de lune, et se mit en route, pas vraiment rassurée. Elle regardait droit devant elle, sans chercher à mettre un nom sur les bruits qu'elle entendait. La houle séparée du port de commerce par une digue lui parvenait très atténuée. Le mouvement régulier la rassura, elle se força à s'imaginer en bord de mer à Roscoff, terrain connu, se fit toute petite, rasant les murs, craignant à chaque instant de croiser quelqu'un. Les faubourgs de Hove[1] semblaient dormir encore. Pour avoir déjà fait ce même chemin, d'autres lundis matin, en compagnie de Paul cette fois, elle savait qu'il n'en était rien. La ville somnolait, cuvait ses bières, dans les pubs mal famés, au hasard des rues. Sans les oignons, elle eût couru tout du long. Le bâton lui sciait toujours autant l'épaule, mais elle souffrait moins. L'habitude sans doute.

Job aurait dit : « C'est le métier qui rentre ! »

Certes, il était bien rentré, avait laissé sur la peau de vilaines cicatrices boursouflées formant un bourrelet que la chemise et la veste protégeaient mal.

Quelques charrettes chargées de légumes commençaient à circuler. Jeanne en laissa passer plusieurs, puis quitta l'ombre protectrice des murs pour venir sur le bord du trottoir, espérant qu'un conducteur s'apitoierait sur son sort. Cela ne tarda pas. Un vieil homme arrêta son cheval, fit signe à Jeanne de grimper à l'arrière. Elle se retrouva au milieu de sacs de pommes de terre poussiéreux, déposa son fardeau précieusement pour ne pas abîmer les oignons. Secouée par les cahots, mais ravie de l'aubaine.

Descendue de son perchoir, Jeanne trouva porte close à l'hôtel. André ne venait qu'à quatre heures. Elle s'assit sur les marches, serra sa veste contre elle, attendit, blottie contre la porte, essayant de s'abriter du vent. Une heure plus tard, André y cueillit une

1. Faubourgs ouvriers de Brighton, où se trouvaient les docks et le port.

Jeanne bleuie de froid, les doigts gourds, les pieds recroquevillés dans ses vieux souliers percés.

— On dirait la petite fille aux allumettes sous ce porche ! Si j'avais su que tu étais là, je serais descendu plus tôt ! Je suis logé à l'hôtel.

Grelottante, Jeanne avait l'impression de ne plus entendre que ses dents claquer ! Elle suivit André, qui lui avait pris le bâton des mains, ressuscita aussitôt retrouvée la chaleur des cuisines, secoua sa veste humide de la rosée glacée. André examina les tresses, eut un grognement de satisfaction. Déjà, il s'activait à lui préparer un petit déjeuner, du thé, se mit à chanter dans le silence de la cuisine, commença en sourdine pour emplir soudain toute la pièce, qui semblait vibrer en écho :

— *Il balen del suo sorriso*[1] *!*

Sur sa lancée, il remplaça les paroles originales, se planta devant Jeanne, une cuillère en bois sur le cœur.

— Tu ne vas pas rester ainsi avec ta veste trempée ! fit-il en roulant exagérément les « r ». Donne-la-moi, donne-la tout de suite...

Jeanne fut prise d'un fou rire. Oublié le froid, le petit matin d'attente. Elle ôta sa veste, la lui tendit. Il la mit à sécher au-dessus de la cuisinière.

— On ne rit pas quand on écoute un air d'opéra, lui dit André, un éclair malicieux dans le regard. Surtout quand il s'agit du grand Giuseppe. Tu connais l'opéra ?

1. « Son sourire à l'éclat du matin », air célèbre de l'opéra de Verdi *Le Trouvère.*

— Non, fit Jeanne en secouant la tête, le rire encore au bord des lèvres.

— Tope là et je t'emmène un jour à Covent Garden au Royal Opera !

Le fou rire la reprit.

— Vous me voyez à l'Opéra ! Je vends des oignons, André, je ne me sentirais pas à ma place, voyons.

André se refit baryton dans l'instant, prit la pose et clama avec l'accent italien :

— *La musica è per tutti*[1] *!* Même pour les petits johnnies comme toi ! Je t'emmènerai, tu verras.

Ses yeux brillaient. La musique semblait l'avoir emporté. Le sifflement de la bouilloire le ramena à la réalité. Il écarquilla les yeux, se frotta le visage.

— Le thé, dit-il avec un reste d'accent. Les œufs ! Voilà un piètre cuisinier, un peu plus, je faisais tout brûler. *Eggs and bacon*, ma belle, annonça-t-il en posant une assiette devant elle.

Sa tasse agréablement chaude dans les mains, le petit déjeuner expédié tant elle avait faim, Jeanne sentit son cœur cogner. Elle avait attendu la semaine entière pour cet instant.

— Bien, petite, voyons ce qui nous occupe. J'en ai appris sur l'administration anglaise, c'est déjà ça ! Je croyais tout bêtement qu'il suffisait d'écrire comme dans nos petits patelins français à la mairie et, hop, on avait ce qu'on voulait. Pas du tout ! Ici, pas de mairie !

— Alors on ne peut rien savoir ? demanda Jeanne, les lèvres sèches.

1. « La musique est pour tout le monde ! »

— Ne fais pas ta bête, bien sûr qu'on peut savoir.

Il lui appuyait sur l'épaule de toute sa poigne.

— Seulement j'ai perdu un peu de temps par ignorance… Et j'ai trouvé…

Il ménagea quelques secondes de suspens.

— … j'ai trouvé ton Pluck quelque chose, sur lequel tu butais. M'étonne pas que tu n'aies rien vu. Il doit bien y avoir cinq cents âmes dans ce trou perdu. J'ai donc écrit à la Police House, au *village bobby* [1] de Pluckley. La lettre est partie…

— Et… continua Jeanne, sur des charbons ardents.

— Et la réponse ne va pas tarder… je suppose, poursuivit André, déçu du manque d'enthousiasme de Jeanne. Tu n'es pas contente ?

— Si, si, fit Jeanne d'une toute petite voix, je pensais, j'espérais…

Il continua, compatissant :

— Que tu aurais la réponse avant même d'avoir envoyé la lettre, pas vrai, petite ?

Elle releva la tête, les larmes aux yeux :

— J'attends depuis tellement longtemps, si vous saviez.

La montagne fondit. Il ne savait plus comment la consoler, fouilla dans la poche de son tablier, en sortit un mouchoir qui eût pu servir de nappe, en tamponna les yeux de Jeanne.

— Ne pleure pas ! La lettre sera là demain, ou après-demain, on la trouvera ta madame Bennett.

---

1. Policier chargé dans chaque village de regrouper les informations. En Angleterre, ni services municipaux ni état civil.

Elle esquissa un sourire à travers ses larmes.

André revivait :

— Ah, j'aime mieux ça ! Maintenant tu files, dès que j'ai du nouveau, je te le dis.

— Sauf que le master nous envoie loin, et que je ne serai là que samedi, dit Jeanne d'un air désolé.

— Tu viens à l'aube lundi. Je te guetterai dès trois heures, c'est promis. Tu l'auras, ta lettre. J'en mets ma main au feu. Voilà ta livre, je rajoute quelques shillings histoire de payer le dérangement.

Jeanne se récria :

— Non, non, c'est plutôt moi le dérangement.

— Tu plaisantes, lui dit-il en glissant les pièces dans la poche de la veste toute fumante, pouvoir chanter l'opéra devant un public dès potron-minet, c'est un vrai privilège !

Jeanne se rhabilla en hâte ; joues humides, elle lui sauta au cou, et s'enfuit, gênée. De la rue, elle entendit s'élever :

— *Il balen del suo sorriso...*

Le master attendait devant la porte de l'entrepôt. Jeanne comprit tout de suite que quelque chose clochait. Visage fermé, bras croisés, Joseph Prigent fulminait.

— D'où viens-tu ?

— Je suis allée porter les oignons à l'hôtel Bristol, comme je vous avais dit.

— Et il te faut combien de temps pour ça ?

Sa colère affleurait.

— Bientôt tu prendras la matinée ? Tout le monde attend ton bon vouloir. Sais-tu l'heure qu'il est ? Le train est parti ! Tu nous as fait perdre une journée de vente ! Tu comptes me rembourser peut-être ?

Narines gonflées, rage à la bouche, Jeanne ne put s'empêcher de répliquer :

— Je me suis levée plus tôt pour faire cette course, j'ai fait aussi vite que j'ai pu... C'est un très bon client, dix tresses par semaine... Voilà votre argent, éclata-t-elle en lançant les pièces à terre.

— Puisque tu le prends sur ce ton, je ne voudrais pas que cela te soucie désormais. J'enverrai un johnny dès lundi prochain à ta place. Tu ne risqueras plus de manquer ton train.

Jeanne blêmit :

— Patron, vous ne pouvez pas faire ça !

— Dis donc, j'ai toléré ton petit numéro, ton insolence, maintenant ça suffit. Ce qui est dit est dit. Tu files chercher ton sac, on ne revient plus là-dessus. Encore estime-toi heureuse : l'argent du Bristol sera mis sur ton compte puisque c'est toi qui as décroché ce bon client comme tu dis si bien. C'est bien parce que je suis conciliant, sinon c'était la porte assurée.

— Je vous en prie ! implora Jeanne.

Le master n'écoutait déjà plus.

22

Malgré l'heure tardive, la gare de Brighton était bondée. On s'apostrophait, se bousculait, se piétinait. A grand renfort de *watch out*[1] *ladies and gentlemen* hurlés à tue-tête, les porteurs se frayaient un passage entre les voyageurs. Une fumée noire suffocante, chargée d'escarbilles, enveloppait la locomotive. Dans le compartiment, Jean-Marie et Gabriel somnolaient déjà. Jeanne n'avait pas desserré les dents depuis l'algarade du master. Paul avait bien tenté de la dérider, mais en vain. La petite phrase sibylline que Jakez venait insidieusement de lui glisser n'arrangeait rien :

— Il y en a qui viennent en Angleterre pour vendre des oignons, d'autres pour chercher on ne sait quoi...

Le tout dit avec l'air de ne pas y toucher, avec sa façon étrange de crocher le regard, d'en savoir déjà trop, à faire frissonner. Ar gazetenn portait trop bien son nom. Paul donna un coup de coude discret à Jeanne.

---

1. « Attention ».

— On a encore un peu de temps, ne reste pas là avec ce… ce… dit-il en désignant Jakez du menton. Descendons.

Dans la cohue sur le quai, il ajouta :

— Laisse tomber, il prêche le faux pour savoir le vrai, il a toujours fait ça. C'est sa technique.

Jeanne fit la moue.

— Il va falloir le supporter toute la semaine. Il sera là à m'épier, me surveiller. Je suis certaine qu'il est chargé de faire son rapport au master.

— Il ne faut pas exagérer. Tu ne le verras pas de la journée. A toi de t'arranger pour ne pas dormir dans les mêmes endroits que lui, c'est tout. On n'est pas obligés de couvrir tous le même secteur. Quitte à lui laisser le village, on fera les environs.

— Pourquoi lui faciliterait-on la vie ? Lui va tranquillement faire son porte-à-porte sans se fatiguer, à nous les chemins…

— Tu n'as pas le choix, si tu veux être tranquille.

Jeanne ne l'écoutait plus. Elle venait de repérer dans la foule une silhouette, écarquilla les yeux, changea aussitôt de physionomie.

— Tu as eu une vision ou quoi ? s'étonna Paul.

Déjà, elle s'éloignait sans explication, lui criant :

— J'arrive, j'arrive tout de suite…

— Ne va pas rater le train. Le master en a déjà après toi, ne lui donne pas le bâton pour te faire battre.

Jeanne était déjà trop loin pour l'entendre. Elle remonta rapidement le moutonnement des voyageurs à contre-courant, s'arrêta devant un pilier.

— Tu es venu ?

Fanch la regardait en souriant :

— Tu m'as dit que tu voulais des preuves, en voilà déjà une. Je verrai à en trouver d'autres après. Sois gentille, ajouta-t-il, en creusant un peu plus ses fossettes, note tout, histoire de ne pas oublier tous les efforts que je vais faire ! J'espère que tu as une bonne mémoire.

Elle se blottit contre lui ; toute la contrariété accumulée depuis le matin céda d'un coup contre la veste râpeuse de Fanch. Secouée d'irrépressibles sanglots, elle s'accrochait à lui comme à un îlot au milieu de la bousculade.

— Eh là, eh là, si j'avais su que je faisais cet effet-là !

— C'est pas toi, expliqua-t-elle mi-pleurant mi-riant, c'est ce matin, le départ, ce fichu Jakez dans le train, toi...

— Me mettrais-tu dans le même sac que la Gazette ?

Un sifflet prolongé les interrompit.

— Mon train ! s'inquiéta Jeanne...

Ils coururent vers son wagon. Elle allait grimper sur le marchepied, se ravisa :

— Veux-tu m'apporter une preuve supplémentaire ?

— Encore ? plaisanta-t-il.

— C'est sérieux, peux-tu t'arranger pour porter la commande au Bristol, lundi prochain ? Débrouille-toi pour y aller très tôt, va trouver le chef, il s'appelle André, explique-lui pourquoi je ne suis pas là, il aura sûrement un message pour moi.

Fanch fronça les sourcils :

— Qu'est-ce que tu me racontes ?

— S'il te plaît, pria Jeanne, ne pose pas trop de questions, peux-tu prendre le message pour moi ?

— C'est honnête tout ça ?

Les yeux de Jeanne le suppliaient. Il céda de mauvaise grâce :

— C'est bon. J'irai.

Elle se pencha vers lui, prit son visage entre ses mains, colla sa bouche à la sienne. Le mouvement des roues les fit se séparer.

— J'ai eu ma première preuve, à ton tour il faut me faire confiance ! lui lança-t-elle tandis que le train s'éloignait.

De la gare de Rottingdean, on avait une vue imprenable sur un océan de toits de tuiles, une infinité de petites maisons de torchis à colombages. A l'horizon, planté au milieu d'un vallon, un moulin à vent étalait ses pales de bois dans le soleil couchant. On devinait la mer loin derrière, masse grise perdue dans les nuages.

— Faudrait songer à trouver tout de suite où dormir, fit Gabriel dès la descente du train.

— Eh ! Il faut manger avant ! lui répondit Jean-Marie, mordant sa moustache.

Le sac sur l'épaule, Jeanne suivait le mouvement, précédée de Paul. Elle entendit Jakez grommeler « si on était partis plus tôt, tout ça serait réglé depuis longtemps », ne releva pas. La petite phrase s'ajoutait aux reproches qu'il n'avait cessé de lui faire pendant le voyage – heureusement bref – depuis Brighton. Pour couper court à ses récriminations, tout le monde avait fermé les yeux de concert, se réfugiant dans un sommeil bienvenu.

Le village était tout en pente : quelques lumières brillaient en contrebas, seul signe de vie dans le crépuscule. Ils descendirent la première rue devant eux, longeant des jardinets, des maisons Tudor de taille lilliputienne :

— Tu ne ferais pas rentrer un Breton là-dedans ! s'étonna Jean-Marie.

— Parce que tu es grand, toi, peut-être !

La rue principale n'était guère plus vivante. Un pub balançait son enseigne de bois, un cygne aux ailes déployées sur fond de paysage de campagne. Derrière les fenêtres cerclées d'étain, qu'éclairaient quelques chandelles, on entendait des rires. Ils entrèrent à la suite, Paul et Jeanne en dernier. Derrière le comptoir, un homme trapu aux rouflaquettes d'un roux ardent les montra du doigt, dès qu'ils eurent franchi le seuil :

— *No children here*[1] *!*

Apercevant Jeanne nu-tête, il se mit à rire, secouant l'énorme bedaine qu'il pressait contre un tonneau.

— *And no woman of course*[2] *!*

L'accent gouailleur à couper au couteau autant que le propos provoquèrent l'hilarité de tout le pub. Les visages se tournèrent vers Jeanne. Les uns levaient leurs verres et trinquaient en clignant de l'œil, les

1. « Pas d'enfant, ici ! »
2. « Et pas de femme, bien sûr ! »

autres se tapaient sur l'épaule. Gabriel et Jean-Marie semblaient partagés entre l'envie d'une ale[1], et l'assistance à Jeanne. Jakez avait son petit sourire en coin, il regarda Jeanne de la tête aux pieds, se tourna vers le tenancier et demanda :

— *One bitter, please !*

Jeanne attrapa Paul sans un mot, le poussa vers la porte.

— Tu dors ?

— Comment veux-tu dormir sur ce banc ? C'est encore plus dur que la terre battue de chez moi.

— Au moins, on n'a pas froid, dit Paul.

— Au moins ! ironisa Jeanne. Juste faim.

Elle poussa un long soupir, se tourna, essayant de trouver un peu de confort sur les lattes de bois qui lui rentraient dans le dos, à bout de patience, s'assit.

— Quand je pense que tu m'avais décrit de long en large tous les avantages de la campagne. En voilà un premier échantillon. Je ne rêve plus que d'une chose : cette teigne d'Ambroisine en train de servir une soupe bien chaude. Je suis certaine que les trois s'empiffrent au pub. Les pintes doivent descendre. Pendant qu'on jeûne dans cette gare…

— Pitié ! fit Paul d'un ton larmoyant. Moi aussi j'ai faim, pas la peine de remuer le couteau dans la plaie.

Jeanne tapota son sac pour en faire un oreiller à peu près convenable, s'allongea :

1. Bière servie dans les pubs anglais.

— Tu as raison, il vaut mieux dormir. On pensera moins à tout ça. Au moins, notre sortie du pub a du bon. Dès demain, on récupère les oignons et on part de notre côté. Les trois se débrouilleront très bien sans nous, ils l'ont déjà fait ce soir.

23

A vol d'oiseau, la ferme était à plus d'un kilomètre. Sa première ferme, tout comme se dressait devant elle sa première barrière, plus exactement l'enfilade de barrières avant le petit chemin qui menait à la ferme. Jeanne en compta huit, soupira, frappa ses mains gelées l'une contre l'autre, redressa d'une chiquenaude sur l'épaule le bâton prêt à craquer, poussa sur la grille qui lui arrivait à la taille. Le passage des troupeaux avait formé un sillon boueux qui serpentait jusqu'au bout du champ. Elle essaya d'éviter la gadoue, glissa plusieurs fois. Le bois lui cisaillait l'épaule, elle avait faim, maudit le master et ses changements.

Pourtant, dans le petit matin, la campagne avait quelque chose d'irréel. Par sa beauté, ses couleurs. Un camaïeu de verts jamais vus à Roscoff, dont le climat plus doux n'offrait pas ces teintes, oscillant entre le céladon et l'amande, piquetées de jaune. Le givre recouvrait tout comme un glaçage sur une pâtisserie : l'entrelacs des haies, la silhouette étrange, presque humaine, des aulnes, des saules têtards à la crête du vallon, les taillis de chênes dépouillés de leurs feuilles, jusqu'au toit de tuiles de la ferme. Une poudre blanche qui s'accrochait aux toisons sales, pelucheuses, des moutons noirs frileusement regroupés sur l'unique carré d'herbe où le soleil marquait un cercle timide. A peine un bêlement au passage de Jeanne. Agglutiné tel un matelas de laine, le troupeau la regarda pousser les barrières les unes après les autres.

Elle longea l'enchevêtrement d'un talus d'où s'envolèrent quelques mésanges, aperçut l'éclair argenté d'un écureuil, s'immobilisa, subjuguée par l'agilité du petit animal qui se fondait dans l'herbe gelée. Il s'arrêta lui aussi, fit rouler ses prunelles, telles deux billes noires, se redressa sur ses pattes arrière. Un frémissement dans les buissons le fit grimper sur le premier tronc venu, glisser de branche en branche, jusqu'à atteindre la cime et s'octroyer une pause de grignotage.

Jeanne parvint enfin à la ferme, en hauteur sur un à-plat du vallon. Plusieurs bâtiments de briques sombres entourés d'une palissade de bois. Les cheminées fumaient. De la grange filtrait un bruit de lames qu'on aiguise. A l'intérieur de la première maison, un chien salua son arrivée par des aboiements féroces. Jeanne eut un moment de panique :

— Il ne manquait plus que ça !

Elle fut tentée de rebrousser chemin, pensa à la succession de barrières. Puisqu'elle était arrivée jusque-là, autant en finir. Elle n'avait rien avalé depuis la veille. Au milieu de la cour, elle avisa une fontaine, voulut s'en approcher, assoiffée par la marche. Tout se mit à tourner, les arbres, les murs, le paysage semblait pris dans un épais brouillard cotonneux, d'où seuls émergeaient les jappements du chien. Elle s'adossa au premier mur venu. Les aboiements cessèrent. La désagréable sensation de vertige persistait. Elle ferma les yeux.

— *Something's wrong*[1] *?*

Elle les rouvrit presque aussitôt. Une jeune femme aux joues rouges, corselet noir et tablier fleuri, la regardait, s'essuyait les mains à un torchon.

Jeanne eut à peine la force de murmurer :

— Le chien... *The dog not here*[2] *?*

La fermière secoua la tête en riant, imita un tour de clé dans une serrure.

— *No... Don't be afraid*[3] *!*

Elle lui fit signe de la suivre, mais Jeanne s'en sentait incapable. Ses jambes se dérobaient. La jeune femme la débarrassa du bâton, le posa contre le mur, posa sa main chaude sur la joue de Jeanne, demanda, pleine de sollicitude :

— *You are hungry, aren't you*[4] *?*

Sans attendre de réponse, elle lui prit le bras, à pas lents l'entraîna vers la maison.

Une sensation de chaleur saisit Jeanne, dès le seuil franchi. La pièce était sombre, basse de plafond. Des poutres pendaient marmites et chaudrons. Au-dessous

1. « Ça ne va pas ? »
2. « Le chien pas là ? »
3. « Non... N'ayez pas peur ! »
4. « Vous avez faim, n'est-ce pas ? »

une longue table sur le sol de pierre, deux bancs à haut dossier. La cuisinière en fonte occupait toute la largeur de la cheminée. On apercevait les flammes à travers la grille. La fermière la fit asseoir :

— *First, have some hot tea*[1].

Jeanne savait qu'un thé sur son estomac vide ne présageait rien de bon, elle porta ses lèvres sur le bord de la tasse pour ne pas offenser son hôtesse, mais s'abstint de boire. La jeune femme s'activait, décrocha un jambon à un clou au-dessus de la cheminée, en découpa une tranche épaisse, souleva le siège du banc, qui faisait coffre, en sortit un pain noir, des couverts, une assiette, posa le tout devant Jeanne, lui fit signe de commencer avec un grand sourire :

— *Please !*

Elle n'avait pas fini, apporta une marmite sur la table, servit à Jeanne quatre énormes pommes de terre, un morceau de chou, concluant dans un éclat de rire :

— *Here we are*[2] *!*

Ses pommettes étaient cramoisies, son front brillait de sueur. Elle croisa les bras, debout devant la table à regarder Jeanne manger, avec une satisfaction évidente. Bien que le chou lui parût aigre et trop cuit, Jeanne dévorait. Avoir sauté deux repas rendait moins regardant. Dès qu'elle faisait mine de s'arrêter, la jeune femme l'encourageait du geste. Elle proposa une autre tranche de jambon, du chou. Jeanne refusa de la main.

---

1. « D'abord un thé bien chaud. »
2. « Voilà ! »

— *You sure*[1] *?* s'enquit la jeune femme.

— *Sure,* répondit Jeanne la bouche encore pleine, l'estomac rempli.

— *My name is Jenny !*

— *My name is Jeanne !*

— *Nearly the same*[2], rit Jenny. *You johnny ?*

— *Yes.*

La conversation ne pouvait guère aller plus loin de part et d'autre. Les sourires la remplacèrent jusqu'à ce que Jeanne explique, autant avec les mains qu'avec un mélange de breton, d'anglais et de français, qu'elle voulait aller chercher ses oignons, pour lui en offrir une tresse. Rassasiée, ragaillardie, réchauffée, elle sortit, hésita un peu pour se repérer, contourna la maison. Jenny la suivait, intriguée.

A la recherche du bâton, abandonné contre un mur. « La dernière des choses à faire » selon le master. La recommandation lui avait toujours paru inutile. Un coup d'œil lui suffit pour en comprendre le bien-fondé. A posteriori. Elle poussa un cri. Deux moutons croquaient copieusement les tresses. Le troupeau entier se bousculait pour en avoir sa part.

Jenny porta les mains à sa bouche.

— *Oh, my god, I'm so sorry*[3].

Elle donna quelques coups de pied pour éloigner les gourmands, assortis de quelques injures bien senties. Dans la bousculade, le piétinement, les bêlements, du

1. « Vous êtes sûre ? »
2. « Presque le même. »
3. « Oh, mon Dieu, je suis vraiment désolée. »

bout des doigts elle récupéra les oignons, plutôt ce qu'il en restait.

Encore un peu et le troupeau entamait le bâton.

Jenny était catastrophée, Jeanne prise d'un fou rire irrépressible. Plus elle essayait de le réfréner, plus son rire enflait jusqu'aux larmes. La surprise passée, Jenny suivit. D'abord timidement, puis à l'unisson. Les deux se tordaient à s'en décrocher la mâchoire. Un homme sortit du hangar, une faux à la main. Les larmes aux yeux, entre deux hoquets, Jenny le présenta :

— *My husband, Ed*[1] *!*

Sans comprendre, ni chercher à savoir, Ed suivit le mouvement, quoique de façon plus retenue.

Puis la houle se calma. Jenny rapporta la mésaventure. On fit le point. Il fallait se rendre à l'évidence. La coupable était Jeanne, qui dans son périple à travers champs avait négligé la dernière barrière. Ce fut à son tour de s'excuser, les yeux encore brillants. Après le rire vint l'inquiétude. Dix tresses perdues, le manque à gagner était notable. Désastreux, compte tenu de ses relations tendues avec le master. Son expression devait parler pour elle, Ed s'apitoya, compatit, se tourna vers Jenny. La rapidité avec laquelle il s'exprimait ne permettait plus à Jeanne de comprendre. Elle attendait une phrase, un mot. En vain. Ed retourna dans le hangar, en sortit quelques minutes plus tard, tirant une carriole. De son côté, Jenny était allée chercher le cheval derrière la ferme ; ils attelèrent, firent signe à Jeanne de grimper. Elle s'exécuta, mais ne saisissait

1. « Mon frère, Ed ! »

toujours pas. Plantée au milieu de la cour, Jenny les regarda partir. Ed prit un petit chemin qui longeait les bâtiments, et pour éviter la série de barrières coupa à travers bois.

Bientôt le cheval rejoignit l'asphalte. Le village se profilait. Les sabots claquaient, dans le froid. Arrivé à hauteur de l'église, Ed montra à Jeanne l'enseigne du *baker shop*[1], descendit de l'attelage, lui fit comprendre d'attendre, entra dans la boutique. Il parlementa longtemps, montra la carriole. La femme acquiesçait, adressa de petits signes à Jeanne à travers la vitrine. Ed sortit, entra dans le pub voisin, refit le même manège. Jeanne continuait de s'interroger. Pas une maison, pas une échoppe ne fut négligée. Pour chaque visite, Ed procédait toujours de la même façon, long exposé, un regard appuyé vers Jeanne. Son étrange tournée achevée, Ed remonta dans la voiture sans plus d'explications. A l'orée du village, il lui demanda enfin :

— *More onions*[2] ?

— *Yes, more onions,* fit Jeanne sans comprendre vraiment où il voulait en venir.

— *Where*[3] ?

Elle fit le geste et le bruit d'un train entrant en gare. Ed saisit.

— *At the station*[4] ?

Devant son air ahuri, il lui tapota l'épaule.

---

1. « Boulangerie. »
2. « D'autres oignons ? »
3. « Où ? »
4. « A la gare ? »

— *Trust me*[1].

Il n'en dit pas plus, mit le cheval au trot en direction de Rottingdean.

Il leur fallut une bonne demi-heure pour atteindre la gare. A flanc de coteau. Le cheval peinait dans la montée. Enervée, inquiète, Jeanne s'agitait sur son siège. A tout hasard, elle lança *onions*, montra la porte du local dans lequel le master avait obtenu de stocker la marchandise nécessaire aux cinq johnnies « expatriés ». Ed lui adressa un large sourire en découvrant l'amoncellement de tresses :

— *Good !*

En quelques minutes, sans reprendre son souffle, il entassa dans la carriole plus de tresses qu'elle n'en pouvait contenir.

Ils reprirent le chemin en sens inverse, retournèrent au village. Devant les yeux ébahis de Jeanne, la tournée recommença. Mais, cette fois, Ed se présentait avec les tresses sur l'épaule. Il lui fallut un peu moins d'un quart d'heure pour écouler le chargement d'oignons auprès des commerçants, du tenancier du pub... au village entier, qui, devant sa porte, porte-monnaie en main, adressait de grands sourires à Jeanne.

Ed revint vers la carriole, prit la main de Jeanne, la retourna pour y déverser une pluie de pièces.

— *For the sheepgirl*[2] *!*

1. « Faites-moi confiance. »
2. « Pour la fille aux moutons ! »

24

L'histoire fit rapidement le tour des villages alentour. Les jours suivants, partout où Jeanne passait, on lui donnait du *sheepgirl* dès qu'elle croisait quelqu'un. Mais là ne s'arrêtait pas la générosité des habitants de Woodingdean, Rodmell, et autres hameaux disséminés. Sa vie s'en trouva grandement simplifiée. Elle n'eut plus à se préoccuper de trouver à se loger, pas plus qu'elle ne dépensa un sou pour manger. Quand on ne mettait pas une grange à sa disposition, on lui offrait les honneurs d'un lit au fond d'un cottage. On l'accostait avec force gourmandises : *pies* (tourtes) et *currant buns* (pain aux raisins), sortant du four, miches de pain frais. A tout propos, on l'arrêtait pour l'inviter à prendre une tasse de thé, parfois – plus rarement – un doigt de sherry. Devant l'abondance, elle partagea avec Paul, qui trouva soudain nettement plus d'attrait à la campagne.

« A partir de maintenant, je ne te lâche plus, je fais la tournée avec toi. »

Le seul à prendre ombrage de cette popularité fut

Jakez, bien que Jeanne évitât soigneusement de le croiser. Dans la journée, elle ne risquait pas de le voir, le soir en revanche, les occasions restaient nombreuses. La consigne était stricte : passer au local pour les comptes. Tous les soirs, on s'astreignait à monter la côte jusqu'à la gare, à faire une halte pour verser à Jean-Marie le fruit des ventes de la journée, avant de retrouver son gîte pour la nuit. Après les kilomètres de la journée, ce passage obligé était une corvée, que Jeanne expédiait le plus tard possible, tant elle craignait de s'y trouver nez à nez avec « la Gazette », ce qui arrivait encore trop souvent à son goût.

— Il a toujours eu horreur qu'on lui fasse de l'ombre, à plus forte raison quand il s'agit d'une femme, lui expliqua Jean-Marie un soir, et, si tu te mets à faire des ventes comme ça, sûr il va en faire une maladie.

Les pièces de Jeanne s'étalaient sur le cahier de comptes.

— Dis donc, tu en es à plus de quatre livres ! Comment as-tu fait ?

Jeanne sourit :

— C'est une longue histoire ! Je te la raconterai dans le train demain, ce soir je suis épuisée.

Jean-Marie secoua la tête :

— Mais non, tu sais bien : demain, pas de train ! On attend la semaine prochaine pour rentrer à Brighton, le master trouve que revenir toutes les semaines, ça fait beaucoup.

— Pas de train ? bégaya Jeanne au comble de la déception.

Jean-Marie parut étonné :

— Je croyais qu'on t'avait prévenue. Y avait une lettre pour toi, mais j'ai dû me tromper. Pourtant, dit-il en allant fouiller près des sacs de voyage et des malles, qu'on laissait entreposés au local pour éviter de les transporter partout avec soi, j'aurais juré avoir vu une enveloppe à ton nom. Regarde dans ton sac. Quelqu'un l'a peut-être mise là sans me le dire.

Inquiète, fébrile, Jeanne se mit à chercher elle aussi. L'énervement la fit renverser son sac. Avec un certain soulagement, elle y trouva son carnet. Le ruban était dénoué. Toute à son énervement, elle vérifia que la lettre de son père y était toujours, poussa un soupir, soupir aussitôt suivi d'un oh contrarié : la déchirure, à peine perceptible avant, s'était agrandie. La dernière phrase manquait, amputant un peu plus le texte : plus de traces d'Ashford, de Pluckley...

— Tu en fais une tête, lui dit Jean-Marie. Tu as trouvé ?

A genoux par terre, Jeanne réfléchit, se revit en train de fouiller dans l'obscurité de sa chambre, le jour du départ, à la recherche du carnet, en conclut qu'elle-même avait dû en arracher un morceau. Elle croisa le regard interrogateur de Jean-Marie :

— Alors, y a-t-il une enveloppe ?

Il se frotta le menton, ajouta perplexe :

— J'ai rêvé sans doute. A mon âge, on peut s'attendre à tout.

L'enveloppe « rêvée » trottait dans la tête de Jeanne tandis qu'elle dévalait la rue principale. Paul la retrouva à mi-chemin :

— Tu en as mis un temps !

— Une drôle d'histoire de lettre, glissa-t-elle sans s'arrêter. Tu savais que j'avais reçu une lettre, toi ?

— Pour ça il aurait fallu que je passe tous les soirs au local, ça fait deux jours que j'ai préféré ne pas y aller. Pas trop bien marché depuis hier. Je ne sais pas si c'est de passer derrière toi, mais...

Jeanne se mit à rire :

— Dis plutôt que tu as fait une sieste un peu prolongée dans la grange et que tu as oublié l'heure !

— Tu savais ?

— Evidemment, je savais. Avec ta paille plein les cheveux, ton air endormi, et le stick plein à craquer, ça ne faisait aucun doute.

Paul s'inquiéta :

— Tu en as parlé à Jean-Marie ?

— Quelle idée ! Pas plus que je ne me suis vantée des moutons...

— Oui, mais toi, au moins, ça t'a rapporté cette histoire, moi, ajouta-t-il en montrant ses poches, c'est vide à en pleurer.

— Eh bien, tu feras mieux demain.

— Je risque pas, demain on est dans le train.

— Non, justement ! On reste ici, une semaine de plus, ordre du patron.

— La guigne !

Poursuivant le fil de sa pensée, Jeanne redemanda :

— Tu es certain que tu n'as pas eu vent d'une lettre

que j'aurais reçue. Jean-Marie m'a dit qu'il avait vu une enveloppe au local. On a fouillé, mais rien trouvé.

Ils arrivaient à hauteur du pub. La porte s'ouvrit sur Jakez titubant.

Jeanne chuchota à Paul :

— Tu parlais de guigne ?

— Tiens, voilà la *sheepgirl* ! ricana Jakez, d'une voix traînante.

Jeanne contourna le trottoir, fit signe à Paul d'accélérer le pas. Jakez l'attrapa au passage.

— Pas si vite, pas si vite, tu vas bien faire un bout de chemin avec moi, entre johnnies on se doit bien ça.

— Lâche-moi, Jakez, coupa Jeanne, essayant de se délivrer de la poigne qui lui enserrait le bras.

Il accentua la pression.

— Tu me fais mal, je te dis de me lâcher !

Paul voulut s'interposer, Jakez le menaça de son poing :

— Toi, le gamin, tu vas voir ailleurs. Ne me cherche pas ou c'est la *sheepgirl* qui s'en prend une.

— Ma parole, tu es devenu fou, Jakez ! Où veux-tu en venir exactement ?

Dans l'obscurité, les yeux d'un bleu intense brillaient :

— Es-tu niaise à ce point, beauté ? Peut-être faut-il tout t'apprendre, se moqua-t-il en l'entraînant de force dans une ruelle à deux pas.

Curieusement, ce n'était pas la peur qui envahissait Jeanne à cet instant précis, plutôt une rage froide. Plus elle tentait d'échapper à son étreinte, plus il la tenait serrée. Il la colla violemment contre un mur, approcha sa bouche de la sienne. Jeanne se raidit. La sueur commençait à lui couler dans le dos. Jakez colla ses jambes aux siennes. Elle tourna la tête de côté quand il tenta une nouvelle fois d'approcher son visage. Il haletait, son corps entier, sa peau sentait l'alcool, l'oignon.

— Tu pues la vinasse, Jakez.

Il siffla :

— On fait la fière, hein.

Sa bouche eut un rictus méprisant :

— Tu as joué les mijaurées aussi avec ton chef cuistot du Bristol ? A moins que lui sente la rose ?

Il se mit à rire devant l'expression de Jeanne :

— Eh oui, je sais !

— Tu ne sais rien, la Gazette, cracha-t-elle.

De colère, il lui plaqua la main sur la bouche, à l'étouffer :

— Maintenant tu la fermes, j'ai été assez patient !

De dégoût, Jeanne ferma les yeux, sentant la nausée qui montait. Son haut-le-cœur décupla la fureur de Jakez. Il lui écarta les jambes d'un coup de genou brutal, déboutonna son pantalon, l'autre main lui labourait le visage. Les bras prisonniers, écrasée contre la pierre par le corps massif de Jakez, elle n'avait aucune possibilité de se débattre. Elle le sentit fourrager sous sa veste, tirer sur sa chemise. Sa main s'insinua plus bas. L'envie de vomir la submergea. Ses jambes se dérobèrent, elle tombait.

Brusquement, telle une ventouse qui se décolle, le corps, les mains de Jakez la lâchèrent. Elle rouvrit les yeux : pantin violacé qui éructait, pantalon à mi-genoux, pitoyable, ridicule, il gesticulait au bout du bras du patron du pub aux rouflaquettes plus flamboyantes que jamais, au ventre tendu sous le tablier. Derrière lui, la frimousse arrondie de Paul.

Rompue, Jeanne se laissa glisser à terre, éclata en sanglots.

— Sans le coup de folie de Jakez, on ne serait jamais rentrés dans ce pub, on ne serait pas bien au chaud, le ventre plein, dans ces draps tout propres, dit Paul en remontant la couverture sur son menton. Le patron a été généreux : cette chambre, pour toi, un fond de brandy !

— A t'entendre, on finirait presque par remercier Jakez !

D'une voix cinglante, elle ajouta :

— Ce porc ! Il est bien là où il est.

— Il n'en menait pas large devant le *bobby*[1] ! Tu aurais vu sa tête.

— Merci, l'avoir eu collé à moi m'a suffi pour toujours.

— Le master va le renvoyer.

— J'espère bien ! Et sans le payer encore.

Jeanne poussa un grand soupir, toute à son soulagement, malgré les douleurs dans tout son corps. Ses genoux, son dos lui faisaient mal. Les bruits du bar s'étaient tus. Malgré son sang-froid, la volonté que Jeanne mettait à oublier au plus vite ce qui venait de lui arriver, les yeux de Jakez continuaient de briller dans

1. « Policier ».

l'obscurité, elle sentait son horrible souffle chaud chargé d'alcool dans son cou, ses mains brutales. Elle se retourna. Quelle que fût sa position, il était toujours là.

Paul avait lui aussi quelque difficulté à s'endormir. Enervé, il repoussa les couvertures, sauta au bas de son lit :

— Quelle mouche t'a piqué ? lui demanda Jeanne.

— J'ai failli oublier ! Quand je pense... Allume la lampe, on n'y voit goutte !

Le parquet craquait sous ses pieds nus.

— On n'avait qu'une chandelle, tu sais bien. Je n'ai pas d'allumettes.

Paul venait de se cogner contre un meuble, un objet tomba à terre. Jeanne l'entendit fouiller dans ses vêtements :

— Mais qu'est-ce que tu cherches à la fin ? Vas-tu finir avec ce remue-ménage ?

— La voilà, cria-t-il, ravi !

Il retraversa la chambre à tâtons, s'arrêta devant le lit de Jeanne :

— Tiens ! Au lieu de rouspéter.

— Qu'est-ce que...

Jeanne sentit un papier sous ses doigts.

— Ta fichue lettre ! s'exclama Paul en se laissant tomber sur son lit.

Il se glissa sous les draps.

— Mais comment... ?

— Tout bête ! Elle est tombée du pantalon de Jakez pendant qu'il se démenait comme un beau diable entre les paluches du patron. Je n'ai eu qu'à la ramasser.

— Tu l'as lue ?...

— Ne me dis pas merci, surtout ! ironisa Paul.

— Pardon, balbutia Jeanne, je... je suis tellement... Sans toi, ce soir, je ne sais pas ce qui me serait arrivé. Alors, cette lettre en plus.

— Sans le patron du pub surtout. J'ai bien cru qu'il allait me mettre dehors encore une fois quand je suis allé chercher de l'aide.

Jeanne ne l'écoutait plus. A son tour, elle sortit de son lit :

— Où vas-tu ? s'inquiéta Paul.

— Lire ma lettre. Tu ne penses pas que je vais attendre demain.

Elle s'approcha de lui, remonta doucement la couverture sur ses épaules, se pencha pour l'embrasser :

— Dors, je reviens.

Assise au bas de l'escalier, seul endroit où filtrait un faible rai de lumière, pieds nus, en chemise, grelottante, Jeanne déplia sa lettre. C'était étrange de se retrouver dans ce silence au beau milieu du bar déserté, après le tumulte de la soirée. La silhouette de Jakez malmené par le patron, hué par les habitués du pub, son regard servile devant le *village bobby* continuaient de hanter les lieux. Pas de chance pour lui, le policier était venu finir sa tournée de fin de semaine devant une ale, n'avait eu qu'à le cueillir et l'emmener finir sa nuit au poste.

Le pub sommeillait. Les tonneaux s'alignaient derrière le comptoir. Les pompes de cuivre rutilaient dans la pénombre, réfléchies par le miroir qui tapissait le mur. Une odeur de bière flottait, doucereuse, amère, mêlée aux lourds parfums des cigares.

« Channig, commençait la lettre. Va comprendre pourquoi, tu me manques déjà ! La compagnie n'est plus ce qu'elle était. J'espère que Jakez ne te fait pas trop enrager. Je suis allé voir ton André. Je dois admettre que c'est un brave gars. Plutôt costaud ! Il a eu l'air de se méfier un peu en me voyant. Il était très déçu que tu ne sois pas venue toi-même porter sa commande. Voici son message : “Il a du nouveau, il faut que tu trouves un moyen pour le voir.” Il n'a pas voulu en dire plus. Je trouve un peu raide que tu te confies à quelqu'un que tu ne connais pas, alors que moi… Ce n'est pas toi qui parlais de confiance ? C'est égal, je ne sais pas pourquoi, mais je t'ai dans la tête, peut-être même dans le cœur. Fanch.

P.S. Le master vient de dire que vous ne rentriez pas samedi. Je me charge des oignons d'André, c'est promis. Faut-il te dire que je trouve le temps long ? »

Jeanne serra la lettre contre elle. Savoir qu'André avait du nouveau la remplissait de joie, mais, au-delà du message, il y avait ce « Channig »… Sous la plume de Fanch. Le seul à avoir jamais usé de ce petit nom tendre avant lui était son père.

25

Brighton
Décembre 1913

Fanch attrapa Jeanne par la manche alors qu'elle quittait l'entrepôt en catimini.

— Où cours-tu comme ça ? On est dimanche aujourd'hui. Pas de travail, as-tu oublié ?

Il voulut l'enlacer. Jeanne s'échappa, lui donna un baiser rapide :

— Chut, ne va pas réveiller le master.

— En voilà des cachotteries... Tu es arrivée hier soir tard, je ne t'ai même pas vue, j'espérais quand même un peu plus de...

— Un peu plus de quoi ? lui répondit-elle, moqueuse, le seuil franchi.

— Mais enfin, s'énerva Fanch, me diras-tu où tu vas ?

Jeanne soupira :

— Essayer de voir André, demain je ne pourrai pas. Le master ne permettra pas.

Dehors, le froid les saisit, un froid cinglant, humide, qui traversait les vêtements. Jeanne frissonna, remonta le col de sa veste, impatiente de partir.

— Je vais avec toi ! lui dit Fanch.

— Sûrement pas.

Le ton était si coupant qu'elle se reprit :

— Ce n'est pas nécessaire. Je n'en ai pas pour longtemps. Si jamais je le trouve, d'ailleurs, ce qui n'est pas certain. Je sais qu'il habite au Bristol…

— Comment sais-tu ça ?

Jeanne se mit à rire :

— Ne me dis pas que tu es jaloux ! Ce serait un comble.

— C'est égal, éluda Fanch, en quoi André peut-il t'aider ? Pourquoi ne pas m'avoir demandé ? As-tu si peu confiance ?

— Faut-il vraiment parler de tout ça maintenant ? Je dois partir, s'il te plaît, implora Jeanne.

Fanch fronça les sourcils :

— Je n'imaginais pas à quel point tu es têtue.

— Bien plus encore, si tu savais, fit-elle.

— *Bellissima* ! Te voilà enfin ! J'ai cru que je ne te reverrais jamais ! s'exclama André, en ouvrant la porte de son bureau, un étrange calot rouge planté de travers sur la tête.

— Et moi que je n'arriverais jamais à m'échapper de l'entrepôt. Il est horriblement tôt, je le sais… heureusement le portier m'a reconnue, sinon, je passais mon dimanche sur les marches.

— Tu as bien fait de venir frapper à ma porte, aujourd'hui. Demain tu ne m'aurais pas trouvé. Je vais à Londres... *la Traviata !* déclama-t-il de sa voix puissante...

Devant l'œil arrondi de Jeanne, il expliqua :

— Mais si, tu sais, l'opéra ! De mon ami Giuseppe Verdi !

Il se signa :

— Le pauvre, Dieu ait son âme ! Il a dû aller directement retrouver les anges avec sa musique. Mais je m'égare, tu n'es pas là pour entendre un vieux fou te parler d'opéra, n'est-ce pas ? Va t'asseoir, que je cherche ce qui nous occupe.

Il se mit à fourrager à grand bruit dans des piles de papiers, à grand renfort de soupirs d'exaspération, cueillit dans le désordre de curieuses petites lunettes rondes, qu'il chaussa, sous la broussaille des sourcils :

— Incroyable, ça ! Je l'ai eue sous la main toute la semaine, au moment où j'en ai le plus besoin, voilà qu'elle prend la poudre d'escampette.

La prunelle curieuse par-dessus ses verres, il demanda à Jeanne :

— Qui est ce Fanch ? Il m'a eu l'air très inquiet pour toi, un peu déçu aussi que je ne lui en dise pas plus.

— Un ami, lâcha Jeanne du bout des lèvres.

— Oh, *bellissima* ! Cette jeunesse toujours la même... Quand on dit froidement « un ami », l'air de ne pas y toucher, c'est que l'amour est tapi quelque part. Non de non, où ai-je mis cette lettre ?

Jeanne retenait son souffle, aperçut une enveloppe avec un en-tête officiel :

— La voilà ! clama-t-il, ravi.

Il s'assit lourdement, parcourut la lettre en diagonale, s'éclaircit la voix :

— Tu sais que tu as de la chance, toi. Il n'y a rien à redire sur la police anglaise : elle fait bien son travail. On a fini par te la retrouver, ta madame Bennett.

Il regarda Jeanne :

— Petite, tes mains tremblent !

Jeanne avait les lèvres sèches :

— Continuez, s'il vous plaît.

— Cette madame Bennett, il y a belle lurette qu'elle n'a plus son pub. Elle vit retirée assez loin d'Ashford, à Etchingham.

Il observa une pause, mit ses lunettes sur son front :

— Elle reçoit peu, car il y a un petit souci…

Jeanne déglutit.

— D'après les renseignements du *village bobby*, la pauvre vieille n'aurait plus toute sa tête.

Le visage blême de Jeanne lui fit pitié. Il lui prit la main :

— Il faut aller la voir quand même. Ces personnes-là ont parfois des éclairs de lucidité au plus sombre de leur vieillerie ; elles se souviennent parfaitement de leur jeunesse, du moindre petit détail, alors qu'elles sont incapables de donner le menu du repas qu'elles viennent de prendre.

— Vous croyez ? balbutia Jeanne, au bord du découragement.

— Tu ne vas pas flancher maintenant, crénom !

Il se radoucit pour ajouter, avec une pointe d'hésitation gênée :

— Mais il faut que tu saches aussi, *ragazzina mia*, il n'y a aucune trace d'un Louis Querrien à Ashford ou dans les environs.

Jamais le chemin de retour ne lui avait paru si long. Etrangère à tout, Jeanne n'avait pas un regard pour les décorations de Noël qui enluminaient les avenues, les demeures, les jetées. La ville entière pavoisait en rouge, vert et or. Elle marchait lentement, le visage rivé au sol, alors qu'à l'aller il lui avait semblé être portée. Une petite pluie fine, insistante, ricochait sur le velours de sa veste, glissait sur le pantalon de drap, s'insinuait sous sa chemise.

— Je pensais que les nouvelles d'André te mettraient le cœur en joie.

Jeanne releva la tête, faillit se cogner à Fanch :

— Tu es venu à ma rencontre ?

— Je passais par hasard, répondit-il. Il n'y a pas trente-six chemins pour aller au Bristol.

Le mensonge creusait ses fossettes.

— Alors, ces nouvelles ?

Jeanne haussa les épaules :

— Pas grand-chose d'intéressant.

— Il semblerait que cela t'ait mis le cœur à l'envers pourtant.

— Mais non, qu'est-ce que tu vas imaginer ?

La mauvaise humeur de Jeanne perçait.

Sans dire un mot, elle traversa, ignorant la circulation, alla s'accouder à la longue barrière ouvragée qui séparait l'esplanade de l'avenue, s'absorba sans le voir dans le spectacle qu'offrait la mer couverte de voiliers. Un quadrillage à l'infini de voiles blanches ou bordeaux alignées pour une régate. Fanch la rejoignit, nota l'imperceptible tremblement du menton, prémice de larmes toutes proches, caressa du bout des doigts l'arrondi de l'épaule. Il laissa filer de longues minutes de silence que Jeanne rompit soudain d'un ton dur, regard toujours rivé sur l'horizon, mâchoires tendues tandis que ses joues se mouillaient :

— Je suis à la recherche de mon père, je ne sais pas où il est, je dois le retrouver…

La main de Fanch se crispa sur sa veste :

— Jeanne, murmura-t-il comme on parle à un enfant qu'on veut raisonner. Regarde-moi.

Elle se tourna vers lui : sous la courbe des sourcils, le noir acéré.

Fanch continua doucement :

— Jeanne, ton père est mort.

Sa peau tressaillit. On eût dit qu'elle venait de recevoir une gifle.

Elle fut cinglante :

— Qui t'a dit ça ?

— Je le sais, le master le sait aussi, il t'a embauchée en mémoire de ton père. Je crois qu'il l'a connu dans son jeune temps.

— Vous parlez de moi derrière mon dos ?

— Du calme, Jeanne !

— Lâche mon bras, veux-tu ! Maintenant, réponds-moi, qui t'a dit ça ?

— Le master, la veille du départ. Au café de Jeanne Guerch.

Elle saisit la phrase au vol :

— Je suppose que d'autres de la compagnie étaient là aussi, ou que tu en as parlé avec eux ?

— Mais pas du tout ! Pourquoi aurais-je été raconter ça ?

— Si je te dis, moi, que mon père n'est pas mort, qu'il n'était peut-être pas sur le bateau qui a fait naufrage, tu me croirais ?

Elle voulut le blesser :

— André, lui, m'a crue !

Fanch eut un soupir exaspéré. Jeanne continuait de crier, indifférente aux têtes qui se retournaient sur eux :

— C'est ça, je suis folle, n'est-ce pas ? Si c'est ce que tu penses, n'hésite pas, vas-y, dis-le ! Tu ne seras pas le premier à me le seriner, va ! Ma mère a passé sa vie à me servir le même refrain. Vous êtes tous pareils !

Tout aussi soudainement qu'elle était montée dans les aigus, sa voix cassa pour n'être plus qu'un filet rauque :

— Je te dis qu'il est quelque part, je le sais, je le sens. Malgré tout ce que tu pourras me dire, je m'en fiche, je n'ai pas besoin de toi, tu ne pourras pas m'empêcher d'aller jusqu'au bout.

Elle acheva dans un sanglot :

— Je le retrouverai…

Les bras de Fanch se refermèrent sur elle. Il se mit à la bercer, les lèvres sur ses cheveux, le murmure dans son cou :

— C'est fini, mon tout petit, c'est fini. Si tu veux qu'il en soit ainsi, je te jure, je te crois.

26

Brighton
Fin février 1914

L'entrepôt n'avait jamais connu une telle excitation. Le mot départ flottait. Le matin, on partait chiner le pied plus léger. Pour plus de commodité – il fallait simplifier les allées et venues à trois semaines de l'embarquement – le master avait rapatrié toutes les troupes à Brighton. Le sourire accroché à son visage comme une guirlande de Noël, Paul faisait plaisir à voir :

— Vrai ! Ça fait du bien de savoir qu'on va retrouver le pays. Même si, au bout de trois jours avec mon père, je n'aurai plus qu'une envie : tailler la route !

Jeanne et lui avaient repris leurs habitudes dans la ville, comme s'ils ne l'avaient jamais quittée. Leurs pas les menaient désormais dans d'autres quartiers, loin de la plage, mais ils avaient apprécié de retrouver l'agitation de Brighton, les commodités de transports qu'elle offrait, les haltes auprès des marchands de quatre-saisons qui commençaient à revenir. Les débuts timides du printemps ramenaient le vendredi les Londoniens chics. Les longues voitures décapotées glissaient à nouveau sur l'asphalte, saluaient les calèches. Les silhouettes chapeautées arpentaient les avenues. La vie mondaine reprenait. Brighton sortait d'un long sommeil cotonneux, retrouvait ses couleurs.

Jeanne restait en retrait, indifférente à cette effervescence. Fanch dut le noter, qui lui reprocha son peu d'enthousiasme :

— C'est tout l'effet que cela te fait de savoir que, dans quelques jours, tu seras sur le bateau, ta paye presque en poche, et que nous pourrons nous voir tous les jours... de l'autre côté.

Froidement, elle laissa tomber :

— Nous ne pourrons pas nous voir tous les jours !

— On s'arrangera, tu verras.

Elle le coupa :

— Fanch, c'est inutile, tout ça...

Il ne saisit pas tout de suite, continua avec le même élan :

— Mais si, je trouverai un moyen, tu peux me faire confiance.

— Fanch, je ne pars pas.

De saisissement la bouche resta ouverte :

— Comment ça, tu ne pars pas ?

— Tu as très bien compris, je reste ici.

— Mais tu n'y penses pas ! Tu ne peux pas rester toute seule.

— J'y pense au contraire. J'y ai même pensé tous les jours depuis mon arrivée.

Fanch se passa les doigts dans les cheveux :

— Pourquoi faire ? Comment feras-tu ?

Elle lui mit la main sur l'épaule :

— Après tous ces mois passés à la campagne, j'ai eu le temps de savoir comment faire. Je me suis débrouillée, j'ai dormi sous un toit, j'ai mangé à ma faim. Tu n'es pas venu me tenir la main, que je sache.

Elle le regardait un sourire aux lèvres.

— Ce ne sera pas pire que pendant les mois d'hiver. Même plus facile. On peut dormir à la belle étoile, tu sais. Je m'y ferai très bien. Quant à savoir pourquoi, ai-je besoin de te le dire ? Je vais chercher mon père.

— Il n'en est pas question ! C'est de la folie ! Je veux dire, rectifia-t-il aussitôt devant le visage de Jeanne qui s'allongeait, tu ne peux pas rester comme ça toute seule. Je ne veux pas, lâcha-t-il à bout d'arguments.

— Oh là ! Ne t'aventure pas sur ce terrain-là. Je n'ai aucun compte à te rendre.

— Tout de même, je... enfin, nous ! Ne fais pas la sotte, il y a quelque chose entre nous, je n'ai pas rêvé.

Elle railla gentiment :

— Qui sait si tu n'as pas rêvé ?

Il la prit par la taille un peu vivement, voulut l'embrasser :

— Jeanne, arrête ce petit jeu. Tu sais que tu comptes pour moi, je ne pourrais pas me regarder en face s'il t'arrivait quelque chose, sachant que je t'ai laissée partir comme ça sur les routes, toute seule.

Elle le repoussa, un grand sourire aux lèvres :

— Que veux-tu qu'il m'arrive ? Tu me connais assez maintenant pour savoir que tout ce que tu pourras me dire ne servira à rien. Je reste, un point c'est tout.

— Jusqu'à quand ? osa-t-il.

— Je ne partirai pas avant de l'avoir trouvé... !

Il laissa échapper un soupir qui en disait long, trouva une échappatoire :

— Tu crois que le master va accepter peut-être ?

— Qu'il l'accepte ou non, je m'en moque. La saison est terminée, j'ai fait mon travail correctement. Il n'a plus rien à me dire. Je ne lui dois rien.

— Je voudrais être là quand tu vas lui raconter ça, ironisa Fanch.

— Je trouverai le bon moment, murmura-t-elle, soudain saisie de doute.

Le moment tardait. Les jours passaient, sans que les circonstances permettent à Jeanne de se retrouver seule avec le master, pris par les préparatifs, les démarches administratives. Plus l'échéance approchait, plus elle craignait ce face-à-face. Il constituait le dernier obstacle. André avait aplani les autres, voire simplifié son futur périple. Elle effectuait à nouveau les livraisons chaque lundi matin à l'hôtel. A une semaine du départ, il lui remit une enveloppe :

— Voilà l'adresse dont tu as besoin, tous les renseignements nécessaires pour trouver madame Bennett, et une petite lettre si quelqu'un te faisait des difficultés pour t'entretenir avec elle. Il y a également le tracé pour retrouver Pluckley, Ashford au cas où...

ajouta-t-il sans commentaire. Le nom du *village bobby* avec lequel j'ai correspondu, tu pourras lui demander assistance si nécessaire. Je vais avoir de la peine, sais-tu ? J'aimais ma visiteuse du lundi matin. Où vais-je me fournir maintenant ? As-tu idée de revenir, la saison prochaine ? risqua-t-il.

— Cela dépend de tant de choses, André.

Il toussota :

— Ma proposition de Covent Garden tient toujours.

Jeanne sentit sa gorge se nouer :

— Je reviendrai, André, je vous le promets, nous irons voir votre amie la Traviata.

Le rire ému d'André lui répondit :

— *Va bene, ragazzina*, la Traviata nous attendra un peu, mais pas trop longtemps, tu sais… elle est bien malade !

Trois jours plus tard, alors que Jeanne bouillait, que Fanch ne se privait pas de lui demander : « Alors, toujours pas ? », espérant qu'elle serait contrainte de revenir sur sa décision, le master fournit lui-même l'occasion d'aborder le sujet épineux.

— Si on fêtait ton anniversaire au pub ?

Jeanne souleva un sourcil :

— Drôle d'idée de vouloir fêter mon anniversaire sans moi, patron ! Vous savez bien que je ne peux pas y mettre les pieds.

Elle ajouta, un peu narquoise :

— Vous me l'avez assez répété !

— Ce sera l'exception qui confirme la règle,

concéda-t-il. Après tout, jusqu'à preuve du contraire, c'est encore moi qui donne les ordres ici. Donc tu n'as que le choix de faire ce que je te dis. Seule obligation pour ne pas nuire aux bonnes mœurs, tu m'enfonces ce béret jusqu'aux yeux, ajouta-t-il, joignant le geste à la parole.

— Tu l'as définitivement mis dans ta poche, on dirait, glissa Fanch à Jeanne tandis que la compagnie poussait en rangs serrés la porte du pub.

Jeanne était d'humeur joyeuse :

— Normal, c'est moi qui vends le plus de vous tous.

— Trop facile, tu as un avantage sur nous !

— Mauvais joueur ! Tout ça parce que je suis une femme, peut-être ?

— Non, rien à voir, plaisanta Fanch, c'est juste que ton accent est nettement moins pire que le nôtre ! Tu croyais peut-être que tes yeux y étaient pour quelque chose. Ne te vante pas trop…

Jeanne crut retrouver une réplique presque semblable du pub de Rottingdean. Même couleur sale des murs, qui autrefois avaient dû être crème, des poutres noircies par la fumée, même atmosphère « cosy », comme disaient les Anglais. Seule différence, la guirlande de houblon séché qui courait sur le manteau de la cheminée, ou encore les sièges : des demi-tonneaux renversés, qu'habillaient d'informes coussins rouges.

Les johnnies s'étaient regroupés autour du comptoir de brique, attendaient qu'on leur serve leurs consommations. Jeanne ne savait comment faire :

— Tu dois aller chercher ta bière au comptoir,

lui souffla Jean-Marie, sinon tu risques d'attendre longtemps.

— Et je commande quoi exactement ?

— Quelque chose de doux serait préférable, que tu n'ailles pas chanter dans la rue après, rit Fanch.

Jeanne s'approcha du bar, s'accouda comme elle l'avait vu faire, patienta. La plupart des johnnies étaient déjà retournés s'asseoir, riaient. Certains avaient sorti leur tabac, roulaient des cigarettes, se détendaient. Leur pinte de bière à la main, ils paraissaient si différents, inconnus. Jeanne avait partagé leur quotidien depuis près de huit mois, sans connaître cette facette. Pourtant elle était des leurs, pratiquait leur métier, avait connu la même fatigue, le même poids sur son épaule, utilisé les mêmes ruses pour convaincre, mis parfois son pied dans une porte pour qu'elle s'ouvrît plus grande. Elle était johnny comme eux, en éprouvait une certaine fierté, un déchirement aussi à l'idée de la séparation prochaine.

— *Hi, johnny, want a bier*[1] *?*

Jeanne avala sa salive. Là aussi, il fallait ruser. Elle salua d'un hochement de tête, demanda à tout hasard :

— *Half a pint*[2] *?*

La réponse ne parut pas satisfaire le tenancier.

— *What sort ? Mild, bitter*[3] *?*

Jeanne hésitait toujours, chercha du regard un

1. « Salut, johnny, on veut une bière ? »
2. « Une demi-pinte ? »
3. « Quel genre ? douce, amère ? »

secours dans la salle. Tous étaient bien trop occupés pour lui venir en aide.

Le tenancier reposa sa question :

— *Half a pint of bitter from Kent ?*

De l'index, il désigna un tableau au-dessus du comptoir, répéta :

— *From Kent !*

Au milieu des bouteilles, des tonneaux de bière, Jeanne découvrit une aquarelle un peu défraîchie : paysage verdoyant de collines, de barrières et de champs, au premier plan une futaie. On devinait à l'horizon la ligne adoucie du bleu passé de la mer. Au centre, point de mire, un bâtiment la frappa, surmonté de trois toits en cône, chacun coiffé d'un capuchon blanc.

Tétanisée, elle balbutia :

— Les maisons en bec d'oiseau !

Le tenancier la regardait sans comprendre.

A son tour, Jeanne désigna le tableau d'un doigt tremblant, mélangeant le français, l'anglais, sous le coup de l'émotion :

— Les maisons, là, *here* ! *Please tell me !*

La bouche sèche, elle rit toute seule :

— Elles existent vraiment !

Le master l'interpella :

— Jeanne, c'est pour aujourd'hui ou pour demain, on veut trinquer avec toi ! Tu vas être obligée de nous payer une autre tournée si ça continue, on ne t'a pas attendue pour tout descendre !

— Je veux bien payer une tournée générale – proposition qui fut aussitôt accueillie dans les acclamations et les rires –, mais j'ai besoin de vous, patron !

Il vint la retrouver, vit les yeux brillants, l'excitation de Jeanne.

— Qu'est-ce que ce sera quand tu auras bu, dis-moi !

Elle lui coupa la parole aussitôt, cria dans le brouhaha des voix :

— Les maisons, là !

— Quoi, les maisons ? Ce sont des bières que je viens chercher !

— Elles ont des toits en bec d'oiseau !

— Jeanne, j'ai parfois un peu de mal à te cerner ! Ce sont des houblonnières, dit-il en haussant les épaules, il y en a plein dans le Kent, c'est là où l'on fait sécher le houblon ; après il est brassé et devient de la bière. On ne va peut-être pas faire un cours ce soir ? Les gars ont soif !

Jeanne prit une respiration, le moment était venu :

— Patron, j'ai quelque chose à vous dire.

27

Le train des johnnies était parti. Le sien allait entrer en gare. Dire que l'on part seule est une chose, se retrouver face à sa décision en est une autre. Jeanne reniflait encore. Les adieux avaient été difficiles. Même face à une Ambroisine étonnamment amadouée. Jeanne ne la craignait plus, elle avait fini par savoir la prendre :

« La saison prochaine, je suis partante pour apprendre le bottelage », lui avait-elle dit en l'aidant à monter.

Ambroisine avait pesté, empêtrée dans ses jupes :

« Peut-être que ça ne sera plus de mon âge ! C'est une drôle d'idée que tu as, petite, d'aller courir toute seule comme ça. Sûr, y a pas des Jakez à tous les coins de rue, mais, quand même, ça me soucie. Celui-là, – elle avait craché par terre –, il n'a eu que ce qu'il méritait, on ne le reverra pas de sitôt dans la compagnie. Le patron a bien fait de le renvoyer, m'est avis que le Jakez ne sera plus jamais johnny. Tu peux faire confiance à Ambroisine, je me charge de sa réputation.

Demain, dans le canton, tout le monde saura de quoi il retourne. S'il lui vient l'envie de faire du *reuz* il ira le faire ailleurs, foi d'Ambroisine. »

Elle avait tendu sa joue toute parcheminée, en attente d'un baiser. Jeanne s'était bien gardée de montrer sa surprise, l'avait embrassée comme du bon pain. Le master avait pris Jeanne à part :

« Toujours certaine ? »

Prête à flancher, Jeanne avait regardé vaguement ailleurs, fixé, jusqu'à ne plus les voir, l'énorme horloge ronde, les pigeons qui roucoulaient sous la verrière. Tout plutôt que de reconnaître le pincement au creux du ventre, l'agaçant picotement sous la paupière.

« Normalement, tu devrais toucher ta paye une fois rentrée, c'est la règle, mais là… j'ai réfléchi, avait dit le master, dont la pomme d'Adam montait et descendait, signe chez lui de préoccupation. Je vais t'en donner une partie pour que tu puisses voir venir. Si tu dois rester plus longtemps – il toussota –, tu pourras toujours aller voir la banque, je m'arrangerai pour en mettre à disposition. Le reste sera pour ta mère. Il y a un message pour Job ? »

L'évocation du prénom avait suffi à nouer un peu plus l'estomac de Jeanne.

« Dites-lui que… – elle ne trouvait plus ses mots – que voilà j'y vais. Je suis sur la route. Il saura de toute façon. Surtout qu'il n'oublie pas pour Saint-Malo ! Je lui écrirai. »

Le master, soudain devenu gauche, avait ôté cérémonieusement son béret :

« Le train va partir, il faut que j'aille voir si les gars

sont tous bien installés. Ces fichus Anglais ont une belle expression quand les gens se disent au revoir. Elle ne m'a jamais semblé aussi... aussi comme il faut : alors *take care*[1], Jeanne. »

Il lui tendit la main, se reprit pour la serrer dans ses bras :

« Je suis qu'un imbécile, pas vrai ! », grimpa sur le marchepied, l'œil humide :

« Je compte sur toi pour la saison prochaine, c'est bon pour mon chiffre d'affaires ! »

Restait Fanch. Le moment que Jeanne redoutait entre tous. Appuyé contre le wagon, il fumait sa cigarette, mâchoires creusées, front plissé.

« Si on simplifiait tout ça ? avait-elle dit en se collant à lui. Embrasse-moi. »

Une longue voiture couverte rutilante et bicolore attendait à une certaine distance de la gare d'Etchingham. Au volant, tête appuyée contre son siège, enveloppée de la fumée de sa pipe, un homme semblait somnoler. Jeanne passa devant, jeta un œil discret à l'intérieur, impressionnée par les chromes étincelants, le cuir clair, la ronce de noyer. Les automobiles de Brighton étaient élégantes, mais jamais encore elle n'avait eu l'occasion d'en admirer une de si près. Elle s'arrêta quelques mètres plus loin, fit mine de chercher dans son sac, en réalité l'envie d'admirer la voiture la tenaillait. Elle resta plantée un long moment,

1. « Prends soin de toi. »

détaillant le conducteur tout autant que le véhicule. C'était étrange : on eût dit André en modèle réduit. Même moustache fournie, mêmes lunettes rondes, quoique portées plus bas, sourcils broussailleux. Seuls les cheveux, raides, noir de jais, différaient. Les voix d'un couple qui s'approchait le réveillèrent en sursaut. Il rattrapa sa pipe au vol, mit un peu d'ordre dans sa chevelure, coiffée en arrière, descendit, empressé. Jeanne ne pouvait rester à les regarder sans paraître impolie. Elle s'éloigna, alors que le conducteur donnait l'accolade à un homme chauve assez âgé, fort élégant, chaîne de montre barrant un gilet rayé, nœud papillon.

Elle remontait la rue principale, approchait de l'église, lorsqu'elle entendit la voiture derrière elle, voulut se retourner, buta contre un caillou et s'étala de tout son long sur la chaussée, à quelques centimètres à peine des pare-chocs qu'elle avait tant admirés quelques minutes auparavant. Une portière claqua, un cri retentit. L'homme était déjà dehors, se penchait sur elle pour la secourir. Il parlait vite, Jeanne, étourdie, ne comprenait rien, essaya de le rassurer. A l'écoute de son accent, il lui répondit aussitôt en français, avec à son tour un accent très prononcé :

— Vous allez bien ? Je suis tellement désolé.

Il avait un regard particulier, triste et pénétrant. De petits yeux noirs très mobiles et brillants. Même sans le luxe ostentatoire de la voiture, il était aisé de comprendre qu'il était très éloigné du commun des mortels. Une stature impressionnante non par la taille, plutôt petite, mais par ce qui s'en dégageait.

— Je suis désolée moi aussi, c'est ma faute, je n'ai

pas fait attention, dit Jeanne en séparant chaque mot très distinctement.

— Où allez-vous ? Nous pouvons vous déposer si vous voulez.

— Oh non ! fit-elle, confuse devant sa tenue si peu appropriée pour un tel luxe.

Son bâton avait roulé au milieu de la route. L'homme alla le ramasser, le lui tendit :

— C'est très beau.

Jeanne sourit, expliqua :

— C'est un bâton de johnny.

— Johnny, vous êtes un johnny ?

La femme repéra le mot dans la conversation, lança d'une voix mondaine :

— *A johnny ? How amazing*[1] *!*

— Voyez, reprit le conducteur en prenant la main de Jeanne pour la faire asseoir dans la voiture, vous devez venir, nous n'avons jamais vu de johnny comme vous. C'est un honneur.

Son accent était irrésistible, Jeanne éclata de rire : il haussa les sourcils, ses yeux tristes remontèrent un instant, sa moustache frisa.

— Vous n'aimez pas bien mon français ? demanda-t-il, étonné.

— Si, si, fit Jeanne, consternée d'avoir pu le blesser.

Il lui tapota la main.

— Les Anglais aiment le rire, vous savez. *So*, où alliez-vous avant de tomber ?

— A Underwood House... vous connaissez ?

1. « Étonnant ! »

— Ici c'est tout petit, tout le monde se connaît. Même si je ne sors pas beaucoup, moi aussi je connais Mrs Bennett.

Il fit tourner son index sur sa tempe :

— Elle est un peu… comme cela je crois.

— Oui, on me l'a dit, mais il faut que je la voie, soupira Jeanne, qui se tassa dans le confort inconnu de son siège.

La voiture glissait plutôt qu'elle ne roulait, avala les kilomètres dans un silence impressionnant. Arrivée à hauteur d'un bouquet d'arbres qui donnait sur le bord de la route, elle ralentit. Le conducteur descendit, vint ouvrir la portière de Jeanne, lui remit son bâton :

— Voici Underwood House. Bonne chance pour Mrs Bennett.

Jeanne le salua avec force sourires, ainsi que le couple derrière. Elle poussait déjà la barrière de bois, quand elle entendit le chauffeur la rappeler :

— *Wait, wait*[1] !

Elle revint sur ses pas, intriguée. Il lui tendit un livre bleu nuit, barré de lettres d'or. Sur la couverture, trois éléphants et leur cornac. Sur le dos, un cobra royal étalait son capuchon ; Jeanne déchiffra avec quelque difficulté : « The Jungle Book[2]. »

— C'est pour vous ! lui dit-il, j'ai signé !

— Mais pourquoi ?

— Parce que je n'avais jamais vu de *johnny girl*. C'est une belle histoire, j'aime les belles histoires.

1. « Attendez ! »
2. *Le Livre de la jungle.*

Il n'attendit pas, la voiture repartit aussi silencieusement. Jeanne ouvrit le recueil précieux. En première page, un ex-libris représentait une panthère noire. Au-dessous, la signature hâtive, encore fraîche, à l'encre rouge : Rudyard Kipling [1].

L'allée de gravier sinuait entre les arbres. Underwood House était une imposante maison de briques rouges. La porte s'ouvrit sous un porche à colonnades. Une jeune femme, que Jeanne supposa infirmière plus que domestique, lui sourit, l'air interrogateur, demanda l'objet de sa visite. Jeanne bénit André et son petit mot d'introduction. Elle se voyait mal expliquant une si longue histoire avec son anglais encore approximatif. La jeune femme lut avec attention, hocha la tête, lui fit signe d'entrer. Le hall, de vaste proportion, baignait dans une lumière arc-en-ciel, dispensée par un vitrail donnant directement sur l'escalier blanc qu'elles gravirent aussitôt la porte refermée. Au premier étage, une série de portes sur le palier, où courait le même tapis que sur les marches, répétition des couleurs du vitrail qui occupait toute la hauteur de la cage d'escalier. L'infirmière frappa doucement : « Mrs Bennett ! », fit signe à Jeanne d'attendre quelques minutes.

Elle resta accoudée à la rampe, son cœur cognait, les

1. Le prix Nobel de littérature Rudyard Kipling a vécu à Etchingham dans sa propriété de Bateman de 1902 jusqu'à sa mort en 1936. Il fut le propriétaire d'une des premières Rolls Royce. Le passager à ses côtés, ce jour-là, était l'écrivain anglais Henry James.

questions virevoltaient dans sa tête. Le raffinement de l'endroit l'étonnait. Elle avait imaginé un petit cottage retiré, pas cette grande maison confortable, où le moindre détail avait été réfléchi. Elle regretta de n'avoir pas songé à s'habiller différemment, de n'avoir pas glissé une robe dans son bagage, qui lui eût permis de faire bonne figure. Elle portait encore son pantalon de drap, sa chemise était propre quoiqu'un peu usée au col. D'un geste rapide, elle épousseta sa veste, se passa la main dans les cheveux, chercha un miroir sur le palier pour vérifier le tout. L'infirmière l'appela du bout des lèvres : « Miss... », s'effaça pour la laisser entrer. Jeanne crut qu'elle allait rester à ses côtés, lui servir peut-être d'interprète, mais elle sortit aussitôt, la laissant seule au seuil de la chambre. La pièce était dans la pénombre. Elle mit quelques secondes à s'y habituer après la luminosité du hall. Une main remua, au-dessus du dossier d'un fauteuil à oreilles installé devant la fenêtre. Jeanne s'approcha. Une petite femme recroquevillée, les jambes sous une couverture, lui sourit. Son visage semblait perdu sous une épaisse frange frisée. Le regard clair semblait détailler Jeanne, mais rien n'indiquait un quelconque dérangement, comme tous l'avaient laissé entendre.

— Asseyez-vous, lui dit-elle en français.

De surprise, Jeanne s'immobilisa.

— Vous... vous parlez français ?

Les yeux lavande pétillèrent :

— A votre avis ?

Pas la moindre trace d'accent. Un impeccable phrasé, à croire que le français était sa langue maternelle. Mrs Bennett l'examina ostensiblement de la tête aux pieds en fronçant les sourcils :

— Comment êtes-vous arrivée jusque-là ? Vous avez un drôle d'accoutrement.

Jeanne balbutia :

— Je suis johnny, je… je vends… commença-t-elle à expliquer.

La main décharnée se posa sur son bras. Une pointe d'impatience passa dans la voix de Mrs Bennett :

— Inutile de m'expliquer, je sais ce qu'est un johnny, comme à peu de chose près toute l'Angleterre, petite. Et alors, ça n'explique pas pourquoi vous êtes venue me voir. Apparemment, si j'ai bien compris mon infirmière – elle leva les yeux au ciel, marmonna : « Celle-là ! », se reprit –, vous cherchez quelqu'un ?

Jeanne fouilla dans sa veste, sortit la lettre de son père, la lui tendit :

— Je ne vois plus très clair, lisez, on perdra moins de temps.

— Je cherche mon père, expliqua-t-elle, tout ce qui me reste de lui, ce sont ces quelques mots, il parle de vous… – elle cita la phrase –, « j'ai rencontré une madame Bennett qui me louerait un entrepôt, pour stocker la marchandise… Cette Bennett me dit qu'elle peut m'aider ».

La vieille main se crispa sur le fauteuil.

— Il y a des milliers de Mrs Bennett en Angleterre, je ne vois pas ce que je viens faire dans cette histoire.

— C'est le *village bobby* d'Ashford qui a parlé de vous.

— Votre *village bobby* est un imbécile !

Elle s'énervait, deux taches rouges enflammaient ses pommettes poudrées.

Jeanne ne sut que bredouiller :

— Je suis désolée… on m'aura mal renseignée.

Elle se releva :

— Je vais vous laisser.

Mrs Bennett avait pris sa canne. Péremptoire, elle montra la chaise de la pointe :

— Asseyez-vous !

La physionomie de son visage venait de changer. Jeanne craignait qu'elle n'ait effectivement perdu la tête.

Mrs Bennett frappa le sol, lui intima d'un ton sans réplique :

— Je vous dis de vous asseoir.

Elle eut un soupir d'exaspération :

— Je suis bien la « Bennett » dont parle la lettre.

Jeanne se mit à trembler :

— Vous êtes certaine ?

— Ça suffit ! Vous n'allez pas douter de ma parole maintenant ?

— Non, non, fit Jeanne en se rasseyant sur le bord de sa chaise, pas rassurée.

Elle n'osait plus faire un geste, hasarder le moindre mot.

Mrs Bennett la détailla à nouveau :

— Le pire, c'est que vous lui ressemblez, lâcha-t-elle dans un souffle.

28

Ses lèvres parvenaient à peine à formuler les mots tant elles étaient sèches. Le choc passé, Jeanne risqua :

— Pourquoi... Pourquoi dites-vous « le pire » ?

— Il faudrait expliquer tant de choses, petite, je ne pense pas que cela vous intéresserait. Ce que vous voulez savoir, je peux vous le dire, même si ça m'en coûte.

— Mon père est-il...

Le mot lui écorchait la bouche.

— Vivant ? Je ne sais pas, laissa tomber Mrs Bennett.

— Oh non, pas ça... protesta Jeanne. Pas une fois de plus. Vous ne pouvez pas.

Sa colère explosa :

— Vous n'avez pas le droit de me répondre ça, ce secret ne vous appartient pas, vous devez me le dire. C'est mon père !

— Je ne détiens aucun secret, je vous dis que je ne sais pas car je l'ai perdu de vue, il y a longtemps, je n'ai plus eu de nouvelles...

— Mais a-t-il pris le bateau, l'*Hilda* ?

— Non, bien sûr ! jeta Mrs Bennett avec désinvolture comme s'il s'agissait de la chose la plus évidente au monde. Je peux vous assurer que lui-même ne savait pas au dernier moment s'il le prendrait ou non… Un coup de tête. Il est arrivé à Ashford, sans dire un mot, il a passé des jours à se tourner les sangs. Quand on a su pour l'*Hilda*, il m'a dit : « Le destin a fait le travail pour moi, c'est sans doute mieux comme ça. »

— Il *vous* a dit ?

Mrs Bennett balaya l'air de sa main :

— Oui, moi ! Je l'ai aidé dans le temps, ce n'est pas ce que j'ai fait de mieux. Mais il était tellement perdu !

La colère de Jeanne était tombée, ne restait plus qu'un immense découragement, une fatigue intense.

— Mais… et moi ?

Mrs Bennett la fixa de son regard clair.

— Vous le cherchez depuis combien de temps ? demanda-t-elle doucement.

— Toujours, répondit Jeanne au bord des larmes.

— Alors, il est temps de passer à autre chose maintenant.

— Mais non ! Si je le retrouve… tout pourrait recommencer comme avant.

La moue dubitative de Mrs Bennett mit Jeanne hors d'elle :

— Qu'en savez-vous ? Qu'est-ce qui vous permet de me dire ce que je dois faire ou ne pas faire ? Vous ne connaissiez pas mon père…

— Je l'ai aimé, tout de même !

— Vous ! cracha Jeanne, pleine de mépris, oubliant la plus élémentaire correction. Vous êtes...

— Vieille, je sais. Bien trop vieille pour lui. Vous voyez, je vous disais que ces choses-là ne vous intéresseraient pas. Si cela peut vous rassurer, il n'y a jamais rien eu entre nous, j'ai au moins su garder un restant d'amour-propre, mais ma faiblesse lui a permis de s'installer... Il n'a plus donné signe de vie quand il a eu ce qu'il voulait. Du jour au lendemain, je ne l'ai plus revu... J'ai su un temps que son exploitation était prospère, après je n'ai plus rien voulu savoir.

— Pourquoi me racontez-vous ces horreurs ?

— Mais parce que vous me les demandez !

— Mon père ne peut pas être comme vous le dites...

— Personne n'est jamais comme on le dit. On apprend cela avec la vieillesse, petite.

Sonnée, Jeanne marcha longtemps. Aussitôt quitté Underwood House, elle coupa à travers champs, retrouva la gare, alla s'asseoir sur un banc. Mais pour attendre quel train, vers quelle direction ? Elle resta des heures, la tête entre les mains, incapable de verser la moindre larme. Etrangère à son propre corps. Etonnant de penser que, de tous les scénarios envisagés, celui-là était le seul qu'elle avait été incapable d'imaginer. Qu'elle refusait de considérer. Elle haussa les épaules. La vérité ne pouvait être la version de cette vieille folle. Tous l'avaient affirmé, Mrs Bennett avait perdu la tête : la preuve était là. Il ne lui restait qu'une solution pour s'en assurer : trouver cette exploitation dont elle lui avait parlé, se présenter à son père, et là… tout redeviendrait comme cela n'aurait jamais dû cesser d'être. Mrs Bennett pourrait toujours radoter avec ses horribles histoires, continuer à s'inventer un Louis Querrien, il n'aurait de toute façon rien à voir avec son père.

Il faisait nuit noire quand elle émergea de ses réflexions. Rassérénée, à nouveau confiante. Un petit vent frisquet balayait les voies. La gare était déserte. Aucune trace du *station master*[1]. Elle supposa que plus personne ne viendrait, qu'elle avait toute latitude pour dormir, s'allongea sur le banc, son sac sous la tête, le bâton à portée de main, s'endormit quelques minutes avant d'être secouée par une main ferme.

— *You cannot sleep here*[2] !

Saisie dans son premier sommeil, elle ne réagit pas, entendit répéter : « *You cannot…* », ouvrit un œil hagard, repéra dans son brouillard un insigne, un casque, des barrettes à hauteur d'épaule.

L'exclamation « *Police !* » confirma ses craintes.

Elle se redressa en automate, prit son baluchon, son bâton, sortit de la gare sans savoir où diriger ses pas, ni où trouver un abri pour la nuit.

Le constable l'avait suivi.

— *You don't know where to sleep*[3] ?

La raison soufflait à Jeanne de répondre qu'elle

1. Équivalent du chef de gare.
2. « Vous ne pouvez pas dormir ici ! »
3. « Vous ne savez pas où dormir ? »

savait, la fatigue ne lui en laissa pas le temps, elle secoua la tête spontanément.

— *How old are you*[1] *?*

— *Sixteen*[2] *!*

— *Come with me*[3] *!* lui enjoignit-il.

Le ton était aimable, mais ne tolérait aucune rébellion. Elle obtempéra, résignée à passer la nuit en cellule. Ils marchèrent ce qui sembla une éternité à Jeanne. Etchingham n'était plus qu'un souvenir, ils passèrent deux autres villages à peine éclairés, saluèrent une foule de personnes qui la désignaient en riant – « *Night, Tom ! What have you caught there*[4] *?* » –, parvinrent enfin à un minuscule cottage surmonté de l'insigne de la police.

— *Here we are*[5].

A première vue, si la cellule faisait partie de ces murs, l'endroit était supportable. Jeanne ne rêvait que d'une chose, dormir, eût accepté n'importe quel matelas de terre battue sans le moindre commentaire. Le constable contourna la façade pour arriver devant une petite porte d'où filtraient lumière, odeur de soupe et éclats de voix. Il l'ouvrit sur une cuisine emplie d'une ribambelle d'enfants de tous les âges attablés devant une soupière fumante, tandis qu'une femme remplissait les assiettes. Le tout dans un incroyable brouhaha.

---

1. « Quel âge avez-vous ? »
2. « Seize ans ! »
3. « Venez avec moi ! »
4. « 'Soir, Tom ! Qu'est-ce que tu as pêché là ? »
5. « Nous y sommes. »

— *One more*[1] *!* jeta-t-il en même temps que son casque sur la table.

La tablée entière se leva, dans le plus parfait désordre. Les « Daddy » fusaient de toute part. Jeanne ne savait plus où elle était, en venait à se demander si le silence de la cellule n'était pas le paradis. Le constable restait d'un calme olympien. Deux enfants pendus à son cou, une troisième à hauteur des genoux, il montra à Jeanne où s'asseoir, lui fit passer une assiette de soupe, calma son monde d'un « *quiet*[2] *!* » plein de flegme dont l'effet fut instantané. Tous reprirent leur place, les cris cessèrent, les cuillères plongèrent dans la soupe de concert. On ne leva bientôt plus les yeux que pour un examen discret mais appuyé de Jeanne.

Avant de monter, Jeanne eut droit au recensement complet de la famille, alignée par ordre de taille au pied de l'escalier, une avalanche de prénoms : Harold, Clifford, Katherine, Emiline-Jane, Mary and Dorothy, dont elle était certaine de ne jamais se souvenir après sa nuit. Après l'énumération, la débandade bruyante qui s'ensuivit, le constable demanda à Jeanne très sérieusement :

— *Maybe, you'd prefer the cell*[3] *?*

Mais son œil brillait, l'humour pointait, sa femme lui

1. « Une de plus ! »
2. « Du calme ! »
3. « Peut-être auriez-vous préféré la cellule ? »

donna un coup de coude. Jeanne répondit aussi malicieusement :

— *Maybe*[1] !

Aussitôt dans la chambre sous les combles, elle s'écroula sur le petit matelas qu'on avait installé à son intention dans un coin. Elle ne tarda pas à s'endormir, indifférente aux chuchotis de ses trois colocataires, remerciant le ciel de l'assourdissante diversion qu'ils lui offraient après l'éprouvant épisode de Mrs Bennett.

La petite Mary avait été chargée de lui montrer le chemin pour retrouver la grand-route en direction de Cranbrook. De là, Jeanne continuerait jusqu'à l'endroit indiqué par Mrs Bennett. Dans moins de trois jours de marche, elle allait retrouver son père. Interrogée par le constable, elle s'était montrée très succincte dans ses explications : une vague parenté à retrouver, la perspective d'un travail, bien qu'il lui en coûtât de ce mensonge pieux après un tel accueil. Le constable ne lui en demanda guère plus, lui nota les villages à traverser sur un papier à en-tête de la police, tandis que sa femme lestait son sac de petits pains encore chauds, de quelques tranches de porc froid et d'un morceau de fromage.

Un pot à lait à la main, Mary courait devant, sa longue jupe battant ses jambes frêles. Elle devait, avant de laisser Jeanne au croisement, passer à la ferme. Il leur fallut traverser une multitude de champs, ouvrir

1. « Peut-être bien ! »

nombre de barrières, s'enfoncer dans la boue, refermer les barrières. En chemin, elles croisèrent des gamins qui sifflèrent sur leur passage.

— *Ouh, copper' kids*[1] *!*

Imperturbable, la petite fille regardait droit devant elle, accéléra le pas ; ses jambes semblaient tricoter sous elle tant elle marchait vite. Jeanne avait quelque difficulté à la suivre. Devant la ferme, Mary montra le panneau qui indiquait Cranbrook, salua Jeanne d'un mouvement sec du menton, continua son chemin au milieu des oies qui gardaient l'entrée. Petite chose tremblante et volontaire, elle traversa cette marée de volatiles qui battaient des ailes et claquaient du bec, son pot à lait sur la tête maintenu d'une main, tandis que de l'autre elle protégeait ses mollets.

Jeanne traversa Cranbrook sans s'arrêter, retrouva la campagne. Les fermes, les cottages se succédaient. Au flanc d'un coteau, elle observa une pause, embrassa le paysage : un enchevêtrement de carrés, de rectangles, de triangles insolites de toutes les nuances de vert, sertis de bosquets, de futaies où pointaient de loin en loin les capuchons blancs des houblonnières. Paysage tellement semblable à l'aquarelle du pub. La vision de Maïté lui revint à l'esprit, la conforta dans sa quête : la vieille *pillaouer* n'avait-elle pas parlé de ces étranges maisons, n'avait-elle pas affirmé qu'un homme la consolerait de l'autre côté de la mer ? Jeanne n'était plus qu'à quelques dizaines de miles de cet homme-là. Elle n'arrêta sa marche qu'à la nuit tombée, avisa un

1. « Enfants de flic ! »

petit bois, mangea ce qui lui restait des largesses de la femme du constable, dormit – mal – contre une souche d'arbre, se réveilla grelottante, sale, affamée, mais repartit presque aussitôt.

La faim la fit s'arrêter vers midi dans une épicerie, prendre sur le pouce une tourte aux oignons, reprendre la route tout en dévorant. Elle avançait à l'aveugle, tant le but lui paraissait proche, indifférente à tout ce qu'elle pouvait croiser. Son rythme fut tel que, la deuxième nuit, elle parvint à destination. Le village d'Headcorn dormait à la lueur des becs de gaz qui éclairaient étrangement la rue principale. Mrs Bennett lui avait expliqué le chemin qu'elle avait encore à parcourir après les dernières échoppes, pour trouver la maison de son père, l'exploitation. Le dernier mile, ses souliers sur le chemin résonnaient jusque dans sa tête, à moins que ce ne fût son cœur. Elle était épuisée, et pourtant l'excitation, l'angoisse continuaient de la tenir éveillée. Quelques habitations dispersées étaient autant de points lumineux dans la nuit. Par deux fois, elle manqua tomber dans les fossés boueux.

Au détour d'un chemin, sous la lune, se détacha la silhouette massive des doubles cônes d'une houblonnière que reflétait un étang. A côté, la maison à colombages, demeure de son père. Tout correspondait rigoureusement à la description de Mrs Bennett. Jeanne s'immobilisa. Aucune lumière, pas de signe de vie. Le silence lui-même était impressionnant, à peine troublé par une brise timide qui faisait grincer la girouette sur le toit pointu, frémir les jonquilles au bord de l'eau. Jeanne craignait, rêvait que la porte s'ouvrît. Elle n'avait plus la notion du temps, resta postée – à bonne distance toutefois – un long moment, une heure, peut-être deux, à l'affût d'un mouvement. Pourtant, au moindre craquement dans les fourrés, au plus léger envol d'oiseau, elle s'accroupissait pour se soustraire aux éventuels regards. Elle résolut d'attendre le matin pour frapper à la porte. Le ventre vide, elle s'enfonça dans un champ voisin à l'abri d'un talus, s'allongea dans l'herbe humide et froide, resta quelques minutes à imaginer le dialogue avec son père le lendemain, sa joie de la retrouver. Le sommeil la faucha alors qu'elle souriait, le nez pointé vers les étoiles.

29

Une désagréable petite pluie gouttant des buissons directement dans son cou réveilla Jeanne à l'aube. Il lui fallut quelques secondes pour réagir, s'étirer, constater les courbatures dans le cou, le dos. Le ciel plombé, lourd, semblait raser la ligne des champs. A quelques centaines de mètres de son poste d'observation s'étendait une vaste surface plantée de hauts piquets espacés au pied desquels commençaient à s'entortiller les jeunes plants feuillus de houblon. Une charrette passa de l'autre côté du talus, la fit se lever d'un bond, inquiète de la possibilité d'avoir manqué son père. Déjà l'attelage s'éloignait. Avant que le premier bois ne les dérobe à sa vue, Jeanne entrevit la silhouette de deux femmes, poussa un soupir de soulagement.

La maison ne semblait pas plus vivante que la veille. Au jour, elle paraissait de dimensions encore plus impressionnantes, avec son étage sous un lourd toit de tuiles, son torchis peint à la chaux, ses poutres sombres. Une porte claqua. Le bruit parvint atténué, il devait provenir de l'arrière de la maison. Jeanne s'approcha pour trouver un angle de vision plus large, aperçut vaguement le haut d'une tête brune derrière le mur qui protégeait toute la façade arrière de la bâtisse, rebroussa chemin à la pensée soudaine que son père pût la voir dans l'état de saleté qu'elle traînait depuis la veille. Elle n'osa pas aller près de l'étang, de là on eût pu la voir de tous les côtés, avisa un creux du chemin que la pluie avait rempli, s'y plongea les mains, se frotta le cou, le visage, remit un peu d'ordre dans ses cheveux, sourit à l'idée qu'il aurait quelque difficulté à la reconnaître sans sa tresse, épousseta sa veste froissée.

Un bruit de voix accéléra les battements de son cœur. Même de loin, elle en reconnut la tessiture grave. Ses jambes, son corps se mirent à trembler. Elle prit une grande respiration, fit quelques pas. Il ne pouvait la remarquer ; en revanche, elle pouvait le voir et resta quelques minutes à l'observer, à le retrouver. Il était tel qu'en son souvenir. Le cheveu plus gris peut-être, les épaules aussi larges. La distance ne permettait pas de détailler ses traits précisément, mais tout lui revenait : le pli entre les sourcils, les mains rudes, la démarche, le port de tête. Elle eût aimé se précipiter, lui sauter au cou, suivre à la lettre le scénario qu'elle avait maintes fois écrit dans son imagination, mais continuait de le regarder, de le réapprendre. Il s'activait dans la cour, allait de la houblonnière à la grange, sortit une charrette, l'attela. Le cheval fouillait dans ses poches tandis qu'il lui flattait l'encolure. Il lança plusieurs outils à l'arrière de l'attelage. Il ne tarderait pas à partir. Qui sait, peut-être pour la journée ? La perspective d'avoir à l'attendre encore était au-dessus de ses forces. Elle repéra la seule sortie possible pour la charrette aux traces de roues dans la boue, s'y posta, dissimulée par une haie.

Lorsque les naseaux pointèrent, Jeanne sortit de sa cachette, le cœur battant. Le cheval hennit, affolé, prêt à se cabrer. Surpris, furieux, son père tira sur les rênes. Sur le point de crier. Elle l'arrêta :

— Papa !

Il hésita un court instant, examinant le visage, le regard de Jeanne, dans les moindres détails, pour essayer d'y retrouver des traits connus, lâcha du bout des lèvres, comme s'il avait un goût amer dans la bouche :

— Jeanne ?

Un frisson la parcourut, elle sentit soudain tous ses muscles, ses mâchoires se tendre. Le sourire, l'explosion de joie qu'elle avait attendue, dont elle avait rêvé pendant huit ans, ne vint pas. Au lieu de cela, une espèce de grimace gênée.

— Qu'est-ce que tu fais là ? demanda-t-il d'une voix atone.

Simple question d'usage à une vague relation, que l'on croise par hasard et qu'on oublie aussitôt.

Jeanne n'avait plus de salive quand elle répondit :

— Je voulais te voir.

— Je n'ai pas le temps…

Sa réponse lui fit l'effet d'un coup de fouet.

Déjà il s'énervait, regardait au loin, montrait qu'il avait à faire, que Jeanne le retardait, qu'il était au regret, que ce n'était guère le moment.

— Une autre fois ? hasarda Jeanne sans grand espoir.

Une voix haut perchée, encore lointaine, le fit regarder vers la maison. Il rougit, bredouilla quelques paroles incompréhensibles. La voix s'approchait, devint audible :

— *Daddy !*

Tétanisée, Jeanne sentit une coulée de sueur froide dans son dos. Sa main se crispa sur l'encolure du cheval.

— Je crois qu'il vaut mieux que tu t'en ailles, lui dit son père.

Elle se sentait incapable de bouger, mais le regretta en voyant une petite fille, d'environ six ans, grimper sur le marchepied, s'accrocher au cou de son père, déjà prête à monter sur ses genoux, désigner Jeanne de ses grands yeux bleus écarquillés, et demander avec un léger mépris :

— *Daddy, what's going on ? Who is she*[1] *?*

— *Jan* – qu'il prononça « Jeanne » –, *go and see mummy*[2].

Il l'embrassa, la déposa à terre d'une main ferme, lui intima de rentrer.

— *It's nothing important*[3], *go and see mummy !*

On sentait la petite fille encore indécise. Au geste impatient de son père, elle fila sans demander son reste, fut bientôt happée par la haie, ne demeurait que

1. « Papa, qu est-ce qui se passe ? Qui c'est, celle-là ? »
2. « Va voir maman. »
3. « Rien d'important. »

le sillage blond d'une longue tresse disciplinée qui lui battait les reins.

Jeanne se demandait dans quel recoin de son esprit elle avait puisé la force nécessaire pour tourner les talons, reprendre le chemin en sens inverse. Elle n'avait aucun souvenir des minutes qui avaient suivi, simplement qu'elle avait marché en aveugle, avec ce *nothing important* qui lui résonnait aux oreilles, lui tambourinait dans la tête à l'en faire éclater. Bien malgré elle, elle eut un léger ricanement. L'accent de son père ne s'était pas amélioré !

Ses pieds avançaient, sans qu'elle les commande ; elle n'était plus que cet automate qui venait de dépasser Headcorn, qui continuait droit devant, les yeux secs, qui remontait le temps, une incommensurable rage au ventre. Au fil des kilomètres, la nausée monta. Devant le panneau qu'elle avait lu la veille avec tant de joie, la nausée fut la plus forte. Elle s'écroula, vomit son chagrin en gros hoquets. Essoufflée, épuisée, affamée, elle se remit en route, avisa un petit chemin qui descendait entre deux bosquets, le suivit.

Un cours d'eau serpentait en contrebas, elle en apercevait les reflets argentés, lorsque les nuages laissaient quelque répit au soleil. Elle s'assit au bord de l'eau, sous les branches semblables à des doigts griffus d'une rangée d'ormes, trempa le plat de la main dans l'eau glacée. Sans réfléchir plus avant, elle commença à se dépouiller de ses vêtements un à un ; nue, elle entra doucement dans l'eau, suffoquant sous le froid qui enserrait ses jambes, ses cuisses, son ventre, son buste au fur et à mesure de son avancée. Quand ce fut le tour de ses épaules, elle prit une profonde inspiration, plongea la tête dans le courant, au milieu des longues herbes qui la frôlaient, fermant les yeux pour ne pas apercevoir l'ombre furtive d'un animal, d'un serpent d'eau. Elle retint sa respiration le plus longtemps possible, le sang battait contre ses tempes, constata qu'il était finalement très simple de continuer à se laisser porter ainsi, sans plus réfléchir, les membres engourdis, la tête et le corps légers. Le départ la tenta, elle fléchit les genoux, laissa aller ses bras, puis, mue par un sursaut qu'elle n'avait pas maîtrisé, d'un coup de talon, elle émergea, au bord de l'asphyxie, les cheveux dans les yeux. Vaguement déçue. La brise l'enroba dès sa sortie de l'eau, lui fouettant, lui rougissant la peau. Malgré le froid, elle s'allongea dans l'herbe ; le soleil perçait entre les arbres, les rayons chargés d'une infinité de poussières dansantes.

Elle avait espéré se laver de tout souvenir, les laisser flotter au fil de l'eau. Il n'en était rien. La voix de son père continuait de vibrer autour d'elle. Dire qu'il l'avait rappelée – bien mollement –, lui avait crié à cause de la distance qu'elle avait commencé à mettre entre eux :

« Attends… Jeanne, il faut me comprendre. Je ne pouvais pas faire autrement… »

Elle eût préféré ne pas en entendre plus, en rester à l'horrible et grandement suffisant *nothing important*. Non, il avait fallu qu'il ajoute un autre coup de couteau, qu'il agrandisse encore un peu plus la plaie. Il était heureux qu'elle n'ait pas vu son visage au moment où il prononçait sa phrase ridicule : cela ne l'empêchait pas de l'imaginer, pitoyable et larmoyant sur lui-même, tandis que ses épaules se soulevaient, que ses paumes se tournaient vers le ciel, toutes pleines de son impuissance.

Les nuages avaient envahi le ciel, elle se rhabilla en hâte, fouillant dans le désordre de son sac à la recherche de quelque chose de propre, ou qui du moins ne lui évoquerait pas cette journée. Elle fit une boule des vêtements de la veille, résolue à les jeter dans le premier bûcher venu.

30

Jeanne et Job

Début avril 1914

L'interminable voyage de retour fut supportable pour Jeanne dès qu'elle eut l'assurance qu'au bout de sa route, sur le quai de Saint-Malo, Job l'attendrait. A Ashford, elle trouva le premier bureau de poste important, dut batailler pour faire comprendre qu'elle voulait téléphoner en France et se trouva, sans bien comprendre les mécanismes du progrès, en communication – presque – directe avec Jeanne Guerch, à Roscoff, dont la voix déformée la fit éclater en sanglots. Depuis l'entrevue avec son père, c'était la première fois. Le déluge fut long ; au bout du fil les « allô, allô » alternaient avec les « ya, ya » bretons. La patience de Jeanne Guerch n'était pas sa qualité première, elle allait raccrocher quand Jeanne se ressaisit ; elle se moucha bruyamment, et, quelques derniers hoquets dans la voix, hurla son message pour Job, veillant à répéter trois fois la date d'arrivée du bateau tant elle craignait de ne pas être entendue.

Après cela, la traversée de la moitié est de l'Angleterre, à pied, en carriole quand des âmes compatissantes s'arrêtaient pour la prendre, en train, lui parut agréable, parfois même magnifique : le printemps avait mis la campagne en fleurs dans une dominante de rose, de jaune et de vert. Dans sa hâte de rentrer, elle ne fit même pas un détour par Brighton, pour y revoir André, s'en voulut, se promit de lui écrire :

— Je le retrouverai en juillet de toute façon, quand je reviendrai !

Elle avait parlé tout haut, se rendit compte qu'elle venait d'envisager une seconde saison, sans y avoir jamais pensé auparavant. L'idée lui trotta dans la tête, finit par s'imposer. Elle venait à peine d'embarquer, jetait un dernier regard sur Southampton qui disparaissait dans la brume du petit matin, quand la décision devint certitude. Sa traversée s'allégea d'un coup. L'angoisse ne revint que beaucoup plus tard, à quelques encablures de Saint-Malo. Une peur irraisonnée la saisit, la fit monter sur le pont, se refuser à retourner dans sa cabine inconfortable mais abritée de troisième classe. Les mains crispées sur le bastingage, elle sentit son inquiétude redoubler en apercevant le phare du Grand Jardin ; la mer était calme, la proue du steamer amorça sans encombre la passe de la Petite Porte. Malgré cela, Jeanne claquait des dents, l'œil rivé aux rochers, l'oreille à l'affût du moindre craquement.

Les manœuvres à peine terminées, elle fut la première à quitter le navire, ne vit pas Job tout de suite, se retrouva perdue, bousculée, dans la foule qui attendait. Un coup d'épaule fit tomber son sac au milieu d'une marée de pieds prêts à tout piétiner, elle se baissa, le temps qu'elle se relève… Job était là. Elle s'abattit contre lui sans un mot, colla son visage dans sa veste, laissa libre cours à toutes les larmes qu'elle avait retenues pendant des jours. Rempart contre la marée humaine qui refluait de tout côté, Job ne bougea pas, la tint serrée contre lui, une main sur ses cheveux, attendant que la vague de chagrin se retire.

Job ne reconnut avoir fait une folie en prenant deux chambres dans l'un des plus grands hôtels de Saint-Malo qu'après deux verres de muscadet bien frais, et une timbale de sole.

— Je me suis dit que tu ne revenais pas tous les jours !

— Quand même ! L'hôtel de l'Univers [1], rien que ça !

Retrouver Saint-Malo n'avait pas été facile. Malgré les années, il semblait à Jeanne que ses souvenirs étaient restés accrochés aux murs de la ville. Tous deux retardaient le moment de parler vraiment, n'en finissaient pas de tourner autour du pot. Le dîner terminé, Jeanne perça l'abcès, entraîna Job pour une promenade nocturne.

— J'ai un rendez-vous, lui glissa-t-elle dès qu'ils quittèrent l'hôtel.

Job ne posa aucune question, comprit que l'heure était importante, s'étonna seulement de voir Jeanne

1. Ouvert en 1860.

avec à la main la fleur qui avait orné leur table. Ils marchèrent en silence, terminé les banalités. Jeanne se repéra sans difficulté, suivit la ligne de remparts jusqu'à l'escalier qu'elle avait gravi un matin de novembre. Au bas des marches, elle se retourna vers Job :

— Peux-tu m'attendre ici, je n'en ai pas pour longtemps.

Elle grimpa quatre à quatre, aussitôt en haut tourna sur sa gauche, sourit en constatant que le chemin de ronde lui arrivait maintenant à hauteur de buste. A gauche la jetée, au loin les îlots. Seule différence avec autrefois : la lumière. Elle ne pouvait trouver mieux que cette obscurité trouée d'étoiles pour clore un chapitre de sa vie. Sur la pointe des pieds, elle s'accouda à la pierre, lança la fleur déjà fanée dans le vide. Avec, au cœur, l'idée saugrenue de remercier son père pour son ultime trahison. Il lui avait facilité la tâche. Elle pouvait enfin s'en détacher, le détester, plus sûrement en avoir pitié.

Son père n'était pas celui qu'elle avait surpris dans un quotidien qui ne la concernait pas. Ce n'était pas cet inconnu incapable de prononcer les mots qu'elle avait attendus si longtemps. Son père était quelqu'un d'autre. Quelqu'un de *very important*. Quelqu'un qui, un jour de novembre 1905, avait disparu dans les eaux froides de Saint-Malo.

Job attendait au bas des marches, nota le changement pourtant imperceptible dans la démarche de

Jeanne, sa façon de se tenir, de redresser les épaules, de relever la tête.

Il était temps de raconter, Job n'eut pas besoin de poser des questions. Jeanne livra tout jusqu'à la rencontre de Headcorn, termina par ce qui l'avait tenue éveillée si longtemps :

— Comment a-t-il pu ?

— Je ne suis pas certain qu'il le sache lui-même, répondit-il. Comment peut-on faire souffrir ceux qu'on aime ? On le fait et c'est tout. Aucune explication à cela. Même si tu en avais, elles ne t'apaiseraient pas car elles ne seraient pas ce que tu attends.

— Mais, quand j'étais petite, il m'aimait, non ? demanda-t-elle.

— Sans doute, peut-être même est-il en train de se rendre compte qu'il t'aime encore ; il a refermé une porte il y a longtemps, n'a plus voulu la rouvrir. Ses raisons lui appartiennent. Toi, tu as essayé de rentrer par la fenêtre. Il n'était pas prêt. Peut-être le sera-t-il un jour ?

— Tant pis pour lui ! Moi je ne passerai plus jamais par sa fenêtre.

— Qui sait ? murmura Job, songeur.

Mais Jeanne voulait trancher :

— Je le sais, je t'assure. Je ne veux plus le revoir. A quoi bon ? Rien ne pourra effacer ce moment. Même le plus grand des pardons. Il a choisi de m'oublier.

Un point continuait de la tracasser :

— On peut aimer et faire souffrir ?

Job soupira :

— La vie t'apprendra que c'est le b.a.-ba de

l'amour... On aime, on fait souffrir, on souffre soi-même. C'est lié, on ne sait pas pourquoi, mais c'est lié.

— Alors à quoi ça sert d'aimer ?

— A rien... Ça ne *sert* à rien. C'est juste l'essentiel de la vie, comme respirer. Ce n'est pas fait pour servir à quelque chose. On aime...

— Et c'est tout, acheva-t-elle. Souffrir, c'est... c'est obligé ?

— A un certain degré. Eh oui, c'est vendu avec ! Mais, rassure-toi, la souffrance est parfois délicieuse. C'est le nœud qui te tord l'estomac quand quelqu'un te manque, c'est la tête qui tourne quand tu le vois arriver au loin, c'est ton cœur qui cogne quand il part, ton cœur qui cogne quand il revient...

— Oh, ça me rassure, c'est certain ! dit Jeanne en riant.

— Tu ne voudrais pas que ça t'arrive ? risqua Job, l'air de rien.

Elle répondit vite, sans réfléchir :

— Si j'étais certaine de ne pas souffrir, je dirais oui.

Elle sembla hésiter, se reprit :

— Finalement, même si je souffrais, je crois que je laisserais la porte ouverte.

Elle sourit, énigmatique :

— Il se pourrait bien que quelqu'un ait voulu déjà entrer par la fenêtre... je n'étais pas prête.

— Et maintenant ?

Jeanne éclata de rire.

— J'espère qu'il va avoir l'idée de pousser la porte, plus besoin de passer par la fenêtre !

Au creux de son rire, soudain, elle regarda Job dans

les yeux, posa sa main sur la sienne, la serra, demanda :

— Est-ce que tu crois à ce que racontent les *pillaouer* ?

— Tu as toujours de ces questions, toi alors ! Non, enfin… oui, je n'en sais fichtre rien.

— Tu devrais !

Restait une seule question sans réponse. Celle-là n'était pas destinée à Job.

31

— Tu le savais, n'est-ce pas ?

Ida ferma les yeux. Jeanne vit les mains de sa mère se recroqueviller sur elles-mêmes, le pli se creuser sur son front. En neuf mois, ses cheveux avaient entièrement blanchi. Ida l'avait accueillie avec sa froideur habituelle, ajoutant juste un étonnant « mon chéri » à son bonjour. La première marque de tendresse depuis des années. Mais elle n'avait fait que frôler sa joue en l'embrassant. La distance était toujours là. Ida semblait en attente, ne parut pas surprise par la question de Jeanne, comme si elle avait toujours su qu'un jour il lui faudrait y répondre. Le regard de sa fille lui fit clairement comprendre que le moment était venu. Jeanne n'attendit pas longtemps après son arrivée, juste le temps de retrouver la maison, d'aller marcher sur la plage, de jeter son carnet dans le feu, de rester devant les papiers qui doucement disparaissaient dans les flammes, de se tourner vers Ida qui attendait, le dos courbé sur son banc, résignée :

— Tu le savais, n'est-ce pas ?

Le soupir de sa mère fut imperceptible :

— Oui.

— Pourquoi ne m'as-tu rien dit ?

— Jeanne ! J'ai essayé des milliers de fois, tu ne peux pas le nier.

— Non ! Tu n'as pas essayé, tu m'as traitée de folle, tu m'as...

Ida se leva, comme si elle voulait donner plus de poids encore à ce qu'elle allait dire :

— Crois-tu qu'on puisse si facilement dire à sa propre fille que son père est allé faire sa vie ailleurs, qu'il l'a oubliée... Crois-tu vraiment que l'on puisse dire ça à une enfant persuadée que son père est... est l'homme idéal ? Qu'est-ce que ça aurait changé si je te l'avais dit ? Tu ne m'aurais jamais crue, tu le sais bien.

— J'aurais eu moins mal.

— Tu serais allée là-bas quand même.

Jeanne se mit à crier :

— Oui, mais j'aurais eu moins mal ! Tu entends ça, maman, moins mal !

— Inutile de hurler, dit Ida en faisant les cent pas. Il te fallait aller au bout. Rien n'aurait pu t'en faire démordre de toute façon.

— Depuis quand le savais-tu ?

— Est-il nécessaire de remuer tout ça, tu as eu ta réponse.

— Il me manque celle-là. Je veux savoir. A Saint-Malo, tu savais déjà ?

— Tu as une bien piètre opinion de ta mère. J'aurais fait semblant devant toi, devant Job, devant tout le monde ? Non, je ne savais pas. Mais je ne comprenais pas. On retrouvait tous les corps, sauf le sien. Un disparu, voilà ce qu'il était. Alors, avec le temps, je me suis faite à cette idée. J'étais veuve d'un disparu. Et puis...

Jeanne était suspendue à ses lèvres :

— Et puis ?

— Une lettre est arrivée un jour.

— Une lettre ?

— Oui, ironisa Ida, celle-là, tu ne l'as pas trouvée ! Je l'ai cachée dès que le facteur me l'a donnée. J'aurais peut-être mieux fait de la brûler comme tu viens de le faire de tous ces papiers, pour en finir avec tout ça, mais quelque chose m'a retenue. L'envie que tu comprennes enfin un jour... ?

Tout en parlant, Ida était montée sur le banc-coffre devant le lit clos ; elle passa la main sur le haut du meuble, extirpa de la poussière une enveloppe jaunie.

— Il t'avait écrit ? demanda Jeanne, incapable de prononcer le mot « papa », tant il lui écorchait la bouche.

— Non, pas lui, crois-tu qu'il aurait eu ce courage ?

Ida vint se rasseoir, tendit la lettre à Jeanne.

— Une certaine madame Bennett. Lis toi-même.

Ashford
Mai 1908

Madame,

Vous trouverez ma démarche sans doute inopportune, j'en conviens. Sachez que j'ai longtemps hésité avant de vous écrire, je pense cependant qu'il est de mon devoir de vous apprendre que monsieur Louis Querrien est vivant, sous le nom de monsieur Lewes. J'ai eu l'occasion de le rencontrer à plusieurs reprises, et de l'aider aussi – financièrement s'entend – à ouvrir son exploitation. Elle est maintenant prospère. Monsieur Lewes-Querrien avait jugé bon de me confier son passé, sur lequel il semble avoir tiré un trait. Il vit maintenant à Headcorn, j'ai le regret de vous annoncer qu'il a refait sa vie et qu'à ma connaissance il aurait une fille. Croyez bien que je déplore d'avoir à vous l'apprendre, mais, si je m'en ouvre à vous, c'est pour rassurer une famille qui a dû pleurer un des siens…

— Quelle vipère ! lança Jeanne en jetant la lettre au feu. Ça ne m'étonne pas d'elle !

— Comment ça ?

— Je l'ai rencontrée. Les gens disent qu'elle est folle. Elle est tout sauf folle. Aigrie serait plutôt le mot. Elle dit qu'elle l'a aimé… Tu parles ! Elle regrette son argent plutôt !

Elles laissèrent passer un long moment silencieux. Ida raviva le feu, jeta par-dessus son épaule :

— Tu as fait tout ça pour le retrouver ?

— Je suppose que, s'il avait été au bout de la terre, j'y serais allée tout aussi bien.

— Il en a de la chance, lâcha Ida, les yeux dans les flammes.

Jeanne se raidit :

— Il ne tenait qu'à toi, maman !

Le tisonnier à la main, Ida se retourna :

— C'est trop tard ?

— Je ne sais pas, je ne sais vraiment pas.

Jeanne nota pour la première fois de sa vie le regard humide, défait, de sa mère.

— On peut peut-être essayer ? souffla Ida.

32

Santec
Août 1914

Le soleil s'immisçait dans la grange. Il obligea Jeanne à ouvrir un œil. Appuyé sur un coude, Fanch la regardait. Elle se redressa. La paille crissait sous elle. Elle avait chaud, des brins s'étaient glissés jusque dans ses cheveux, qu'elle ébouriffa.

— Je croyais qu'il était très tôt. On va être en retard !

— En retard pour quoi ?

— Je dois aller signer mon contrat avec le master. Si je ne le signe pas aujourd'hui, je manque la saison. Je suis la dernière, je parie que, toi, tu l'as déjà fait.

— Moi, il y a belle lurette, dit-il en s'étirant.

Jeanne ne l'écoutait plus, voulut se relever. Il l'en empêcha d'un effleurement sur la hanche, la maintint prisonnière, les deux bras tendus au-dessus de sa tête :

— Oh là ! Je ne te laisse pas partir comme ça !

Jeanne eut un petit rire ironique :

— Que faut-il de plus ?

— Si tu me le demandes...

Il chercha à l'embrasser ; moqueuse, elle détourna sa bouche, soupira :

— Je t'assure qu'il faut que j'aille signer !

— Et moi, je t'assure que nous avons quelque chose de bien plus important à faire.

— Je le savais ! Je le savais !

Fanch fronça un sourcil, desserra son étreinte :

— Tu savais quoi exactement ?

— Que tu ne voulais pas que je continue à être johnny !

Il prit soudain un air grave :

— Qu'est-ce que tu racontes ?

— La vérité ! Tu voudrais que je t'attende bien sagement, pendant que tu iras faire le joli cœur en Angleterre avec toutes tes clientes.

— Tu ne vas pas recommencer avec ça !

— Mais si, monsieur, je vais recommencer ! Tant pis pour vous, car non seulement je ne vais pas vous laisser aller tout seul en Angleterre, mais en plus je vous surveillerai tous les jours, à quelques pas derrière vous...

Jeanne avait essayé pendant toute sa tirade de garder son sérieux, mais, à peine le dernier mot prononcé, elle éclata de rire :

— Mais non ! J'ai confiance ! Seulement j'ai vraiment envie de repartir. Alors il faut que tu me laisses aller...

Avec une lenteur appuyée, les yeux dans ceux de Jeanne, Fanch remonta doucement la main le long de sa chemise, froissa le tissu, effleura la peau qu'il dénudait au fur et à mesure. Jeanne ne bougeait plus. Son souffle s'était ralenti, comme si elle anticipait chacun des mouvements de Fanch. Il suspendit son geste, chuchota :

— Qu'est-ce que tu attends ? Je croyais que « tu avais vraiment envie de repartir » ? Je te laisse aller pourtant...

Il reprit sa caresse, frôla le ventre, vit le frisson qui montait sous ses doigts, les yeux qui chaviraient, les lèvres qui s'entrouvraient. Il fit suivre à sa bouche le même chemin qu'à la paume de sa main. La lente descente s'amorçait, gourmande pour lui, douloureusement impatiente pour elle. Le corps de Jeanne s'arqua dans un gémissement. Elle répondit bientôt à sa caresse, fit couler ses doigts sur les reins nus de Fanch.

Le bourdonnement lointain des cloches interrompit soudain les lèvres de Fanch. Au plus profond de son plaisir, Jeanne retint sa respiration. Ce n'était pas l'habituel tintement qui appelait à l'office, plutôt un égrènement lancinant, sinistre, qui emplissait la grange, la ferme, les alentours, continuait inlassablement, impitoyablement. Ils se soulevèrent tous les deux.

Le premier, Fanch fut debout, jeta un œil dehors. La campagne commençait à se colorer d'une multitude de silhouettes jaillies des maisons, des champs, des fermes.

Ce 3 août 1914, le tocsin résonna jusqu'au soir sur Santec et les environs.

Epilogue

Santec
Fin août 1919

Job la sentait approcher depuis quelques jours. C'était donc ça. L'heure était venue. Il avait fait mine de l'oublier, mais la miséricorde de Dieu n'avait qu'un temps. Un très court temps. Juste le temps que le Très-Haut se rende compte qu'il avait trop donné, qu'il était temps de reprendre. Son prénom était prédestiné. Il soupira.

— Allons, puisqu'il faut en passer par là !

Une étrange odeur montait de la terre. Un parfum qu'il aurait reconnu entre tous, resté tapi derrière l'humus, les feuilles mortes proches de la décomposition dans les sous-bois. Derrière les bruyères sèches de la lande, les fanes de blé après la moisson. Derrière l'iode qui rôdait toujours dès que le vent venait de la mer. Sa vie s'était résumée à quelques odeurs, mais celle qui revenait maintenant à ses narines n'avait rien à voir avec les autres si quotidiennes, si habituelles.

Non, celle-ci venait de beaucoup plus loin.

Il la reconnut aux picotements sous les paupières. Les larmes étaient toutes proches. Le vieux réflexe qui l'avait laissé tranquille tant d'années refaisait surface. L'odeur de lait. Azur l'attendait. Il sut que le moment de la rejoindre ne tarderait plus à la douleur foudroyante qui lui coupa le souffle. La sensation que quelqu'un lui enserrait la poitrine dans un étau, comprimait à plaisir les deux mâchoires contre son thorax, serrait toujours. Job guettait le moment où il entendrait ses côtes craquer comme une branche de bois sec chargée de lichen. Il voulait résister encore un peu avant de se laisser couler doucement. L'insupportable supplice l'avait jeté à terre, fait se recroqueviller sur lui-même comme un bébé, là au milieu des caillasses. Un peu trop à l'écart du chemin. Il fallait qu'on le retrouve facilement, que son corps ne reste pas à pourrir plusieurs jours sans qu'on le découvre. Que Jeanne ne sache jamais qu'on avait dû le chercher. Elle avait tant cherché. Il remercia le ciel de lui avoir accordé de s'en aller alors qu'elle était au loin, qu'elle avait retrouvé l'amour, que Fanch était revenu à ses côtés… « après cette bon Dieu de guerre ».

— Pardon, Seigneur, mais on vous a maudit pendant ces quatre années, moi peut-être encore plus ! C'était pitié de la voir pleurer, la petite, à attendre son Fanch. Comme si elle avait pas assez pleuré toute sa vie. Je crois que, si vous le lui aviez enlevé, je vous l'aurais jamais pardonné. Vous avez bien fait de le lui rendre, même cassé par les horreurs qu'il a vues là-bas. La petite saura lui redonner le sourire, je lui fais confiance, elle a bien su pour moi. Aujourd'hui aussi vous faites bien. Vous êtes finaud : vous avez attendu qu'ils recommencent la saison tous les deux pour m'appeler. Ils sont bien là-bas, de l'autre côté de la mer. Si heureux d'avoir pu recommencer. Ils sauront bien assez tôt, allez ! Et puis je compte sur vous : le temps se chargera d'atténuer leur tristesse.

Lui aussi avait eu son temps. D'autres prenaient la suite. C'était dans l'ordre des choses. La logique même. Il revit le corps de Madeleine, ses bras qui l'enserraient avec tant de douceur. Ses mains sur lui. Leurs duos partout. Il souhaitait à Jeanne de vivre cette même fusion, sans le chagrin qui avait trop souvent présidé à ces embrasements. Il la laissait entre de bonnes mains, des mains qui sauraient la consoler. Lui ferait désormais partie de son passé ; il espérait simplement qu'il n'irait pas rejoindre Louis dans ses souvenirs, comme dans un vieux sac de toile. Qu'elle le rangerait à part. Une place rien que pour lui. Que ses souvenirs seraient gais. Comme les fous rires qu'ils avaient partagés.

Il rampa sur le sol, s'égratignant aux cailloux. La sueur lui coulait jusque dans le cou. S'aidant de ses coudes repliés, il essaya de tirer la masse de son corps si lourd. Se mettre juste dans le chemin. Il fallait qu'il en ait encore la force. C'était tout ce qu'il pouvait offrir à Jeanne. Le minimum vital. Le mot le fit rire, gémir de douleur à la fois. Vital, c'était bien le moment ! Offrir cela à Jeanne, elle qui, sans le savoir jamais, l'avait aidé à se relever, avait éloigné les démons.

— Et ce foutu étau ! Vas-tu me lâcher, j'ai compris,

je vais venir, donne-moi encore deux minutes. Je n'en demande pas beaucoup, juste deux petites minutes. Qu'est-ce que c'est pour toi ?

Dans un dernier effort, Job atteignit le chemin, souffla un peu. Il lui restait une dernière chose à faire. Se retourner, ne pas finir le visage dans la poussière, malgré la morsure, malgré la torture dans la poitrine.

Se mettre face vers le ciel.

Il ne demandait plus rien d'autre. L'odeur de lait lui emplit les narines. Il regarda une dernière fois vers les nuages…

Azur. Azur et ses nuages. Ses merveilleux nuages…

Bibliographie

Archives de Bretagne, éditions Balland.
Bateman's, The National Trust.
Brighton and Hove, Francis Frith Collection.
Finistère Nord, Guides Gallimard.
Histoire de la langue bretonne, Fanch Broudic, éditions Ouest-France.
Johnniged an Hilda, Naig Rozmor, éditions Ar Vro Bagan.
La Vie quotidienne des paysans bretons, Yann Brekilien, Hachette.
Le Cheval d'orgueil, Pierre Jakez Hélias, Pocket.
Le Monde des johnnies, Gwyn Griffiths, éditions Le Télégramme.
Les Léonards dans leurs meubles, éditions Le Télégramme.
Les Pierres des portes, Yves Dufeil.
Micheriou Koz, « Les Vieux Métiers de Bretagne », n° 3, juin 2003.
Tess d'Urberville, Thomas Hardy, Le Livre de poche.
Voices of Kent and East Sussex Hop Pickers, Hilary Hefferman, éditions Tempus.

Remerciements

Que tous ceux et celles qui me suivent soient doublement remerciés pour le soutien, l'amitié, les conseils ou informations précieuses, voire l'aide logistique, qu'ils m'ont prodigués.

Un merci tout particulier à Peter et Marguerite-Marie Gloudstone pour les réponses à toutes mes questions concernant la partie anglaise de ce livre.

A Jean Failler, mon premier lecteur

Merci à :

Paul Caroff et sa femme

Yves Dufeil

Naïg Rozmeur

Véronique Goncalves de la Maison de johnnies à Roscoff

Fanch Broudig

George et Gonthier Fiederici, Fabienne Kervarec,

Philippe Gallouedec, Monique Le Mez et la Brittany Ferries

Gilles Millot

La tresse de Jeanne

La villa Tri Men à Sainte-Marine

Martine Boulo, descendante d'un des survivants de l'*Hilda*

Lili Le Bouédec

Catherine Perrut, Brigitte Bécaert, Gildas Le Saux, Gilbert Molina, Geneviève Thomas, Anne Tréguer, Christine Le Coz, Anne Marine, Christel, Brigitte, Arlette... tous ceux et celles qui de près ou de loin m'ont encouragée.

Merci à Arthur et Victor pour leur infinie patience...

PRODUCTION JEANNINE BALLAND
Romans « Terres de France »

Jean Anglade
Un parrain de cendre
Le Jardin de Mercure
Y a pas d'bon Dieu
La Soupe à la fourchette
Un lit d'aubépine
La Maîtresse au piquet
Le Saintier
Le Grillon vert
La Fille aux orages
Un souper de neige
Les Puysatiers
Dans le secret des roseaux
La Rose et le Lilas
Avec le temps…
L'Ecureuil des vignes
Une étrange entreprise
Le Temps et la Paille
Les Ventres jaunes
Sylvie Anne
Mélie de Sept-Vents
Le Secret des chênes
La Couze
Ciel d'orage sur Donzenac
La Maîtresse du corroyeur
Un horloger bien tranquille
Un été à Vignols
Jean-Jacques Antier
Tempête sur Armen
Marie-Paul Armand
La Poussière des corons
Le Vent de la haine
La Courée
tome I *La Courée*
tome II *Louise*
tome III *Benoît*
La Maîtresse d'école
La Cense aux alouettes
L'Enfance perdue
Un bouquet de dentelle
Au bonheur du matin
Le Cri du héron
Le Pain rouge
Victor Bastien
Retour au Letsing
Henriette Bernier
L'Enfant de l'autre
L'Or blanc des pâturages
L'Enfant de la dernière chance
Le Choix de Pauline
Françoise Bourdon
La Forge au Loup
La Cour aux paons
Le Bois de lune
Le Maître ardoisier
Les Tisserands de la Licorne
Le Vent de l'aube
Les Chemins de garance
Patrick Breuzé
Le Silence des glaces
La Grande Avalanche
Nathalie de Broc
Le Patriarche du Bélon
La Dame des Forges
Annie Bruel
Le Mas des oliviers
Les Géants de pierre
Marie-Marseille
Michel Caffier
Le Hameau des mirabelliers
La Péniche Saint-Nicolas
Les Enfants du Flot
La Berline du roi Stanislas
La Plume d'or du drapier
L'Héritage du mirabellier
Jean-Pierre Chabrol
La Banquise
Claire Chazal
L'Institutrice
Didier Cornaille
Les Labours d'hiver
Les Terres abandonnées
Etrangers à la terre
L'Héritage de Ludovic Grollier
L'Alambic

Georges Coulonges
Les Terres gelées
La Fête des écoles
La Madelon de l'an 40
L'Enfant sous les étoiles
Les Flammes de la Liberté
Ma communale avait raison
Les blés deviennent paille
L'Eté du grand bonheur
Des amants de porcelaine
Le Pays des tomates plates
La Terre et le Moulin
Les Sabots de Paris
Les Sabots d'Angèle
La Liberté sur la montagne
Les Boulets rouges de la Commune
Anne Courtillé
Les Dames de Clermont
Florine
Dieu le veult
Les Messieurs de Clermont
L'Arbre des dames
Le Secret du chat-huant
L'Orfèvre de Saint-Séverin
Paul Couturiau
En passant par la Lorraine
Annie Degroote
La Kermesse du diable
Le Cœur en Flandre
L'Oubliée de Salperwick
Les Filles du Houtland
Le Moulin de la Dérobade
Les Silences du maître drapier
Le Colporteur d'étoiles
La Splendeur des Vaneyck
Les Amants de la petite reine
Alain Dubos
Les Seigneurs de la haute lande
La Palombe noire
La Sève et la Cendre
Le Secret du docteur Lescat
Marie-Bernadette Dupuy
L'Orpheline du bois des Loups
Les Enfants du Pas du Loup
La Demoiselle des Bories
Le Chant de l'Océan
Elise Fischer
Trois Reines pour une couronne
Les Alliances de cristal
Mystérieuse Manon
Le Soleil des mineurs
Les cigognes savaient
Laurence Fritsch
La Faïencière de Saint-Jean
Alain Gandy
Adieu capitaine
Un sombre été à Chaluzac
L'Enigme de Ravejouls
Les Frères Delgayroux
Les Corneilles de Toulonjac
L'Affaire Combes
Les Polonaises de Cransac
Le Nœud d'anguilles
L'Agence Combes et Cie
Suicide sans préméditation
Fatale Randonnée
Une famille assassinée
Gérard Georges
La Promesse d'un jour d'été
Les Bœufs de la Saint-Jean
L'Ecole en héritage
Le Piocheur des terres gelées
Les Amants du chanvre
Denis Humbert
La Malvialle
Un si joli village
La Rouvraie
L'Arbre à poules
Les Demi-Frères
La Dernière Vague
Yves Jacob
Marie sans terre
Les Anges maudits de Tourlaville
Les blés seront coupés
Une mère en partage
Hervé Jaouen
Que ma terre demeure
Au-dessous du calvaire
Les Ciels de la baie d'Audierne
Guillemette de La Borie
Les Dames de Tarnhac
Le Marchand de Bergerac
Jean-Pierre Leclerc
Les Années de pierre
La Rouge Batelière

L'Eau et les Jours
Les Sentinelles du printemps
Un amour naguère
Julien ou l'Impossible Rêve
Hélène Legrais
Le Destin des jumeaux Fabrègues
La Transbordeuse d'oranges
Les Herbes de la Saint-Jean
Les Enfants d'Elisabeth
Louis-Jacques Liandier
Les Gens de Bois-sur-Lyre
Les Racines de l'espérance
Jean-Paul Malaval
Le Domaine de Rocheveyre
Les Vignerons de Chantegrêle
Jours de colère à Malpertuis
Quai des Chartrons
Les Compagnons de Maletaverne
Le Carnaval des loups
Les Césarines
Grand-mère Antonia
Une maison dans les arbres
Une reine de trop
Une famille française
Dominique Marny
A l'ombre des amandiers
La Rose des Vents
Et tout me parle de vous
Jouez cœur et gagnez
Pascal Martin
Le Trésor du Magounia
Le Bonsaï de Brocéliande
Les Fantômes du mur païen
La Malédiction de Tévennec
Louis Muron
Le Chant des canuts
Henry Noullet
La Falourde
La Destalounade
Bonencontre
Le Destin de Bérengère Fayol
Le Mensonge d'Adeline
L'Evadé de Salvetat
Les Sortilèges d'Agnès d'Ayrac
Le Dernier Train de Salignac
Michel Peyramaure
Un château rose en Corrèze
Les Grandes Falaises
Frédéric Pons
Les Troupeaux du diable
Les Soleils de l'Adour
Passeurs de nuit
Jean Siccardi
Le Bois des Malines
Les Roses rouges de décembre
Le Bâtisseur de chapelles
Le Moulin de Siagne
Un parfum de rose
La Symphonie des loups
La Cour de récré
Bernard Simonay
La Fille de la pierre
La Louve de Cornouaille
Jean-Michel Thibaux
La Bastide blanche
La Fille de la garrigue
La Colère du mistral
L'Homme qui habillait les mariées
La Gasparine
L'Or des collines
Le Chanteur de sérénades
La Pénitente
L'Enfant du mistral
Jean-Max Tixier
Le Crime des Hautes Terres
La Fiancée du santonnier
Le Maître des roseaux
Marion des salins
Le Mas des terres rouges
Brigitte Varel
Un village pourtant si tranquille
Les Yeux de Manon
Emma
L'Enfant traqué
Le Chemin de Jean
L'Enfant du Trièves
Le Déshonneur d'un père
Blessure d'enfance
Louis-Olivier Vitté
La Rivière engloutie
L'Enfant des terres sauvages
Colette Vlérick
La Fille du goémonier
Le Brodeur de Pont-l'Abbé
La Marée du soir
Le Blé noir

Récit « Terres de France »

Albine Novarino
George Sand ou l'Amour du Berry

Biographie

Michel Caffier
Le Découvreur du Mississippi

Collection « Sud Lointain »

Sylvie Anne
L'Appel de la pampa
Jean-Jacques Antier
Marie-Galante, la Liberté ou la Mort
La Dame du Grand-Mât
Le Sixième Condamné de l'Espérance
Erwan Bergot
Les Marches vers la gloire
Sud lointain
tome I *Le Courrier de Saïgon*
tome II *La Rivière des parfums*
tome III *Le Maître de Bao-Tan*
Rendez-vous à Vera-Cruz
Mourir au Laos
Jean Bertolino
Chaman
Fura-Tena
Anne Courtillé
Le Mosaïste de Constantinople
Paul Couturiau
Le Paravent de soie rouge
Le Paravent déchiré
L'Inconnue de Saigon
Les Amants du fleuve Rouge
Le Pianiste de La Nouvelle-Orléans
Les Brumes de San Francisco
Paradis perdu
Annie Degroote
L'Etrangère de Saint-Pétersbourg
Alain Dubos
Acadie, terre promise
Retour en Acadie
La Plantation de Bois-Joli
La Baie des maudits
Elise Fischer
L'Enfant perdu des Philippines
Hubert Huertas
L'Orque de Magellan
Hervé Jaouen
L'Adieu au Connemara
Le Testament des McGovern
Diane Lacombe
L'Hermine de Mallaig
Eric Le Nabour
Orages sur Calcutta
Les Démons de Shanghai
Les Jardins d'Istanbul
Sonia Marmen
La Vallée des larmes
La Saison des corbeaux
La Terre des conquêtes
La Rivière des promesses
Dominique Marny
Du côté de Pondichéry
Les Nuits du Caire
Cap Malabata
Juliette Morillot
Les Orchidées rouges de Shanghai

Michel Peyramaure
Le Pays du Bel Espoir
Les Fleuves de Babylone
Les Tambours sauvages
Le Temps des moussons
Bernard Simonay
Les Tigres de Tasmanie
La Dame d'Australie
Princesse maorie
Jean-Michel Thibaux
La Fille de Panamá
Tempête sur Panamá
La Pyramide perdue
Colette Vlérick
Le Domaine du belvédère

Romans

Hubert Huertas
Nous jouerons quand même ensemble
La Passagère de la « Struma »
Terminus Pondichéry
Denis Humbert
Un été d'illusions
Dominique Marny
Mes nuits ne sont pas les vôtres
Michel Peyramaure
Le Roman de Catherine de Médicis
Jean-Michel Thibaux
Le Roman de Cléopâtre

Composition et mise en page :
FACOMPO, LISIEUX

Achevé d'imprimer sur les presses ae

BUSSIÈRE

GROUPE CPI

à Saint-Amand-Montrond (Cher)
en mai 2007

N° d'édition : C 06995. — N° d'impression : 071859/1.
Dépôt légal : juin 2007.

Imprimé en France